全国高等学校人文素质与公共艺术课程系列教材

U0669109

Diathesis

现代公共礼仪

| 陈 联　王欢芳　编著 |

for College

在现代文明社会里，个人交际、个人事业的成功与否，自身的形象起着举足轻重的作用。

无论我们认为从外表衡量人是多么肤浅和愚蠢的观念，但社会上的一切人都每时每刻根据你的服饰、发型、手势、声调、语言等自我表达方式在判断着你。无论你愿意与否，你都会留给别人一个关于你形象的印象，这个印象在工作中影响着你的升迁，在商业上影响着你的交易，在生活中影响着你的人际关系和爱情关系。它无时无刻不在影响着你的自尊和自信，最终影响着你的幸福感。

中南大学出版社
www.csupress.com.cn
·长沙·

图书在版编目(CIP)数据

现代公共礼仪／陈联，王欢芳编著. —长沙：中南
大学出版社，2008.4(2024.7 重印)

ISBN 978-7-81105-403-3

Ⅰ. ①现… Ⅱ. ①陈… ②王… Ⅲ. ①公共关系学—
礼仪 Ⅳ. ①C912.3

中国版本图书馆 CIP 数据核字(2008)第 035487 号

现代公共礼仪

陈 联 王欢芳 编著

□出 版 人	林绵优
□责任编辑	何彩章
□责任印制	唐 曦
□出版发行	中南大学出版社
	社址：长沙市麓山南路　　邮编：410083
	发行科电话：0731-88876770　　传真：0731-88710482
□印　　装	长沙市宏发印刷有限公司

□开　　本	787 mm×960 mm 1/16	□印张 14.5	□字数 308 千字
□版　　次	2008 年 4 月第 1 版	□印次 2024 年 7 月第 11 次印刷
□书　　号	ISBN 978-7-81105-403-3
□定　　价	38.00 元

图书出现印装问题，请与经销商调换

随风潜入夜，润物细无声

杨辛题

前　言

在现代文明社会里，个人交际、个人事业的成功与否，自身的形象起着举足轻重的作用。

无论我们认为从外表衡量人是多么肤浅和愚蠢的观念，但社会上的一切人都每时每刻根据你的服饰、发型、手势、声调、语言等自我表达方式在判断着你。无论你愿意与否，你都会留给别人一个关于你形象的印象，这个印象在工作中影响着你的升迁，在商业上影响着你的交易，在生活中影响着你的人际关系和爱情关系。它无时无刻不在影响着你的自尊和自信，最终影响着你的幸福感。

形象到底是什么？形象是一个综合的全面素质，一个外表与内在结合的、在流动中留下的印象。它不仅包括穿衣、外表、长相、发型、化妆的组合概念，还包括你的言行、举止、个人修养和生活方式，等等。

一个成功的形象，展示给人的是自信、尊严、力量、能力，它并不仅仅反映在对别人的视觉效果中，同时它也是一种外在辅助工具。它让你对自己的言行有了更高的要求，能唤起你内在沉积的优良素质，通过你的穿着、微笑、目光接触、握手等一举一动，让你浑身都散发着一个成功者的魅力。

要想塑造成功的形象，礼仪的学习是重要的途径。所谓礼仪是人与人在社会交往中，通过语言、仪表、仪容与举止等表现出来的行为规范。因此，学习礼仪可以内强素质，外塑形象，还可增进交往。

本书以现代交际礼仪为主线，努力做到深入浅出，详实具体，融理论性、实践性、知识性和可操作性于一体。在对礼仪的产生和发展、基本内涵、主要特征和作用等进行系统阐述的基础上，重点对“仪表礼仪”、“着装礼仪”、“交往礼仪”、“聚会礼仪”、“校园礼仪”、“求职礼仪”、“办公礼仪”和“公共场所礼仪”等交际礼仪的重要方面进行了着重阐述。为了帮助读者学习、掌握并在实践中更好地应用交际礼仪知识，本书采取图文结合、故事引入、各类训练等生动具体的形式，使读者在轻松的氛围下获得礼仪知识。本书也可以广泛用作高等院校和公关礼仪培训教学用书。

在本书的编著过程中，我们结合教学心得和实际公关经验，参阅了大量的文献，吸收了国内学者最新的研究成果，编撰成书，希望能对大家在学习礼仪时有所帮助。

在编撰过程中，我们得到了许多朋友的大力支持，在此致以衷心的感谢！

编者

2008 年 1 月

目 录

第1章
礼仪概述

礼仪是人们步入文明社会的"通行证"。人类自诞生那天起，便开始了对文明与美的追求。礼仪体现了人类社会不断摆脱愚昧、野蛮、落后，促使整个社会进化的过程，也是一个国家、一个民族开化、进步与兴旺的标志。我国素有"礼仪之邦"的美誉。

礼仪是人类文明的标尺，是每一个人生命旅途中的一门必修课。知礼懂礼、守礼行礼是一个人立足社会的基本前提，成为走向社会后获得自尊与自信、理解与支持的重要手段，是成就事业、获得成功的重要条件，是现代人的处世根本、立业之基。"不学礼，无以立"，孔子的这句名言告诉我们，礼仪是中华民族优秀的传统美德的一部分。

因此，人们就很有必要学习和掌握必要的礼仪知识。

无独有偶

美国第 25 任总统威廉.B.麦金利的好朋友查尔斯.G.道斯曾经讲述过的一件事更能说明问题：

多日来，总统为任命一个重要的外交职务而犯难———他要在两个同样有才干的候选人中选出一个，然而始终举棋不定，难以拍板。突然他回忆起一件事，此事竟如此清晰地浮现在眼前：一个风雨交加的夜晚，总统搭乘一辆市内有轨电车，坐在后排的最后一个位子上。电车停在下一站，上来一位洗衣老妇人，挽着一个沉重的篮子，孤零零地站在车厢的过道上。老妇人面对着的是一位具有绅士风度的男子，该男子举着报纸将脸挡住，故意装着没看见。总统从后排站起来，沿着过道走去，提起那一篮子沉甸甸的衣物，把老妇人引到自己的座位上坐下。该男子仍然举着报纸低着头，对车厢里发生的一切似乎什么也没有看见。总统顺便朝那男子瞅了一眼，那张脸庞深深地印入了脑海。

这男人不正是总统要任命的两位候选人之一吗？总统果断地作出决定：取消该人的任命资格，而另一位则理所当然地成为了外交官。

查尔斯.G.道斯说：这位候选人永远不会知道，就是这一点点的自利行为，或者说缺少那么一点点的仁慈之心，因此而失去了他一生雄心勃勃得以想实现的东西。

（参见张岩松：《现代交际礼仪》，经济管理出版社，2006 年版）

第一节　礼仪的由来和发展

　　礼仪起源于原始的宗教祭祀活动，后为统治阶级所利用，现已成为人们道德行为的规范，对于一名社会成员来说，弄清礼仪的由来与发展对于加深对礼仪的认识和实践有着重要的意义。它不仅能使你受到周围人的称扬和欢迎，还对你自身的形象的提高和扩展人际关系都是十分有利的。

一、礼仪的由来

　　礼仪的历史是漫长而久远的。它随着人类社会的产生而产生，随着经济的发展、社会的进步而不断前进。

1. 礼仪的起源阶段

　　在原始社会，人类还处在蒙昧时代，生产力水平极端低下，靠"天"吃饭，人们对许多自然现象无法解释，就把"天"、"神"作为宇宙间最高的主宰，对之顶礼膜拜，进行祭祀，这时就产生了最早的也是最简单的以祭天、敬神（即"图腾"）为主要内容的"礼"，其实就是祈福祭神的一种仪式。由于原始人类认识自然的能力很低，面对变幻莫测的自然现象和无法驾驭的自然力量，往往迷惑不解，从而对自然充满了神秘莫测和恐惧敬畏感，于是便产生了"万物有灵"的原始宗教观念。在这种观念的影响下，原始人开始一厢情愿地用原始宗教仪式等手段来影响神灵。祭祀活动就是人类为表达这种崇拜之意而举行的仪式。这种自然崇拜逐渐扩展到人类自身，开始转移到那些在与自然斗争中创造了奇迹、作出了贡献的"英雄"身上，如中国古代的"教民农桑的伏羲氏"、"尝百草的神农氏"、"治水有功的大禹"，等等。随后，祖先也成为人类崇拜的对象。于是原始人虔诚地向这些"神灵"和"祖先"打躬跪拜，表示崇拜、祈祷、致福。祭祀活动日益频繁，原始人的"礼"便产生了。

2. 礼仪的形成阶段

　　随着原始社会的解体，人类进入奴隶社会。由于大规模利用奴隶来劳动，生产力比原始社会前进了一大步，社会文化也有了极大的发展。在这一阶段，奴隶主阶级为了维护本阶级的利益，巩固统治地位，修订了比较完整的国家礼仪和制度，提出了许多极为重要的礼仪概念，"礼"开始打上阶级的烙印，礼的涵义也有所变化。在周代，礼除了用于祭祀之外，还作为治国之本。孔子认为："为国以礼"。《礼记·经解》上说："朝觐之礼，所以明臣子之义也；聘问之礼，所以使诸侯相尊敬也；丧祭之礼，所以明君臣之恩也；乡饮酒之礼，所以明长幼之序也；婚姻之礼，所以明男女之别也。"由此可见，周礼不仅内容已大为增加，而且还包含着社会政治制度的结构形式和社会生活行为规范。礼已成为阶级统治的工具，成为社会等级制度的表征，成为区分贵贱、尊卑、顺逆、贤愚的准则。从出土的卜骨、礼器和殉葬品以及传世的文献资料来看，足见礼在祭祀中有等级身份的区别。

3．礼仪的演变阶段

到了封建社会，由于儒学思想的影响，这一时期礼仪的重要特征是：尊神抑人、尊君抑臣、尊夫抑妇、尊父抑子。在漫长的历史演变过程中，封建礼仪一方面起着调节、整合、润滑人际关系的作用，作为一种无形的力量制约着人们的行为，使人们有秩序地参与社会生活，达到国泰民安的目的。另一方面它逐渐成为妨碍人个性自由发展、阻挠人平等交往、窒息思想自由的精神枷锁。礼仪逐渐成为统治阶级进行封建统治的工具，有些还以法律的形式固定下来，形成"礼制"，成为束缚人们行为的工具。

4．现代礼仪阶段

辛亥革命在推翻了封建帝制的同时，也结束了封建礼制，"五四"新文化运动使中华民族开始了新文化建设征程。

随着无产阶级的觉醒，社会主义礼仪具备了雏形。无产阶级是历史上最先进、最革命的阶级，以解放全人类为己任，他们具有高尚的情操。为了处理其内部以及与其他劳动阶级的关系，完成共同的历史使命，我们更需要讲究文明礼貌，更需有自己的礼仪规范。

早在民主革命时期，中国共产党领导的人民军队区别于国民党部队的显著标志之一就是讲"三大纪律，八项注意"。其中的"说话要和气"，"买卖要公平"，"不许打人骂人"，"不许调戏妇女"，"不虐待俘虏"等，都是适应当时斗争需要的纪律，也可视为公德、礼仪的组成部分，当时在各解放区均形成了一种新型的人际关系和新的道德风尚。

新中国成立以后，随着社会制度的彻底变革，逐步地变私有制经济为公有制经济为主导的经济基础，人与人的关系也出现了前所未有的变化。在人民内部合作代替了对抗，互助、互利代替了尔虞我诈，建立起真正平等的、亲密的同志关系，由此而建立起的礼宾规范，为世人所称赞，人们至今仍对 50 年代好的社会风尚留有深刻的印象。在人际和社会交往的过程中，真正做到只有分工不同，没有高低贵贱之分，诚挚相处，互谅互让；舍己救人，助人为乐蔚然成风，不少地方真正形成路不拾遗、夜不闭户；敬老、爱幼、尊贤的优良礼貌传统，得到充分的弘扬。不少外国友人对此惊叹不已。

改革开放以来，人们对礼仪重新进行了文化审视和理性思考，汲取了西方文明的优秀成果，使东西方文化和东西方礼仪有机地交融，逐步地完善和发展。

二、礼仪的发展

当今社会生活的节奏明显加快，人们的思维方式和生活方式也发生了根本性变化，旧的体制在消亡，新的礼俗在产生，社交礼仪也发生了许多根本性的变化。

1．礼仪表达方式日趋简化

中国古老的交际礼仪，有一套程式化的动作规范。比如见官员和长辈要下跪，普通相见要打躬作揖等，这种礼节产生于氏族社会末期，贯穿奴隶社会、封建社会。这种繁文缛节与其存在的慢节奏的生活方式相适应，而与当代的工业文明相悖。从跪拜到作揖，动作简洁了许多，继之以握手、点头和微笑代替，非语言交往礼仪已经简化得不再简了，适应了高节奏的生活方式。这些变化，反映出近代礼仪已开始趋向简单化和规范化。近代礼仪借鉴和吸收了适合中国国情的西方礼仪之长，顺应了社会潮流和世界潮流的发展，因而有效地促进了中华民族和世界各民族的友好交往。

2．礼仪内容日渐丰富

改革开放把中国推到了世界的面前，市场经济的勃兴，促使整个社会交往空前活跃。中华民族在过去的一百多年里，从来没有像现在这样扬眉吐气过；在世界民族之林里，从来没有如此巍然屹立过。八方来客，四面来风，带来了新技术、新思想，也带来了世界各国、民族的礼仪风俗。世界在变小，交际的纽带在变长，礼仪的内容日益丰富起来。多年以来，在礼仪问题上我们走入误区，以为讲礼仪是摆花架子，是资产阶级的虚伪性，好像共产党人、社会主义不需要礼仪。而今，我们终于能理直气壮地讲究礼仪，呼唤真、善、美，礼仪之邦的桂冠，又戴到了龙的传人的头上。

第二节　现代礼仪的涵义和特点

礼仪是人与人在社会中通过语言、仪表、仪容及举止等表现出来的行为规范。讲究礼仪有助于在社会建立相互尊重、友好合作的新型关系，缓解和避免冲突等，讲究礼仪已成为文明生活的一项重要标志。掌握礼节和礼貌行为，为个人形象和人际交往增光添彩。

一、现代礼仪的涵义

1．现代礼仪的概念

现代礼仪是人们在社会交往过程中为表示相互尊重、敬意、友好而约定俗成或制定、共同遵循的行为规范和交往程序。简而言之，是待人接物的一种惯例。通俗一点，就是人们在各种场合的一些讲究、规矩、原则、程序、习俗、风尚等，诸如"礼节"、"礼貌"、"礼俗"、"仪式"，都应该说是"礼仪"的别称或其内涵。

2．礼仪的具体表现

随着时代的变迁、社会的进步和人类文明程度的提高，人们的文明程度在不断地提高，礼仪在对我国古代礼仪扬弃的基础上，不断推陈出新，内容更完善、更合理、更加丰富多彩。

◆ 礼 节

礼节是人们在交际过程中逐渐形成的约定俗成的和惯用的各种行为规范之总和。礼节是社会外在文明的组成部分，具有严格的礼仪性质。在现代社会中，由于人与人之间地位平等，其礼节从形式到内容都体现出人与人之间相互平等、相互尊重和相互关心。现代礼节主要包括：介绍的礼节、握手的礼节、打招呼的礼节、鞠躬的礼节、拥抱的礼节、亲吻的礼节、举手的礼节、脱帽的礼节、致意的礼节、使用名片的礼节、使用电话的礼节、约会的礼节、聚会的礼节、舞会的礼节、宴会的礼节，等等。

◆ 礼 貌

礼貌是指人们在社会交往过程中良好的言谈和行为。它主要包括口头语言的礼貌、书面语言的礼貌、态度和行为举止的礼貌。礼貌是人的道德品质修养的最简单、最直接的体现，也是人类文明行为的最基本的要求。在现代社会，使用礼貌用语，对他人态度和蔼，举止适度，彬彬有礼，尊重他人已成为日常的行为规范。

◆ 仪 式

仪式指行礼的具体过程或程序，它是礼仪的具体表现形式。仪式是一种比较正规、隆重的礼仪形式。人们在社会交往过程中或是组织开展各项专题活动过程中，常常要举办各种仪式，以体现出对某人或某事的重视，或是为了纪念，等等。常见的仪式包括成人仪式、结婚仪式、安葬仪式、凭吊仪式、告别仪式、开业或开幕仪式、闭幕仪式、欢迎仪式、升旗仪式、入场仪式、签字仪式、剪彩仪式、揭匾挂牌仪式、颁奖授勋仪式、宣誓就职仪式、交接仪式、奠基仪式、洗礼仪式、捐赠仪式，等等。

◆ 礼 俗

礼俗即民俗礼仪，它是指各种风俗习惯，是礼仪的一种特殊形式。礼俗是由历史形成的，普及于社会和群体之中并根植于人们心理，在一定的环境经常重复出现的行为方式。不同国家、不同民族、不同地区在长期的社会实践中形成了各具特色的风俗习惯。"十里不同风，百里不同俗"，不但每一个民族、地区，甚至一个小小的村落都可能形成自己的风俗习惯。

二、现代礼仪的特性

礼仪是人们在漫长的社会实践中逐步地形成、演变和发展的。现代礼仪是在一番脱胎换骨之后形成的，它具有文明性、共通性、多样性、变化性、规范性和传承性等特性。

1．文明性

礼仪是人类文明的结晶，是现代文明的重要组成部分。人类从降世那天起就开始了对文明的追求，亚当夏娃用树叶遮身便是文明之举。人类从茹毛饮血到共享狩猎成果，从盲目迷信、敬畏鬼神到崇尚科学、论证无神，从战争到和平，尤其是文字的发明，人类运用语言文字来表达文明、宣传文明、建设文明。文明的体现宗旨是尊重，既是对人也是对己的尊重，这种尊重总是同人们的生活方式有机地、自然地、和谐地和毫不勉强地融合在一起，成为人们日常生活、工作中的行为规范。

2．共通性

无论是交际礼仪、商务礼仪还是公关礼仪，都是人们在社会交往过程中形成并得到共同认可的行为规范。我们今天生活的世界可谓千姿百态，人们尽管分散居住于五大洲、四大洋的不同角落，但是，许多礼仪都是世界通用的。例如：问候、打招呼、礼貌用语、各种庆典仪式、签字仪式，等等，大体上是世界通用的。虽然由于各国家、各地区、各民族形成了许多特有的风俗习惯，但就礼仪本身的内涵和作用来说，仍具有共通性。正是由于礼仪拥有共通性，才形成了国际交往礼仪。

3．多样性

世界是丰富多彩的，其中礼仪也是五花八门、绚烂多姿的。世界各地民俗礼仪千奇百怪，几乎没有人能说清楚世界上到底有多少种礼仪形式。从语言的表达礼仪到文字的使用礼仪，从举止礼仪到规范化礼仪，从服饰礼仪到仪表礼仪，从风俗礼仪到宗教礼仪等，在不同的国家、不同的场合，礼仪的表达方式也有所不同。比如在人们常见的国际交往礼仪中，仅见面礼节就有握手礼、点头礼、亲吻礼、鞠躬礼、合十礼、拱手礼、脱帽礼、问候礼，等等。礼仪可谓多种多样，纷繁复杂。有些礼仪所表达的方式和内容，在甲国家或地区与乙国家或地区可能截然相反。

4．变化性

礼仪并不存在僵死不变的永恒模式。随着时间的推移，礼仪会发生了巨大的变化。可以说，每一种礼仪都有其产生、形成、演变、发展的过程。礼仪在运用时也具有灵活性，一般说来，在非正式场合，有些礼仪可不必拘于约定俗成的规范，可增可减，随意性较大。在正式场合，讲究礼仪规范是十分必要的。但如果双方已非常熟悉，即使是较正式的场合，有时也不必过于讲究礼仪规范。

5．规范性

礼仪，指的就是人们在交际场合待人接物时必须遵守的行为规范。这种规范性，不仅约束着人们在一切交际场合的言谈话语、行为举止，使之合乎礼仪；而且也是人们在一切交际场合必须采用的一种"通用语言"，是衡量他人、判断自己是否自律、敬人的一种尺度。中国WTO首席谈判代表龙永图曾讲了一个耐人寻味的故事：

一次在瑞士，龙永图与几个朋友去公园散步，上厕所时，听到隔壁的卫生间里"砰砰"地响，他有点纳闷。出来之后，一个女士很着急地问他有没有看到她的孩子，她的小孩进厕所十多分钟了，还没有出来，她又不能进去找。龙永图想起了隔壁厕所间里的响声，便进去打开厕所门，看到一个七八岁的小孩正在修抽水马桶，怎么弄都抽不出水来，急得满头大汗，这个小孩觉得他上厕所不冲水是违背规范的。

这位儿童自觉遵守礼仪规范的精神是很值得我们学习的。礼仪是约定俗成的一种自尊、敬人的惯用形式，任何人要想在交际场合表现得合乎礼仪，彬彬有礼，都必须对礼仪无条件地加以遵守。

6．传承性

任何国家的礼仪都具有自己鲜明的民族特色，任何国家的当代礼仪都是在本国古代礼仪的基础上继承、发展起来的。离开了对本国、本民族既往礼仪成果的传承、扬弃，就不可能形成当代礼仪，这就是礼仪传承性的特定含义。作为一种人类的文明积累，礼仪将人们在交际应酬之中的习惯做法固定下来，流传下去，并逐渐形成自己的民族特色，这不是一种短暂的社会现象，而且不会因为社会制度的更替而消失。对于既往的礼仪遗产，正确的态度不应当是食古不化，全盘沿用，而应当是有扬弃，有继承，更有发展。

第三节　礼仪的功能和作用

礼仪是人类社会文明发展的产物，是人们社会交际活动的共同准则。加强礼仪教育，对于提高自身的修养和素质，增强社会主义精神文明建设，塑造良好形象，扩大社会交往，促进事业成功，教育纠正人们不良的行为习惯，都具有十分重要的作用。

一、礼仪的功能

礼仪具有多方面的功能，主要表现在如下几个方面。

1．沟通功能

在人际交往中双方都自觉地执行礼仪规范，这样容易使双方之间的感情得到沟通，从而容易使人们之间的交往得到成功，进而有助于人们从事的各种事业得以发展。

2．协调功能

从一定意义上说，礼仪是人际关系和谐发展的调节器。人们在交往时按礼仪规范去做，有助于加强人们之间的相互尊重、友好合作的新型关系，缓解或避免某些不必要的情感对立与障碍。

3．维护功能

现代社交礼仪是整个社会文明的发展程度的反映和标志，同时礼仪也反作用于社会，对社会的风尚产生广泛、持久和深刻的影响。社会上讲礼仪的人越多，社会便会越和谐安定。

4．教育功能

现代社交礼仪通过评价、劝阻、示范等教育形式纠正人们不正确的行为习惯，倡导人们按礼仪规范的要求去协调人际关系，维护社会正常生活。遵守礼仪规范的人，客观上也起着榜样的作用，无声地影响着周围的人。大家互相影响、互相促进，就会共同加强社会主义精神文明建设。

二、礼仪的作用

在加强人们之间的联系和合作、推动社会进步中，社交礼仪有着不可替代的作用。

1．弘扬礼仪传统

文明古老的中华民族，以其聪颖的才智和勤奋的力量，创造了人类历史上最灿烂的文化。中华民族，素以礼仪之邦著称于世。几千年来，各族人民都创造了一整套独具特色的礼节、仪式、风尚、习俗、节令、规章和典制，等等，并为广大人民所喜爱、所沿袭，这些礼仪习俗，反映了我国民族的传统美德与优良品质，勾画了我国民族的历史风貌。在我国的历史上还流传着许多讲究礼仪的佳话，比如"廉蔺交欢"（讲究礼让）、"张良纳履"（尊老敬贤）、"程门立雪"（尊敬老师）、"管鲍之交"（交友之道）、"三顾茅庐"（待人以诚），这些故事脍炙人口，妇孺皆知，对今人仍有很大的教育意义。

2．提高个人修养

在人际交往中，礼仪往往是衡量一个人文明程度的准绳。它不仅反映着一个人的交际技巧与应变能力，而且还反映着一个人的气质风度、阅历见识、道德情操、精神风貌。因此，在这个意义上，完全可以说礼仪即教养，而有道德才能高尚，有教养才能文明。也就是说，通过一个人对礼仪运用的程度，可以察知其教养的高低、文明的程度和道德的水准。

3．改善人际关系

马克思说过"社会是人们交往作用的产物"。没有社交活动，人类的生活是不可想象的。人们参加社交活动，多为调节紧张的生活，建立友谊、交流感情、融洽关系、增长见识、获取信息等。现代化的社会对人们的社交提出了新的要求，社会越发展，物质生活越丰富，人们社交的需要就会越显示出它的价值，而处在社交活动中的每个人的仪表、仪态及对礼仪知识的了解也变得极其重要。一个人只要同其他人打交道，就不能不讲礼仪。运用礼仪，除了可以使个人在交际活动中充满自信，胸有成竹，处变不惊之外，其最大的好处就在于，它能够帮助于人们规范彼此的交际活动，更好地向交往对象表达自己的尊重、敬佩、友好与善意，增进大家彼此之间的了解与信任。

4．塑造组织形象

良好的组织形象是任何组织所刻意追求的目标，组织形象的塑造处处都需要礼仪。组织形象常常是在不经意间体现并塑造出来的，整洁优雅的环境，宽敞明亮、井然有序的办公室，独具个性、富有哲理的价值观，色彩柔和的服饰，彬彬有礼的员工，富于特色的广告等，都会给公众留下深刻的印象。礼仪则是通过组织员工的仪容仪表、言谈举止、礼貌礼节、仪式及活动过程表现出来，它是塑造组织形象的基础工程。

5．建设精神文明

世界各国和各民族都十分重视交往时的礼节礼貌，把它视为一个国家和民族文明程度的重要标志，正如古人所说："礼仪廉耻，国之四维"，礼仪是立国的精神要素之本。随着我国改革开放的深入和社会主义市场经济体制的确立，我国经济发展要和国际接轨，这些都对我国精神文明建设提出了更高的要求。只有提高中华民族整体的文明礼貌素质，才能造成一个和谐的社会环境和人际关系，吸引更多的外资和促进国际间的贸易往来，从而推动我国经济建设的发展。提倡讲究礼仪礼节，做到文明礼貌，必将有利地促进社会主义精神文明建设。

第2章 仪表礼仪

美国成功学家拿破仑·希尔说："一个人能否成功，关键在于他的心态。"成功人士都有一种积极的心态，而仪表正是这种心态的外在表现。仪表指人的外表，一般来说，它包括人的仪容、姿态、身材、体型、举止和风度。

如果说我们把一个人的思想感情、性格品质、道德情操、文化修养作为内在美的话，那么仪容、姿态、举止和风度就可以称为外在的仪表美的因素，内在美和仪表美要相得益彰，才叫完美。

优雅得体的仪表能够增强人的自信，从而以奋发、进取、乐观的心态，去面对现实，处理人生所遇到的各种问题，这样就会受到社会各界人士的青睐。

竞选总统

　　1960 年 9 月，尼克松和肯尼迪在全美的电视观众面前，举行他们竞选总统的第一次辩论。当时，这两个人的名望和才能大体上相当，棋逢对手。但大多数评论员预料，尼克松素以经验丰富的"电视演员"著称，可以击败比他缺乏电视演讲经验的肯尼迪。但事实并非如此。为什么呢？肯尼迪事先进行了练习和彩排，还专门跑到海滩晒太阳，养精蓄锐。结果，他在屏幕上出现，精神焕发，满面红光，挥洒自如。而尼克松没听从电视导演的规劝，加之那一阵十分劳累，更失策的是面部化妆用了深色的粉，因而在屏幕上显得精神疲惫，表情痛苦，声嘶力竭。正如一位历史学家所形容："他让全世界看来，好像是一个不爱刮胡子和出汗过多的人带着忧郁感等待着电视广告告诉他怎么不要失礼。"正是仪容仪表上的差异和对比，帮助肯尼迪取胜，使竞选的结果出人意料。由此可见，仪容仪表的作用是很大的，是不可忽视的。

　　　　　　　　　　（参见魏海峰：《现代社交礼仪大全》，南海出版社，2007 年版）

第一节　仪态举止

> 仪态，又称"体态"，是指人的身体姿态和风度。姿态是身体所表现的样子，风度则是内在气质的外在表现。人的一举手、一投足，一颦一笑，并非偶然的随意的，这些行为举止自成体系，像有声语言那样具有一定的规律，并具有传情达意的功能。人们可以通过自己的仪态向他人传递个人的学识与修养，并能够以其交流思想、表达感情。

仪态美即姿势、动作的美，是人体具有造型性因素的静态美和动态美。培根说："相貌的美高于色泽的美，而优雅合适的动作美高于相貌的美。"这是因为姿态美比相貌更能表现出人的精神气质。姿态主要表现在站、坐、行等几方面。我们的祖先对这几种姿态有着形象的比喻："立如松"、"坐如钟"、"行如风"。就是说站要挺立，坐要端正，行要轻盈。姿态灵巧而不轻浮，庄重而不呆滞，动作敏捷、从容是令人陶醉的。

一、站姿

在日常生活中，站姿是一种引人注目的姿态。挺直、均衡、优美、典雅的站姿是发展人的不同质感动态美的起点和基础。如果站姿不标准，其他姿势优美无从谈起。

1. 标准的站姿

标准的站姿，从正面看，全身笔直，精神饱满，两眼正视（而不是斜视），两肩平齐，两臂自然下垂，两脚跟并拢，两脚尖张开 60 度，身体中心落于两腿正中；从侧面看，两眼平视，下颌微收，挺胸收腹，腰背挺直，手中指贴裤缝，整个身体庄重挺拔。

站姿的要领是：一要平，即头平正、双肩平、两眼平视。二是直，即腰直、腿直，后脑勺、背、臀、脚后跟成一条直线。三是高，即重心上拔，看起来显得高。

主要站姿有：肃立式、直立式、"丁"字步式（见附图 1－4）。

2. 不同场合的站姿

→ 在升国旗、奏国歌、接受奖品、接受接见、致悼词等庄严的仪式场合，应采取严格的标准站姿，而且神情要严肃。可采用肃立式。

→ 门迎、侍应人员往往站的时间很长,双腿可以平分站立,双腿分开不宜超过肩宽。双手可以交叉或前握垂放于腹前;也可以背后交叉,右手放到左手的掌心上,但要注意收腹。可采用直立式。

→ 主持文艺活动、联欢会,可以将双腿并得很拢站立,女士甚至站成"丁"字步,让站立姿势更加优美。站"丁"字步时,上体前倾,腰背挺直,臀微翘,双腿叠合,玉立于众人间,富于女性魅力。礼仪小姐站立时,也可采用"丁"字步式。

站姿训练

★ 个人靠墙站立,要求后脚跟、小腿、臀、双肩、后脑勺都紧贴墙,每次训练 20 分钟左右,每天一次。

★ 在头顶放一本书使其保持水平促使人把颈部挺直,下巴向内收,上身挺直,每天训练 20 分钟左右,每天一次。

二、坐姿

得体的坐姿是一种静态美。动态美能够扣人心弦,静态美能使人怦然心动。坐姿是一种静态身体造型,这种姿势在人们的社交活动中往往给人带来深刻的印象。

1. 标准的坐姿

首先站好,全身保持站立的标准姿态,两腿平行于椅子前面,弯曲双膝,挺直腰背坐下。

落座时声音要轻,动作要缓。女子入座时,若是裙装,应用手将裙稍稍拢一下,以免裙底"走光"。落座过程中,腰、腿肌肉要稍有紧张感。

坐立时,上身正直而稍向前倾,头、肩平正,两臂贴身下垂,两手可自然搭放在大腿上,或两手相叠放在腿上,要么放在椅子扶手上。女子双膝自然并拢,双腿正放或侧放。男士坐时双膝可略分开,两腿外沿间距与肩宽大致相等,两脚平行自然着地。

人在坐着时,由臀部支撑上身,减少了两腿的承受力。由于身体重心下降,上身适当放松,可减轻心脏的负担。因此坐姿是一种可以维持较长时间的姿势。它既是一种主要的白昼休息姿势,也是一般的工作、劳动、学习姿势,还是社交、娱乐的常见姿势。正因为这个缘故,坐姿要求端正、大方、舒展。

主要坐姿有:正坐式、侧坐式、交叉式、曲直式、转体式、重叠式(见附图 5-16)。

2. 不同场合的坐姿

→ 谈判、会谈时,场合一般比较严肃,适合正襟危坐,但不要过于僵硬。要求上体正直,端坐于椅子中部,注意不要使全身的重量只落于臀部,双手放在桌上、腿上均可。双脚为标准坐姿的摆放。男士女士均可采用正坐式。

→ 倾听他人教导、知识、传授、指点时,双方是长者、尊者、贵客,坐姿除了要端正外,还应坐在座椅、沙发的前半部或边缘,身体稍向前倾,表现出一种谦虚、迎合、重视对方的态度。男士女士均可采用正坐式、侧坐式、转体式。

→ 在比较轻松、随便的非正式场合，可以坐得轻松、自然一些。全身肌肉可适当放松，可不时变换坐姿，以做休息。男士女士均可采用交叉式、重叠式。

3. 入座、离座规则

◆ **入座要遵守的几个原则**

讲究顺序，礼让尊长；

注意方位，从左入座；

背对座椅，落座轻稳。

◆ **离座程序**

注意先后顺序；起身轻稳；自左向右离开；站稳脚跟再离开。

坐姿训练

★ 按坐姿基本要领，着重脚、腿、腹、胸、头、手部位的训练，可以配舒缓、优美的音乐，以减轻疲劳，每天训练 20 分钟左右，每天训练，坚持经常。

★ 除练习以上几种坐姿外，还应训练入座和离座。

三、走姿

行姿是一种动态的姿势，是立姿的一种延续，行姿可以展现人的动态美。在日常生活中或公众场合中，走路都是浅显易懂的肢体语言，它能够将一个人的韵味和风度表现出来。

1. 标准的走姿

正确的行姿能够体现一个人积极向上、朝气蓬勃的精神状态。有人编了走路的动作口诀，体现了走姿的要领：双眼平视臂放松，以胸领动肩轴摆，提髋提膝小腿迈，跟落掌接趾推送。

标准的走姿为：上身基本保持站立的标准姿势，挺胸收腹，腰背笔直；两臂以身体为中心，前后自然摆动；前摆约 35 度，后摆约 15 度，手掌朝向体内；起步时身子稍向前倾，中心落前脚掌，膝盖伸直；脚尖向正前方伸出，行走时双脚踩在一条线缘上。

正确的行走，上体的稳定与下肢的频繁规律运动形成和谐对比，干净利落、鲜明均匀的脚步，形成节奏感，前后、左右行走动作的平衡对称，都会呈现行走时的形式美。

2. 不同场合的走姿

→ 参加喜庆活动，步态应轻盈、欢快、有跳跃感，以反映喜悦的心情。

→ 参观吊丧活动，步态要缓慢、沉重、有忧伤感，以反映悲哀的情绪。

→ 参观展览、探望病人，环境安谧，不宜出声响，脚步应轻柔。

→ 进入办公场所，登门拜访，在室内这种特殊场所，脚步应轻而稳。

→ 走入会场、走向话筒、迎向宾客，步伐要稳健、大方、充满热情。

→ 举行婚礼、迎接外宾等重大正式场合，脚步要稳健，节奏稍缓。

➡ 办事联络，往来于各部门之间，步伐要快捷又稳重，以体现办事者的效率、干练。

➡ 陪同来宾参观，要照顾来宾行走速度，并善于引路。

走姿训练

★ 在地面上画一条直线，行走时双脚内侧踩在绳、或线上。若稍稍碰到这条线，即证明走路时两支脚几乎是在一条直线上。

★ 训练时可配上适当的音乐，课堂训练的节奏约每分钟 60 拍。

四、手势

手是人体最富灵性的器官，如果说"眼睛是心灵的窗户"，那么手就是心灵的触角，是人的第二双眼睛。手势在传递信息，表达意图和情感方面发挥着重要作用。

手的"词汇"量是十分丰富的。据语言专家统计，表示手势的动词有近二百个。"双手紧绞在一起"，显示的意义是精神紧张；用手指或笔敲打桌面，或在纸上涂画，显示不耐烦、无兴趣；搓手，显示的意义是有所期待，跃跃欲试，也可表示着急或寒冷；摊开双手，表示真诚和坦直；用手支着头，显示的意义是不耐烦、厌倦；用手托摸下巴，说明老练、机智；用手不停地磕烟灰，表明内心有冲突和不安；突然用把没吸完的烟掐灭，表明紧张地思考问题；等等。

又如招手致意、挥手告别、握手友好、摆手回绝、合手祈祷、拍手称快、拱手答谢（相让）、抚手示爱、指手示怒、颤手示怕、捧手示敬、举手赞同、垂手听命，等等。可见，丰富的手势语在人们交往间是不可缺少的。

在社会交往中，手势有着不可低估的作用，生动形象的有声语言再配合准确、精彩的手势动作，必然能使交往更富有感染力、说服力和影响力。

1. 手势的区域

手势活动的范围，有上、中、下三个区域。此外，还有内区和外区之分。肩部以上称为上区，多用来表示理想、希望、宏大、激昂等情感，表达积极肯定的意思；肩部至腰部称为中区，多表示比较平静的思想，一般不带有浓厚的感情色彩；腰部以下称为下区，多表示不屑、厌烦、反对、失望等，表达消极否定的意思。

2. 手势的原则

手势语能反映出复杂的内心世界，但运用不当，便会适得其反，因此在运用手势时要注意几个原则。首先要简约明快，不可过于繁多，以免喧宾夺主；其次要文雅自然，因为拘束低劣的手势，会有损于交际者的形象；再次要协调一致，即手势与全身协调，手势与情感协调，手势与口语协调；最后要因人而异，不可能千篇一律地要求每个人都做几个统一的手势动作。

3. 日常交际中的手势

在各种交往场合都离不开引领动作，例如请客人进门，客人坐下，为客人开门等，都需要运用手与臂的协调动作。同时，由于这是一种礼仪，还必须注入真情实感，调动全身活力，使心与形体形成高度统一，才能做出色彩和美感。引领动作主要有以下几个表现形式：

◆ **横摆式**

这种手势用来引领较近的方向。以右手为例：将五指伸直并拢，手心不要凹陷，手与地面呈 45 度角，手心向斜上方。腕关节微屈，腕关节要低于肘关节。动作时，手从腹前抬起，至横膈膜处，然后，以肘关节为轴向右摆动，到身体右侧稍前的地方停住。同时，双脚形成右丁字步，左手下垂，目视来宾，面带微笑。这是在门的入口处常用的谦让礼的姿势，加上礼貌用语，如"请"、"请进"等（见附图 17）。

◆ **直臂式**

这种手势用来引领较远方向。手臂穿过腰间线，切忌不要高于腰间线，身体侧向宾客，眼睛要看着指引方向处或客人脚前 10 公分左右，同时加上礼貌用语，如"小姐，请跟我来"、"里边请"、"这边请"等（见附图 18）。

◆ **曲臂式**

当一只手拿着东西，扶着电梯门或房门，同时要做出"请"的手势时，可采用曲臂手势。以右手为例：五指伸直并拢，从身体的侧前方，向上抬起，至上臂离开身体的高度，然后以肘关节为轴，手臂由体侧向体前摆动，摆到手与身体相距 20 厘米处停止，面向右侧，目视来宾，加上礼貌用语，如"女士们、先生们，里面请"等（见附图 19）。

◆ **斜臂式**

请来宾入座时，手势要斜向下方。首先用双手将椅子向后拉开，然后，一只手曲臂由前抬起，再以肘关节为轴，前臂由上向下摆动，使手臂向下成一斜线，并微笑点头示意来宾，加上礼貌用语，如"请坐"（见附图 20）。

4. 不同国家、地区几种常见手势的含义

◆**"OK"的手势**

拇指和食指合成一个圆圈，其余三指自然伸张。这种手势在西方某些国家比较常见，但应注意在不同国家其语义有所不同。如：美国表示"赞扬"、"允许"、"了不起"、"顺利"、"好"；在法国表示"零"或"无"；在印度表示"正确"；在中国表示"零"、或"三"两个数字；在日本、缅甸、韩国则表示"金钱"。

◆ **伸大拇指手势**

大拇指向上，在说英语的国家多表示"OK"之意或是打车之意；若用力挺直，则含有骂人之意；若大拇指向下，多表示坏、下等人之意。在我国，伸出大拇指这一动作基本上是向上伸表示赞同、一流、好等，向下伸表示蔑视、不好等之意。

◆ **"V"字型手势**

伸出食指或中指，掌心向外，其语义主要表示胜利（英文 Victory 的第一个字母），掌心向内，在西欧表示侮辱、下贱之意，这种手势还时常表示"二"这个数字。

◆ **伸出食指手势**

在我国以及亚洲其他一些国家表示"一"、"一个"、"一次"等；在法国、缅甸等国家则表示"请求"、"拜托"之意。在使用这一手势时，一定要注意不要用手指指人，更不能在面对面时用手指着对方的面部和鼻子，这是一种不礼貌的动作，且容易激怒对方。

◆ **捻指作响手势**

就是用手的拇指和食指弹出声响，其语义或表示高兴、或表示赞同，或是无聊之举，有轻浮之感。应尽量少用或不用这一手势，因为其声响有时会令他人反感或觉得没有教养，尤其是不能对异性运用此手势，这是带有挑衅、轻浮之举。

五、举止禁忌

一个人的举止端庄、行为文明、动作规范，是良好素养的表现，它能帮助个人树立美好形象，也能为组织赢得美誉，反之，则会损害组织形象。例如以下不受欢迎的坏习惯和不良举止就应在交际中努力戒除：

小贴士

举止禁忌
1. 当众嚼口香糖
2. 掏耳和挖鼻
3. 剔牙
4. 双腿抖动
5. 随地乱扔垃圾

1. 勿当众嚼口香糖

有些人整天嚼口香糖，嚼的时候还不断地发出响声，这是一种缺乏修养的表现。有人甚至还把嚼过的口香糖随地乱吐，这也是一种不文明的恶习。天安门广场在近年的整修中，粘在地上的口香糖成了广场的一大污点，给清洁工人带来了极大的麻烦。出于环境保护方面的考虑，现在新加坡政府已禁止在公众场合嚼口香糖。

2. 掏耳和挖鼻

有的人有这类不雅的小动作，大家正在喝茶、吃东西的时候，掏耳的小动作往往令旁观者感到恶心，这个小动作实在不雅，而且失礼。即使你想"洗耳恭听"此时此地也不是时候。

同样，用手指挖鼻也是非常失礼的动作。

3．剔牙

宴会上，谁也免不了会有剔牙的小动作，既然这小动作不能避免，就得注意剔牙时不要露出牙齿，而且不要把碎屑乱吐一番，最好用左手掩嘴，头略向侧偏，吐出碎屑时用纸巾接住。

4．双腿抖动

这种小动作多发生在坐着的时候，站立时较为少见。这种小动作，虽然无伤大雅，但双腿颤动不停，令对方觉得不舒服，而且也给人情绪不安定的感觉，这也是失礼的。同样，让跷起的腿儿钟摆似的打秋千也是相当难看的姿态。

5．随地乱扔垃圾

在大街上，我们常常看见有人随手把瓜果皮或纸屑等扔在地上，这是应当受到谴责的不文明举止。

第二节　表情神态

> 表情神态主要体现在眼神、笑容、面容三个方面。表情是思想感情的自然外露，它是通过人的面部情态表现出来的。表情在人与人之间的沟通上占有相当重要的位置，健康的表情留给人们的印象是深刻的，它是优雅风度的重要组成部分。理解和把握好表情神态，学会表情神态自然、友好、得体，从而在社交中获得成功。

表情是面部表情一词的简称，它所指的是人类在神经系统的控制之下，面部肌肉及其各种器官所进行的运动、变化和调整，以及面部在外观上所呈现出的某种特定的形态。

美国心理学家艾伯·梅拉宾曾总结一个公式：感情的表达＝言语（7%）＋声音（38%）＋表情（55%），可见，表情在人际交往中占有很重要的成分。

一、微笑

2002 年，在英曼彻斯特英联邦运动会开幕式上，传遍了所有英联邦国家的火炬最后落在英国足球明星大卫·贝克汉姆手中，他微笑着跑到了一个带着氧气瓶、身患绝症的五岁金发小女孩面前，他微笑着亲吻了小女孩的脸，与她手拉手走到英国女王伊丽莎白的面前，由小女孩把火炬交给了她期望已久的女王。

一贯面色严肃的女王接过火炬，此刻她依然面无表情，也没有亲吻渴望地望着她的小女孩，而是直接走到点火台点燃了开幕式的大火。看电视的人们气愤地说："在这个时刻她还没有笑容，她也没有亲吻那个可爱的小女孩。"第二天报纸、电视上纷纷指责女王在众目睽睽之下，居然"没有笑容"，而且"没有亲吻那个病孩子……""女王太让人失望了"……

微笑，是一种特殊的语言——"情绪语言"。它可以和有声语言及行动相配合，起"互补"作用，沟通人们的心灵，架起友谊的桥梁，给人以美好的享受。工作、生活中离不开微笑，社交中更需要微笑。

微笑是世界通用的体态语，它超越了各种民族和文化的差异。微笑是人人都喜爱的体态语，正因为如此，无论是个人和组织，都充分重视微笑及其作用。

著名画家达·芬奇的杰作《蒙娜丽莎》是文艺复兴时期最出色的肖像作品之一，画中女士的微笑给人以美的享受，使人们充满对真善美的渴望，至今让人回味无穷。

世界著名的希尔顿饭店的总经理希尔顿，每当遇到员工时，都要询问这样一句话："你今天对顾客微笑了没有？"他指出："饭店里第一流的设备重要，而第一流服务员的微笑更重要，如果缺少服务员的美好微笑，好比花园里失去了春日的太阳和春风。假如我是顾客，我宁愿住进虽然只有破旧地毯，却处处可见到微笑的饭店，而不愿走进只有一流设备而不见微笑的地方。"正是因为希尔顿深谙微笑的魅力，才使希尔顿饭店誉满全球。

微笑的要求

◆ 口眼结合

要口到、眼到、神色到，笑眼传神，微笑才能扣人心弦。

◆ 笑与神、情、气质相结合

这里讲的"神"，就是要笑得有情入神，笑出自己的神情、神色、神态，做到情绪饱满，神采奕奕；"情"，就是要笑出感情，笑得亲切、甜美，反映美好的心灵；"气质"就是要笑出谦逊、稳重、大方、得体的良好气质。

◆ 笑与语言相结合

语言和微笑都是传播信息的重要符号，只有甜美的微笑与美好的语言相结合，声情并茂，相得益彰，微笑方能发挥出它应有的特殊功能。

◆ 笑与仪表、举止相结合

以笑助姿、以笑促姿，才能形成完整、统一、和谐的美。尽管微笑有其独特的魅力和作用，但若不是发自内心的真诚的微笑，那将是对微笑的亵渎。有礼貌的微笑应是自然的坦诚，内心真实情感的表露，否则强颜欢笑，假意奉承，那样的"微笑"则可能演变为"皮笑肉不笑"、"苦笑"。比如，拉起嘴角一端微笑，使人感到虚伪；吸着鼻子冷笑，使人感到阴沉；捂着嘴笑，给人以不自然之感，这些都是失礼之举。

微笑训练

微笑是可以训练养成的。据说，日本在培养空中小姐时，就要进行长达几个月的微笑训练。需要强调的是，微笑是发自内心的对人友好的一种情感，一个心地善良、乐于助人、对生活充满热情的人，才能在交际活动中完美地掌握这种最高级的社交手段。

训练微笑方法如下：

★ 情绪记忆法，即将自己生活中，最高兴的事件中的情绪储存在记忆中，当需要微笑时，可以想起那件最使你兴奋的事件，脸上会流露出笑容。注意练微笑时，要使双颊肌肉用力向上抬，嘴里念"一"音，用力抬高口角两端，注意下唇不要过分用力，还可以发"钱"、"茄子"，英文字母"G"、"V"等音，辅助进行训练。

★ 对着镜子，做最使自己满意的表情，到离开镜子时也不要改变它。

★ 当一个人独处时，深呼吸、唱歌或听愉快的歌曲，忘掉自我和一切的烦恼，让心中充满爱意。

二、眼神

俗话说："眼睛是心灵的窗户"，它是人体传递信息最有效的器官，而且能表达最细微、最精妙的差异，显示出人类最明显、最准确的交际信号。正如著名印度诗人泰戈尔所说："在眼睛里，思想敞开或是关闭，放出光芒或是没入黑暗，静悬着如同落月，或者像忽闪的电光照亮了广阔的天空。那些自有生以来除了嘴唇的颤动之外没有语言的人，学会了眼睛的语言，这在表情上是无穷无尽的，像海一般的深沉，天空一般的清澈，黎明和黄昏，光明与阴影，都在自由嬉戏。"据研究，在人的视觉、听觉、味觉、嗅觉和触觉感受中，唯独视觉感受最为敏感，人由视觉感受的信息占总信息的百分之三十。在汉语中用来描述眉目表情的成语就有几十个，如"眉飞色舞"、"眉目传情"、"愁眉不展"、"暗送秋波"、"眉开眼笑"、"瞠目结舌"、"怒目而视"……这些成语都是通过眼语来反映人们的喜、怒、哀、乐等情感的，人的七情六欲都能从眼睛这个神秘的器官内显现出来。

1．眼神的组成

眼神主要由注视的时间、视线的位置和瞳孔的变化三个方面组成。

◆ 注视的时间

据有人调查研究，人们在交谈时，视线接触对方脸部的时间约占全部谈话时间的 30% ~ 60%，超过这一平均值，可认为对谈话者本人比谈话内容更感兴趣；低于平均值，则表示对谈话内容和谈话者本人都不怎么感兴趣。不难想象，如果谈话时心不在焉、东张西望，或只是由于紧张、羞怯不敢正视对方，目光注视的时间不到谈话的三分之一，这样的谈话，必然难以被人接受和信任。当然，必须考虑到文化背景，如南欧人注视对方可能会造成冒犯。

在《法制日报》上曾报道过这样一条消息：

美国加利福尼亚州一位警察吃了官司，原因是有 7 名女同事向法庭投诉，说他经常目不转睛地盯住她们，使她们感到不舒服。

◆ **视线的位置**

人们在社会交往中，不同的场合和对象，目光所及之处也是有差别的。有的人在与比较陌生的人打交道时，往往因为不知把目光怎样安置而窘迫不安；已被人注视而将视线移开的人，大多怀有相形见绌之感；仰视对方，一般体现"尊敬、信任"的语义；频繁而又急速的转眼，是一种反常的举动，常被用作掩饰的一种手段。当然，如果死死地盯着对方或者东张西望，不仅是极不礼貌，而且也显得漫不经心。

◆ **瞳孔的变化**

瞳孔的变化即视觉接触时瞳孔的放大或缩小。心理学家往往用瞳孔变化大小的规律，来测定一个人对不同的事物的兴趣、爱好、动机等。兴奋时，人的瞳孔会扩张到平常的 4 倍大；相反，生气或悲哀时，消极的心情会使瞳孔收缩到很小，眼神必然无光。所谓"脉脉含情"、"怒目而视"等都多与瞳孔的变化有关。所以说，古时候的珠宝商人已注意到这种现象，他们能窥视顾客的瞳孔变化而猜测对方是否对珠宝感兴趣，从而决定是抬高价钱还是跌价。

2. 眼神的运用

在社交过程中眼神的运用：与朋友会面或被介绍认识时，可凝视对方稍久一些，这即表示自信，也表示对对方的尊重；双方交谈时，应注视对方的眼鼻之间，表示重视对方及对其发言感兴趣；当双方缄默不语时，就不要再看着对方，以免加剧因无话题本来就显得冷漠、不安的尴尬局面；当别人说了错话或显拘谨时，务请马上转移视线，以免对方把自己的眼光误认为是对其的嘲笑和讽刺；如果你希望在争辩中获胜，那就千万不要移开目光，直到对方眼神转移为止；送客时，要等客人走出一段路，不再回头张望时，才能转移目送客人的视线，以示尊重。

眼神还可传递其他信息。当已被人注视而将视线移开的人，大多怀着相形见绌之感，有很强的自卑感。无法将视线集中在对方身上或很快收回视线的人，多半属于内向型性格。仰视对方，表示怀有尊敬、信任之意；俯视对方表示有意保持自己的尊严。频繁而急速的转眼，是一种反常的举动，常被用做掩饰的一种手段，或内疚，或恐惧，或撒谎，需据情作出判断。视线活动多且有规则，表明其在用心思考。听别人讲话，一面点头，一面却不将视线集中在谈话人身上，表明其对此话题不感兴趣。说话时对方将视线集中在你身上的人，表明他渴望得到你的理解和支持。游离不定的目光传递出来的信息是心神不宁或心不在焉。

眼神表达出异常丰富的信息，但微妙的眼神有时是只可意会，难以言传，只能靠我们在社会实践中用心体察、积累经验、努力把握，方能在社交中灵活运用眼神。

眼神的训练

目光训练，以下两种方法坚持天天训练，不要间断，必使目光明亮有神：

★ 点上一只蜡烛，视点集中在蜡烛火苗上，并随其摆动，坚持训练可使目光集中、有神，眼球转动灵活。

★ 追逐鸽子飞翔可使目光有神。

第三节　仪容修饰

> 社交礼仪中个人仪容修饰尤为重要，它是一种文化价值的显现，显现了对自我的性格、爱好、气质、风度的重新塑造。仪容是个人礼仪的重要组成部分，通常是指人的外观、外貌，重点是指人的面容。在人际交往中，仪容修饰会产生不可低估的作用，形成的价值是无形的。它不仅影响着人们的办事效率、社交的成效、事业的发展、生活的状态等许多方面，还控制和左右着周围人的态度。讲究仪容美可以增强人际吸引，辅助事业成功。

美国前总统林肯身边曾经发生过这样一件有趣的事情：有人曾向他推荐一个人为内阁成员。林肯没有同意，他拒绝的现由是："我不喜欢他那副长相！""哦，可是这未免太苛刻吧？他不能对自己的面孔负责呀！"介绍人分辩说。林肯微微一笑，诙谐地说："不，一个人过了40岁，应该对自己的面孔负责！"

由此可见，先天的不足可以通过后天来弥补。一副不完美的仪容，完全可以通过修饰的方法来弥补，因此，了解一些仪容修饰的基本常识在当今社会显得特别重要。讲究仪容美，这是人与人顺利交往，并获得社交成功的必要条件。

一个人的仪容，大体上受到两大因素的影响。其一，是本人的先天条件。一个人相貌如何，通常主要受制于血缘遗传。不管一个人是"天生丽质难自弃"，还是长的丑陋不堪，实际上一降生到人世便已"命中注定如此"，其后的发展变化往往不会与之相去甚远。其二，是本人的修饰维护。每个人的先天条件固然头等重要，然而这么说并非意味着一个在仪容方面先天条件优越的人，便可以过分地自恃其长，而不去进行任何后天的修饰或维护。事实上，修饰与维护，对于仪容的优劣而言往往起着一定的作用。在任何情况下，一个正常人倘若不注意对本人的仪容进行合乎常规的修饰与维护，往往在他人的心目中也难有良好的个人形象可言。所以，我们在平时必须时刻不忘对自己的仪容进行着修饰和整理，做到"内正其心，外正其容"。

一、仪容美

仪容美，包括仪容的自然美、修饰美、内在美三个层次：

1. 仪容自然美

它是指仪容的先天条件好，天生丽质。尽管以相貌取人不合情理，但先天美好的仪容相貌，无疑会令人赏心悦目，感觉愉快。

2. 仪容修饰美

它是指依照规范与个人条件，对仪容进行必要的修饰，扬其长，避其短，设计、塑造出美好的个人形象，在人际交往中尽量令自己显得有备而来，自尊自爱。

3. 仪容内在美

它是指通过努力学习，不断提高个人的文化、艺术素养和思想、道德水准，培养出自己高雅的气质与美好的心灵，使自己秀外慧中，表里如一。

二、仪容修饰的原则

在职业活动中，适当化妆，不仅是职业工作的需要，同时也是对他人尊重的一种表现。做任何事情都贵在适度，化妆也不例外，过分醉心于美容，化妆得不堪浓艳，不仅有损于皮肤的健康，而且还有损于别人的观瞻，因此，美容化妆必须坚持美化、自然、协调的原则。

1. 美化原则

要使化妆达到美的效果，首先必须了解自己的脸的各部位特点，孰优孰劣要心中有数；还要清楚怎样化妆和矫正，才能扬长避短，变拙陋为俏丽，使容貌更迷人。这些，要在把握脸部个性特征和正确的审美观的指导下进行。

2. 自然原则

自然的化妆要依赖正确的化妆技巧、合适的化妆品；要一丝不苟，井井有条；要讲究过渡、体现层次；要点面到位、浓淡相宜。总之，要使化妆说其有，看似无，就像被化妆的人确确实实长了这样一张美丽的面容，像真的一样。化妆时不讲艺术技法手段，胡来一气，敷衍了事，片面追求速度，都有可能使妆面失真。

3. 协调原则

◆ 妆面协调

指化妆部位色彩搭配、浓淡协调，所化的妆要针对脸部个性特点，整体设计协调。

◆ **全身协调**

指脸部化妆还必须注意与发型、服装、饰物协调，如穿大红色的衣服或配了大红色的饰物时，口红可以采用大红色的，力求取得完美的整体效果。

◆ **身份协调**

指礼仪人员化妆时要考虑到自己的职业特点和身份，采用不同的化妆手段和化妆品。作为职业人士，应注意化妆后要体现端庄稳重的气质。

◆ **场合协调**

是指化妆要与所去的场合气氛要求一致。日常办公，妆可以化淡一些；出入宴会、舞会场合，妆可以化浓一些，尤其是舞会，妆可以亮丽一些；参加追悼会，素衣淡妆，忌使用鲜艳的红色化妆。不同的场合不同的化妆，相得益彰，不仅会使化妆者内心保持平衡，也会使周围的人心理融洽。

三、面容的修饰

面容是人的仪表之首，是仪容美的重头戏。由于性别的差异和人们认知角度的不同，使得男女在面容美化的方式方法和具体要求上，均有各自不同特点。

1. 男士和女士面容的基本要求

◆ **男士**

男士应养成每天修面剃须的良好习惯。实在要蓄须的话，也要考虑工作是否允许，并要经常修剪，保持卫生，不管是留络腮胡还是小胡子，整洁大方是最重要的。

◆ **女士**

女士面容的美化主要采取整容与化妆的两种方法。整容是通过外科手术来改变人的容貌，但有一定的风险；而化妆以其便利、易改、安全等优势受到女士们的欢迎，成为当今面容美化的首先方法。

2. 化妆

化妆时要认真掌握化妆的方法，化妆大体上应分为打粉底、施眼影、画眼线、描眉形、上腮红、涂唇彩、喷香水等步骤，每个步骤均有一定之法必须认真遵守，力求化妆的方法正确。

◆ **化妆步骤及方法**

* **清洁皮肤**

应每日早晚洗脸，清除附着在面部的污垢、汗渍等不洁之物。正确洗脸有助于保持皮肤的弹性、保持血液循环良好和新陈代谢的正常进行。用温水先润湿脸部，再用适量的洗面用品，用手由下颌向上揉搓，手指打圈。顺序为：从多油垢的"T"形地带洗起，然后洗面颊与眼部周围，最后是耳部、颈部、发际、眉骨等部位，彻底清洁皮肤，然后用清水冲洗干净。整个过程动作要轻柔、舒缓。

　　＊　拍上柔肤水

　　通过卸妆及洗脸去除污垢后，便是补充随污垢一起流失的水分、油脂、角质层内的 NMF（天然保湿因子）等物质，使肌肤回复原来的状态，柔肤水和乳液可以发挥它们的功效。

　　柔肤水的任务绝对是补充水分，它的首要职责是补充洗脸时失去的水分，用充足的水分紧缩肌肤，使它变得柔软，紧接在其后的乳液才容易渗入，使用柔肤水的方法是：

　　→ 将二片化妆棉重叠、倒入充足的柔肤水，使水分刚好浸透整片棉花。

　　→ 两指各夹一片沾满柔肤水的化妆棉，按在整个脸上、使肌肤感受到冰凉感。每半边脸用一片化妆棉。

　　→ 首先，由两中心朝外侧浸染；接着，浸湿易流汗的 T 字区及鼻翼四周；其次，由下而上拍打整个脸部，直到肌肤充分吸收为止。

　　→ 容易因水分不足而干燥的眼部周围要集中浸染，唇部也要补充水分，眼睛四周及唇在白天也要记得用柔肤水补充水分。

　　＊　涂抹乳液或面霜

　　用柔肤水充分补充洗脸所失去的水分后，再用乳液补足水分、油分，使肌肤完全恢复原来的状态，这点相当重要。乳液有水分、油分、保湿等肌肤必要的三种成分，而且这三种成份调配得十分均匀，是每日保养肌肤不可缺少的产品，它的主要目的是恢复肌肤的柔软性，并为接下来的化妆做好准备。

　　乳液的使用方法是：

　　→ 先用手掌温热脸部使毛孔张开，乳液也容易浸透且能加强滑润感。

　　→ 把乳液分别贴在脸上 5 处部位，由中央朝外、由下朝上的要领边画圆边涂抹均匀。

　　→ 轻柔地按摩眼睛四周的敏感部位，脸部都涂好后，用手掌裹住脸部，让乳液渗入并去除粘腻感。

　　除去柔肤水与乳液以外，面霜也是一种护肤的佳品。一般人认为面霜属油性，因此油性肌肤的人不应选用，其实这是不完全的认识。本来，面霜的目的是在肌肤渗入含有水分的保湿剂后，制造油分保护膜，使它继续保持湿润。因此，一般认为它是替皮脂分泌少的干性皮肤补充人工皮脂膜，但它对天然皮脂膜十分充裕的油性皮肤也是不无益处的。特别是脂多但水分相当缺乏的油性皮肤，面霜更是帮助皮肤保持水分的良好营养品。

　　＊　打粉底

　　又叫敷底粉或打底，它是以调整面部皮肤颜色为目的的一种基础化妆。一是选择粉底霜时要选择好它的色彩。通常，不同的肤色应选用不同的粉底霜。二是选用的粉底霜最好与自己的肤色相接近，而不宜使二者反差过大，看起来失真。三是打粉底时一定要借助于海绵，而且要做到取用适量、涂抹细致、薄厚均匀。四是切勿忘记脖颈部位。在那里打上一点儿粉底，才不会使自己面部与颈部"泾渭分明"。

＊ 施眼影

主要目的是强化面部的立体感，以凹眼反衬隆鼻，并且使化妆者的双眼显得更为明亮传神。施眼影时，有两大问题应予注意：一是要选对眼影的具体颜色。过分鲜艳的眼影，一般仅适用于晚妆，而不适用于工作妆。对中国人来说，化工作妆时选用浅咖啡色的眼影，往往收效较好。二是要施出眼影的层次之感。施眼影时，最忌没有厚薄深浅之分。若注意使之由浅而深，层次分明，将有助于强化化妆者眼部的轮廓。

＊ 画眼线

这一步骤在化妆时最好不要省掉，它的最大好处，是可以让化妆者的一双眼睛生动而精神，并且更富有光泽。在画眼线时，一般应当把它画得紧贴眼睫毛。具体而言，画上眼线时，应当从内眼角朝外眼角方向画；画下眼线时，则应当从外眼角朝内眼角画，并且在距内眼角约三分之一处收笔。应予重点强调的是，在画外眼线时，特别要重视笔法。最好是先粗后细，由浓而淡，要注意避免眼线画得呆板、锐利、曲里拐弯。画完之后的上下眼线，一般在外眼角处不应当交合。上眼线看上去要稍长一些，这样才会使双眼显得大而充满活力。

＊ 描眉形

一个人眉毛的浓淡与形状，对其容貌发挥着重要的烘托作用。任何有经验的化妆者，都会将描眉视为其化妆时的重中之重。在描眉时，有四点需要注意：一是先要进行修眉，以专用的镊子拔除那些杂乱无序的眉毛。二是描眉所要描出的整个眉形，必须要兼顾本人的性别、年龄与脸型。三是在具体描眉形时，要对逐根眉毛进行细描，而忌讳一画而过。四是描眉之后应使眉形具有立体之感，所以在描眉时通常都要在具体手法上注意两头淡，中间浓；上边浅，下边深。

＊ 上腮红

即在面颊处涂上适量的胭脂。上腮红的好处，是可以使化妆者的面颊更加红润，面部轮廓更加优美，并且显示出其健康与活力。在化工作妆时上腮红，需要注意四条：一是要选择优质的腮红，若其质地不佳，便难有良好的化妆效果。二是要使腮红与唇膏或眼影属于同一色系，以体现妆面的和谐之美。三是要使腮红与面部肤色过渡自然。正确的做法应是，以小刷蘸取腮红，先上在颧骨下方，即高不及眼睛、低不过嘴角、长不到眼长的二分之一处，然后才略作延展晕染。四是要扑粉进行定妆。在上好腮红后，即应以定妆粉定妆，以便吸收汗液、皮脂，并避免脱妆。扑粉时不要用量过多，并且不要忘记在颈部也要扑上一些。

＊ 涂唇彩

化妆时，唇部的地位仅次于眼部，涂唇彩，既可改变不理想的唇形，又可使双唇更加娇媚迷人。涂唇膏时的主要注意事项有三：一是要先以唇线笔描好唇线，确定好理想的唇形。唇线笔的颜色要略深于唇膏的颜色，描唇形时，嘴应自然放松张开，先描上唇，后描下唇。

上唇嘴角要描细，下唇嘴角则要略粗。二是要涂好唇膏。以唇线笔描好唇形后，才能涂唇膏。选择唇膏时，既可以选彩色，也可以选无色，但要求其安全无害，并要避免选用鲜艳古怪之色。女性一般宜选棕色、橙色或紫色，男性则宜选无色唇膏。涂唇膏时，应从两侧涂向中间，并要使之均匀而又不超出早先以唇线笔画定的唇形。三是要仔细检查。涂毕唇彩后，要用纸巾吸去多余的唇膏，并细心检查一下牙齿上有无唇膏的痕迹。

* 喷香水

喷香水要注意的问题有：一是不应使之影响本职工作，或是有碍于人。二是宜选气味淡雅清新的香水，并应使之与自己同时使用的其他化妆品香型大体上一致，而不是彼此"窜味"。三是切勿使用过量，产生适得其反的效果。四是应当将其喷在或涂抹于适当之处，如腕部、耳后、颌下、膝后，等等，而千万不要将它直接喷在衣物上、头发上或身上其他易于出汗之处。

◆ 化妆礼节

* 化妆浓淡

化妆的浓淡视时间而定，白天工作场合化淡妆，夜晚化浓妆、淡妆都适宜。

* 化妆地点

不能在公共场所里化妆，在众目睽睽之下化妆是非常失礼的。如有必要化妆或修饰的话，要在卧室或化妆间里去做。

* 化妆时间

工作时间不能化妆，否则易被他人当作不务正业的人。不允许在同事面前化妆，否则会引起误会。

* 不非议他人化妆

不要非议他人的化妆，由于民族、肤色和文化修养的差异，每个人的化妆不可能都是一样的。

* 不借用化妆品

不要借用他人的化妆品，这样做既不卫生又不礼貌。

3. 皮肤护理

护肤是仪容美的关键，皮肤、尤其是面部皮肤的经常护理和保养，是实现仪容美的首要前提。

◆ 正常肤质

正常健康的人皮肤具有光泽，且柔软、细腻洁净、富有弹性；而当人处于病态或衰老的时候，其皮肤就会失去光泽、弹性，出现皱纹或色斑，对皮肤进行经常性的护理和保养有助于保持皮肤的青春活力。

◆ 皮肤分三类

皮肤一般分三种类型：干性皮肤、中性皮肤和油性皮肤。对于不同类型的皮肤需用不同的方法加以护理和保养。

干性皮肤红白细嫩，油脂分泌较少，经不起风吹日晒，对外界的刺激十分敏感，极易出现色素沉着和皱纹。有些干性皮肤的人苦于自己的皮肤少了一份"亮光"，使劲往脸上涂抹"增亮"的油脂，殊不知此举减少了皮肤的秀气性。其实对于这种皮肤，每天在洗脸的时候，可以在水中加入少许蜂蜜，湿润整个面部，用手拍干，坚持一段时间，就能改善面部肌肤，使其光滑细腻。

中性皮肤比较润泽细嫩，对外界的刺激不太敏感。这种皮肤比较易于护理，可以在晚上用水洗脸后，再用温热水捂脸片刻，然后轻轻抹干。

油性皮肤肤色较深，毛孔粗大，油光满面，易生痤疮等皮脂性皮肤病，但适应性强，不易显皱。洗脸时可在热水中加入少许白醋，以便有效地去除皮肤上过多的皮脂、皮屑和尘埃，使皮肤富有光泽和弹性。

◆ **美容保健**

皮肤的护理是必要的，皮肤的保健更是十分必要的。

* **精神愉悦**

精神愉快是最好的美容保健方法。俗话说："笑一笑，十年少"，美国一位科学家曾说："笑是一种化学刺激反应，它能激发人体各个器官，尤其是激发头脑和内分泌系统活动。"笑的时候，面部肌肉舒展活动，皮肤的新陈代谢加快，从而能促进血液循环，增强皮肤弹性。我们应当避免过分的焦虑、忧愁和悲伤，当遇到困难和烦恼时，要善于排解，可以通过向他人述说的方法向外排解，也可以通过听音乐、看小说等等方法自我排解，乐观的人始终是美丽的。

* **充足的睡眠**

充足的睡眠是美容保健不可缺少的条件。在睡眠状态下，人体的器官能够自动修整，细胞加快更新，皮肤可以获得更多的氧。睡眠充足，精神才能振作，才能容光焕发，如果晚上经常熬夜，时间长了皮肤会干涩无光。

* **合理的饮食**

合理的饮食是美容保健的根本。人体需要多种养分，有了养分，皮肤才有自然健康的美。因此，我们在日常的生活中应注意饮食上的多种多样，多吃富含维生素的食物，少吃刺激性食物，保持吸收、消化系统的畅通。

第四节 发型美观

> 发型是构成仪容美的重要内容。恰当得体的发型会使人容光焕发，充满活力，显现出与众不同的特性来。发型可以表现人的个性、欲望、心理与时尚，美观的发型能给人一种整洁、庄重、洒脱、文雅、活泼的感觉。根据不同人的发质、服装、身材、脸型等选择合适的发型，就可以扬长避短，和谐统一，增加人体的整体美。

一、发型得体

1. 发式与发质

一般来说，直而硬的头发容易修剪得整齐，故设计发型时应尽量避免花样复杂，应以修剪技巧为主，做成简单而又高雅大方的发型。比如梳理成披肩长发，会给人一种飘逸秀美的悬垂美感；用大号发卷梳理成略带波浪的发型或梳成发髻等，会给人一种雍容、典雅的高贵气质。细而柔软的头发，比较服帖、容易整理成型，可塑性强，适合做小卷曲的波浪式发型，显得蓬松自然；也可以梳成俏丽的短发，能充分体现你的个性美。

2. 发式与服装

在现代美容中，一个人的发式与服装有着十分密切的关系。什么样的服装应当有什么样的发式相配，这样才显得谐调大方。假如一个高贵典雅的发髻配上一套牛仔服系列就显得不伦不类，因此，只有和谐统一才体现美。

一段时期，社会上流行不对称的服装，那么就必须有不对称的发式来相配，才会有种奇特美感，而端庄与娇俏的发式也应与各式样的服装配合。如男士穿上笔挺的西服，再梳理个西装头，就会显得风度翩翩。青年人在举行婚礼时，女子若穿婚礼服就必须配上波纹自然的秀发，这样显得高雅华贵、格外动人。

3. 发式与身材

身材高瘦者，适合留长发型，并且适当增加些发型的装饰性。如若梳卷曲的波浪式发型，会对于高瘦身材更有一定的协调作用。但高瘦身材者不宜盘高发髻，或将头发削剪得太短，以免给人一种更加瘦长的感觉。

身材矮小者，适宜留短发或盘发，因露出脖子可以使身材显得高些，并可以根据自己的喜爱，将发式做得精巧、别致些，追求优美、秀丽。但矮小身材者不宜留长发或粗犷、蓬松的发型，那样会使身材显得更矮。

身材较胖者，适宜梳淡雅舒展、轻盈俏丽的发式，尤其是应注意将整体发势向上，将两侧束紧，使脖子亮出，这样会使人产生视错觉，感觉你瘦些。但若留长波浪，两侧蓬松，则会显得更胖。

4．发式与脸型

椭圆型脸：任何发式都与它配合，能达到美容效果。但若采用中分头路，左右均衡、顶部略蓬松的发式，会更贴切，以显示脸型之美。

圆脸型：接近于孩童脸，双颊较宽，因此，应选择头前部或顶部略半隆的发式，两侧则要略向后梳，将两颊及两耳稍微留出，这样，既可以在视觉上冲淡脸圆的感觉，又显得端庄大方。圆脸型的人尤其适合梳纵向线条的垂直向下的发型或是盘发，使人显得挺拔而秀气。

长脸型：端庄凝重，但给人一种老成感。因此，应选择优雅可爱的发式来冲淡这种感觉，顶发不宜太丰隆、前额部的头发可适当下倾，两颊部位的头发适当蓬松些，可以留长发，也可以齐耳，发尾要松散流畅，以发型的宽度来缩短脸的视觉长度。若将头发做成自然成型的柔曲状，会更理想。

方脸型：前额较宽，两腮突出，显得脸型短阔。适宜选择自然的大波纹状发式，使整个头发柔和地将脸孔包起来，两颊头发略显蓬松遮住脸的宽部，使人的视觉由线条的圆润冲淡脸部方正直线条的印象。

"由"字型脸：应选择宜表现额角宽度的发型，而中长发型较好。可使顶部的头发梳得松软蓬松些，两颊侧的头发宜向外蓬出以遮住腮，在视觉上减弱腮部的宽阔感。

"甲"字型脸：宜选择能遮盖宽前额的发型，一般说两颊及后发应蓬松而饱满，额部稍垂"刘海"，顶部头发不宜丰隆，以遮住过宽的额头。此脸型人适宜将发烫成波浪型的长发。

5．发式与职业

职业对头发的长度影响很大，人们的职业不同、身份不同、工作环境不同，发型自然也应有所不同。作为教师、律师、医生、商界人士等在工作场合抛头露面的人，发型应当传统、庄重、保守一些；在社交场合频频亮相的人，发型可以个性、时尚、艺术一些。

6．发式与年龄

发型是年龄的象征之一，不同年龄有着不同的特征，发型在一定程度上反映了人们的年龄特征。少年发型应简洁自然，梳洗方便，不宜烫发或长发；青年发型要线条活泼，造型优美，发式新颖，富有时代气息；中年人发型要结合自己个性，舒适大方，优美自然。

二、合理护发

头发是人们脸面之中的脸面，所以应当自觉地做好日常护理。不论有无交际应酬活动，平时都要对自己的头发护理。对头发勤于梳洗作用有二：一是保持整洁、端庄，二是可以促进血液循环，对护发、养发都有作用。通常情况，洗发应当三天左右为宜。至于梳理头发，更应该时时不忘。

人们都希望有乌黑、光亮、柔软的秀发，再配上端庄、美观的发型，可以增加仪表美。要使头发健康秀美，必须用科学的方法保护。保护头发也应注意心情愉快，营养平衡，睡眠充分。护发是美发的基础，可以从以下几个方面入手：

1. 清洗头发

头发应当适时清洗。洗发可以去除落在头发上的灰尘和头皮的分泌物，有助于头发的生长和健康，尤其是油性头发，更应勤洗。一般一周清洗两三次。应根据自己的发质选择不同的洗发用品。洗发时，要轻揉发根，洗完后最好自然风干，涂上护发素。

2. 梳理头发

梳理头发不仅能使头发整齐美观，而且也是一种健美运动。可以促进头部的血液循环，使头发根部的营养输送到发茎、发梢部分，可以保持头发的光泽和柔软。坚持每日 50 梳 ~ 100 梳，持之以恒，将会对头发大益处。梳理头发时，要轻重适度，防止损伤头皮。

3. 按摩头部

按摩头部是增进头发健康的重要手段，有利于促进头部的血液循环，促进头发生长，防止头发脱落，按摩时，将十指分开，从前向后做环状揉动，反复多次。按摩后会产生头皮热和紧缩的感觉。

4. 不同季节对头发的护理

春天是头发生长最快的季节，但因空气干燥，头发水分易被蒸发，应注意保护头发。夏天出汗多，应勤洗头，外出时戴凉帽，以防止强光损伤头发。秋季气候干燥已转凉，头屑多，易脱发，因此，要多使用护发品加强护发。冬季气温低，头发新陈代谢也会减弱，应减少洗头次数，给头发补充营养，并适当按摩头发。

第**3**章
着装服饰礼仪

　　服装，大而言之是一种文化，它反映着一个民族的文化修养、精神面貌和物质文明发展的程度；小而言之，服装又是一种"语言"，它能反映出一个人的职业、文化修养、审美意识，也能表现出一个人对自己、对他人以至于对生活的态度。

　　服装是视觉工具，你能用它达到你的目的，你的整体展示——服装、身体、面部、态度为你打开凯旋之门，你的出现向世界传递你的权威、可信度、被喜爱度。

　　着装礼仪包括着装原则、服装色彩、礼服穿着、服饰佩戴等规则。整齐的着装往往能给人留下干净、精干的形象，使人乐于接近。因此，在社交场合要注意服饰的选择，遵循着装的原则，穿出魅力，穿出自信。

服装造就了希尔

　　美国商人希尔就清楚地认识到，在商业社会中，一般人是根据一个人的衣着来判断对方的实力的，因此，他首先去拜访裁缝。靠着往日的信用，希尔订做了三套昂贵的西服，共花了275美元，而当时他的口袋里仅有不到1美元的零钱。然后他又买了一整套最好的衬衫、领带及内衣裤，而这时他的债务已经达到675美元。每天早上他都会身穿一套全新的衣服，在同一时间里同一位出版商"邂逅"相遇，希尔每天都和他打招呼，并偶尔聊上一两分钟。

　　这种例行性会面大约进行了一星期之后，出版商开始主动与希尔搭话，并说："你看来混得相当不错。"接着出版商便想知道希尔从事哪一行业。因为希尔身上的衣着表现出来的这种极有成就的气质，再加上每天一套不同的新衣服，已引起了出版商极大的好奇心，这正是希尔盼望发生的事情。希尔于是很轻松地告诉出版商："我正在筹备一份新杂志，打算在近期内争取出版，杂志的名称为《希尔的黄金定律》。"出版商说："我是从事杂志印刷和发行的。也许我可以帮你的忙。"这正是希尔等候的那一刻，而当他购买这些新衣服时，他心中已想到了这一刻。这位出版商邀请希尔到他的俱乐部，和他共进午餐，在咖啡和香烟尚未送上桌前，已说服了希尔答应和他签合约，由他负责印刷和发行希尔的杂志。发行《希尔的黄金定律》这本杂志所需要的资金至少在三万美元以上，而其中的每一分钱都是从漂亮衣服所创造的"幌子"上筹集来的。

　　因此，我们要学会运用服饰这一武器来"武装"自己，获得成功。因为穿得有品味，能赢得人们的好感和尊敬。

（参见张岩松：《现代交际礼仪》，经济管理出版社，2006年版）

第一节　着装的原则

　　随着人们审美水平的提高，着装也就成了人的仪表美的一部分。"整洁的着装是无言的介绍信"，穿着合体、适宜的服装，会给人留下美好的印象，如果不修边幅、衣冠不整，会给人留下缺乏教养、不拘小节、不稳重的感觉。"美是一种创造"，恰到好处的着装选择就能创造出美，因此，如何着装必须讲究艺术。

　　心理学家曾做过一个有趣的实验，把 10 张小姑娘的照片给受试者看，其中 8 人容貌服饰姣好，另两位姑娘长相较差，衣服也破旧，心理学家告诉受试者，其中一人是小偷，结果，有 80% 的受试者认为后者是小偷。

　　这说明人们总是喜欢那些看上去令人感觉舒适、有美感的人。美好的长相、匀称挺拔的身材、美观大方的服饰均能增添人的仪表魅力，给人以舒服、美好的感觉。如果说，人的长相、身材长短难以变更，而服饰确实是可以变化的。

　　整洁美观的服饰是人们能用以改变自己或烘托自己的最好、使用最频繁的"武器"。早在 1972 年，世界著名心理学家及讲演大师肯利教授发现，在高中女孩的交往友谊中，穿衣最重要，占留给别人印象的 67% 之多，在多年之后，我们即便回忆不起当年的容貌，却对"当时穿什么"印象特深，其次才是个性，再次是共同的兴趣。因而他发现了着装是一个强烈、显著的信号，并告诉人们一个原则：服装只要运用得当，就是最有利的沟通工具之一，也是最便捷的人际交往"名片"。并且进一步通过实验证实，着装能让我们得到不同的待遇。假如穿戴像一个成功的人，就能让您在各种场合得到应有的尊敬和善待。肯利教授最后指出，在任何事业上，成功穿着就能够帮助您更大成功。

一、"TPO"原则

　　着装时，应遵循人们公认的三原则：时间原则（Time）、地点原则（Place）和场合原则（Ocassion），即"时间、地点、场合（目的）"的原则，是日本男装协会 1963 年提出的。

1. 时间原则

它是指在不同的时代、不同的季节、不同的时间应穿不同的服装。服装是有时代性的，比如，封建时代，女子一律穿旗袍，男子一律是长袍马褂、对襟开衫，若有人穿西装就会被讥笑为"假洋鬼子"；毛泽东时代，不分男女老少一律是蓝制服或绿军装，谁若穿着讲究一点，必然被视为资产阶级情调；而现在服装已成为显示风度气质、文化修养和身份地位的重要工具。服装有季节性，如在深秋时节穿一件无袖轻薄的连衣裙，很难给人留下美感。服装还有时间性，一般有日装、晚装之分。日装要求轻便、舒适，便于活动，但款式不可以使身体裸露，而晚装则要求艳丽、华贵、珠光宝气，可适当裸露，因此日装、晚装不能颠倒。

2. 地点原则

它是指不同的工作环境、不同的社交场面，着装要有所不同。比如，一个在外贸公司工作的公关小姐，总是喜欢穿款式陈旧、色泽暗淡的服装，尽管她努力工作，能力也不错，但好几次富有吸引力的工作机会都被那些衣着更时髦、打扮更精神的同事争取到了，因为她的衣着似乎在说："我是一个安分守己的人，我对目前的状况很满意。"因此，着装还要根据环境场合的变化而变化，上班时不必穿高档服装，不能过于艳丽、裸露，而是穿端庄大方的西装、衬衫、套裙比较适合；上街不可穿居家服、睡衣睡裤；探亲访友着装应沉稳；去医院看望病人，应随意大方；郊游运动，应轻松随便；晚会舞会则可鲜艳华丽。

3. 场合（目的）原则

所谓穿着要注意场合，是说要根据不同场合来进行着装。

英国女王伊丽莎白二世访问中国期间，走出机舱门第一个亮相，穿的是正黄色西服套裙，戴正黄色帽子。这位女王本人喜欢红色和天蓝色，很少穿黄衣服。但在中国，几千年的历史上黄色是皇帝的专用色。女王来中国访问穿正黄色，既表示尊重中国的传统习俗，又显示了她作为一国君主的高贵身份。

社交中，不同场合有不同的着装要求。这里主要介绍喜庆欢乐的场合、隆重庄严的场合、华丽高雅的场合和悲伤肃穆的场合的穿着要求。

◆ 喜庆欢乐的场合

包括庆祝会、欢乐会、生日、婚日纪念活动、婚礼聚会等。喜庆欢乐场合的穿着应与人们高兴、快乐、兴奋的情绪协调，女士可以穿得色彩鲜艳、丰富一些，款式也可以新颖一些，以烘托活跃欢乐的气氛，太深沉的色彩和太古板的款式都不太适宜。男士虽不能像女士那样穿红着绿，但白色或其它浅色西装、花色漂亮醒目的领带，均可以拿出来潇洒一番，以表现男士轻松愉快的心情。

◆ 隆重庄严的场合

如开幕闭幕式、签字仪式、出席重要的或高层次会议、重要的会见活动、新闻发布会等，这种场合是正式的，要特别注意个人的公众形象和媒介形象，注意仪表，衬托隆重庄严的气氛，所以不能穿得太随便。男士们应西装革履，正规、配套、整齐、洁净、一丝不苟，这是个人仪表形象的原则；女士不要花里胡哨、松松垮垮、随随便便，也应穿上套装或较为素雅端庄的连衣裙，体现职业女士在正规场合的风范。

◆ **华丽高雅的场合**

多半为晚上举办的正式社交活动，如正式宴会、酒会、招待会、舞会、音乐会等。在这种场合女士的着装应较为华丽高贵，有责任把自己打扮得漂亮一点，显示出美好的气质和修养。可以穿连衣长裙、套裙，面料要华丽，质地要好，色彩应单纯（最好为单色），服装可以有花边装饰，也可以用胸针、项链、耳环、小巧漂亮的坤包点缀。式样简洁的华丽裙装，更能体现一种脱俗美。男士们穿着深色西服，从头到脚修饰一新，就可以步入华丽高雅的场合。

◆ **悲伤肃穆的场合**

如吊唁活动和葬礼，这时的服装色彩不能太刺眼，款式不能太引人注目。到这种场合来的人，应该抱着沉痛的心、肃穆的情绪，为亡故者而来，而不是来展示个人的自我形象，因此在着装上应避免突出个性，表现自我，而是将自我的个性揉进这种特殊场合的群体氛围之中。男士可以穿黑色或深色西装配白衬衣、黑领带；女士不抹口红、不戴装饰品、不用鲜艳的花手绢，全身衣装是深色或素色，使外表的肃穆与内心的沉痛协调统一起来。

二、个性原则

这里有两层含义：穿着对象和交际对象，也就是说，你的穿着既要适合自己，能表现自己的个性风格，又要对应别人，与你的交际对象保持协调一致。在生活中，我们常常会看到高高胖胖的女士，上穿一件淡红色紧身衣，下穿一条一步裙，露出肥厚的前胸和粗壮的大腿，令人担心那身衣服随时会绷裂；而身材矮小的小姐，却上穿一件深色蝙蝠衫，下穿一条长长的黑色呢裙，宽松肥大的衣裙把她整个人都装了进去，越发显得瘦弱憔悴。男士也是如此，五短三粗的男子却穿着包臀的萝卜裤，让人看上去十分别扭。要穿的自然得体，就得根据自己的高矮胖瘦，选择不同质地、颜色、款式的服装加以调整。

着装，还受容貌肤色、年龄、职业，性格等多种因素的影响。比如，你的相貌很老成，却总爱穿大花短上衣就显得很滑稽；你的肤色偏黄，却爱穿土黄色或黑色服装，越发像"出土文物"；你的年龄明明只有十八、九岁，却总穿灰色服装，必然像三、四十岁的大嫂。着装还要综合考虑自己各方面的条件和社会条件，使之穿出自我、穿出个性。

三、整体和整洁原则

正确的着装，应当基于整体的考虑和精心的搭配。因此，你在着装时，要使各个部分不仅要"自成一体"，还要相互呼应、配合，在整体上尽可能显得完美、和谐。着装一定要坚持整体性，要恪守服装本身约定俗成的搭配。比如，穿西装，应配皮鞋，就不能穿布鞋、凉鞋、运动鞋、拖鞋。

服装的整洁性也是很重要的，因为整洁是最美的修饰，代表着振奋、积极、向上的精神状态。坚持整洁注意四个方面：着装整齐，熨烫平整；着装完好，没有补丁；着装干净，没有异物；着装卫生，勤于换洗。

四、协调原则

所谓穿着的协调，是指一个人的穿着要与他的年龄、体形、职业和所处的场合等吻合，表现出一种和谐，这种和谐能给人以美感。具体地说：

◆ **穿着要和年龄相协调**

在穿着上要注意你的年龄，与年龄相协调，不管青年人还是老年人，都有权利打扮自己，但是在打扮时要注意，不同年龄的人有不同的穿着要求。年轻人应穿着鲜艳、活泼、随意一些，这样可以充分体现出青年人的朝气和蓬勃向上的青春之美；而中、老年人的着装则要注意庄重、雅致、整洁，体现出成熟和稳重，透出那种年轻人所没有的成熟美。因此，无论你是青年、中年、还是老年，只要你的穿着与年龄相协调，那么都会使你显出独特的美来。

◆ **穿着要与体形相协调**

关于人体美的标准，骨骼匀称、适度。以肚脐为界，上下身的比例应符合"黄金分割"的 $1.618:1$，也可用近乎 $8:5$ 来表示。

然而，在现实生活中，并非每个人的体形都十分理想，人们或多或少地存在着形体上的不完美或欠缺，或高或矮，或胖或瘦。若能根据自己的体形挑选合适的服装，扬长避短，则能实现服装美和人体美的和谐、统一。

一般来说，身材较高的人，上衣应适当加长，配以低圆领或宽大而蓬松的袖子，宽大的裙子、衬衣，这样能给人以"矮"的感觉，衣服颜色上最好选择深色、单色或柔和的颜色；身材较矮的人，不宜穿大花图案或宽格条纹的服装，最好选择浅色的套装，上衣应稍短一些，使腿比上身突出，服装款式以简单直线为宜，上下颜色应保持一致；体型较胖的人应选择小花纹、直条纹的衣料，最好是冷色调，以达到显"瘦"的效果。在款式上，胖人要力求简洁，中腰略收，后背扎一中缝为好，不宜采用关门领，以"V"型领为最佳；体型较瘦的人应选择色彩鲜明、大花图案以及方格、横格的衣料，给人以宽阔、健壮的视觉效果。在款式上，瘦人应当选择尺寸宽大、上下分割花纹、有变化的、较复杂的、质地不太软的衣服，切忌穿紧身衣裤，也不要穿深色的衣服。

◆ **穿着要和职业相协调**

穿着除了要和身材、体形协调之外，还要与你的职业相协调。这一点非常重要，不同的职业有不同的穿着要求。例如，教师、干部一般要穿着的庄重一些，不要打扮得过于妖冶，衣着款式也不要过于怪异，这样可以给人留下一个良好的印象；医生穿着要力求显得稳重和富有经验，一般不宜穿着过于时髦给人以轻浮的感觉，这样不利于对病人进行治疗；青少年学生穿着要朴实、大方、整洁，不要过于成人化；而演员、艺术家则可以根据他们的职业特点，穿着得时尚一些。

◆ **穿着要和环境相协调**

穿着还要与你所处的环境相谐调。上班、办公室是一个很严肃的地方，因此在穿着上就应整齐、庄重一些。外出旅游，穿着应以轻装为宜，力求宽松、舒适，方便运动。平日居家，可以穿着随便一些，但如有客人来访，应请客人稍坐，自己立即穿着整齐，如果只穿内衣内裤来接待客人，那就显得失礼了。除此之外，在一些较为特殊的场合，还有一些专门的穿着要求。例如，在喜庆场合不宜穿得太素雅、古板；庄重的场合不能穿得太宽松、随便；悲伤场合不能穿得太鲜艳，等等，对于这些穿着要求，我们在下面还要作具体的介绍。

第二节 服装的色彩

> 色彩，是服装留给人们记忆最深的印象之一，而且在很大程度上也是服装穿着成败的关键所在。色彩对他人的刺激最快速，最强烈，最深刻，所以被称为"服装之第一可视物"。常言道："没有不美的色彩，只有不美的搭配。"色彩的搭配是很有学问的，并不是任何颜色凑在一起都美观，色彩搭配得当就会和谐、美观，否则就会给人以不悦之感。

一、色彩的象征性

一般来讲，不同色彩的服饰在不同的场合所产生的效果是不同的，为此，我们需要对色彩的象征性有一定的了解。

黑色，象征神秘、悲哀、静寂、死亡，或者刚强、坚定、冷峻；

白色，象征纯洁、明亮、朴素、神圣、高雅、恬淡，或者空虚、无望；

黄色，象征炽热、光明、庄严、明丽、希望高贵、权威；

大红，象征活力、热烈、激情、奔放、喜庆、福禄、爱情、革命；

粉红，象征柔和、温馨、温情；

紫色，象征谦和、平静、沉稳、亲切；

绿色，象征生命、新鲜、青春、新生、自然、朝气；

浅蓝，象征纯洁、清爽、文静、梦幻；

深蓝，象征自信、沉静、平静、深邃；

灰色，象征中立、和气、文雅。

人们在穿着服装时，在色彩的选择上既要考虑个性、爱好、季节，又要兼顾他人的观感和所处的场合。所以明代卫泳在《缘饰》中说春服宜清，夏服宜爽，秋服宜雅，冬服宜艳；见客宜重装；远行宜淡服；花下宜素服；对雪宜丽服。古人对服饰的讲究的确值得我们借鉴。

二、色彩的特性

对一般人而言，在服装的色彩上要想获得成功，最重要的是掌握色彩的特性、色彩的搭配，以及正装色彩的选择这三个方面。

首先，色彩具有冷暖、轻重、缩扩等特性。

1. 色彩的冷暖

使人产生温暖、热烈、兴奋之感的色彩为暖色，如红色、黄色；使人有寒冷、抑制、平静之感的色彩叫冷色，如蓝色、黑色、绿色。

2. 色彩的轻重

色彩明暗变化程度，被称为明度。不同明度的色彩往往给人以轻重不同的感觉，色彩越浅，明度越强，它使人有上升之感、轻感；色彩越深，明度越弱，它使人有下垂之感、重感。人们平日的着装，通常讲究上浅下深。

3. 色彩的缩扩

色彩的波长不同给人收缩或扩张的感觉有所不同。一般来讲，冷色、深色属收缩色，暖色、浅色则为扩张色。运用到服装上，前者使人苗条，后者使人丰满，二者皆可使人在形体方面避短扬长，运用不当则会在形体上出丑露怯。

三、色彩的搭配

色彩的搭配主要有统一法、对比法、呼应法。

1. 统一法

即配色时尽量采用同一色系之中各种明度不同的色彩，按照深浅不同的程度搭配，以便创造出和谐感。例如穿西服按照统一法可以选择这样搭配：如果采用灰色色系，可以由外向内逐渐变浅，深灰色西服—浅灰底花纹的领带—白色衬衫，这种方法使用于工作场合或庄重的社交场合的着装配色。

2. 对比法

即在配色时运用冷色、深色，明暗两种特性相反的色彩进行组合的方法。它可以使着装在色彩上反差强烈，静中求动，突出个性。但有一点要注意，运用对比法时忌讳上下二分之一对比，否则给人以拦腰一刀的感觉，要找到黄金分割点即身高的三分之一点上（即穿衬衣从上往下第四、第五个扣子之间），这样才有美感。

3. 呼应法

即在配色时，在某些相关部位刻意采用同一色彩，以便使其遥相呼应，产生美感。例如在社交场合穿西服的男士讲究"三一定律"。所谓"三一定律"，就是男士在正式场合时使用的公文包、腰带、皮鞋的色彩应相同，即为此法的运用。

四、正装的色彩

非正式场合所穿的便装，色彩上要求不高，往往可以听任自便，而正式场合穿的服装，其色彩却要多加注意。总体上要求正装色彩应当以少为宜，最好将其控制在三种色彩之内，"讲究三色原则"即正装为一色，衬衣为一色，包、腰带、鞋为一色。这样有助于保持正装保守的总体风格，显得简洁、和谐。正装若超过三种色彩则给人以繁杂，低俗之感。正装色彩，一般应为单色、深色并且无图案，最标准的正装色彩是蓝色、灰色、棕色、黑色。衬衣的色彩最佳为白色，皮鞋、袜子、公文包的色彩宜为深色（黑色最为常见）。

五、肤色与色彩

此外肤色也关系到着装的色彩，浅黄色皮肤者，也就是我们所说的皮肤白净的人，对颜色的选择性不那么强，穿什么颜色的衣服都合适，尤其是穿不加配色的黑色衣裤，则会显得更加动人；暗黄或浅褐色皮肤，也就是皮肤较黑的人，要尽量避免穿深色服装，特别是深褐色、黑紫色的服装。一般来说，这类肤色的人选择红色、黄色的服装比较合适；肤色呈病黄或苍白的人，最好不要穿紫红色的服装，以免使其脸色呈现出黄绿色，加重病态感；皮肤黑中透红的人，则应避免穿红、浅绿等颜色的服装，而应穿浅黄、白等颜色的服装。

第三节　礼服的穿着

　　礼服，从广义上讲，泛指一切适合于在庄重场合或举行仪式时所穿的服装。穿着得体的礼服出现在公共场合，它在无声地帮助你交流、沟通、传递你的信息，告诉人们你的社会地位、个性、职业、收入、教养、品位、发展前途，等等。穿着成功不一定保证你成功，但不成功的穿着保证你失败。

一、常见礼服

礼服一般分男士礼服与女士礼服两种。

1. 男士礼服

◆ **晨礼服**——又名常礼服，通常上装为灰、黑色，后摆为圆尾形；下装为深灰色底、黑条子裤；系绛红色、灰色领带等，穿黑皮鞋。这种礼服适合在白天参加典礼、婚礼等场合穿用。

◆ **小礼服**——也称晚会礼服或便礼服，为全白色或黑色西装上衣，衣领镶有缎带。下装为配有缎带或丝腰带的黑裤，衬衫可以是白色马赛罗（凸纹），有软前胸，或是前胸打褶。系黑色领结，着黑皮鞋。一般参加晚上六时以后举行的隆重晚宴、音乐会、剧院演出等活动时穿这种礼服。

◆ **大礼服**——也称燕尾服。黑色或深蓝色上装，前摆齐腰剪平，后摆剪成燕尾状，翻领上镶有缎面。下装为黑色或蓝色配有缎面、裤腿外侧有黑丝带的长裤。系白领结，穿黑皮鞋、黑丝袜、戴白手套。

◆ **中山服**——这是我国的民族服装，一般为上下装同色的黑色或深蓝色的毛料精制。内穿白衬衣，着黑皮鞋。这种礼服在国外的礼仪场合很受尊重。

2. 女士礼服

◆ **常礼服**——也叫晨礼服，通常由质料、颜色相同的上衣与裙子搭配而成，有的则是以华丽而有光泽的面料缝制成的连衣裙。穿常礼服时，应戴上合适的帽子和薄纱的短手套。这种礼服在白天参加庆典、婚礼时穿。

◆ **小礼服**——也叫晚礼服或便礼服。它是一种质地高档、长至脚背而不拖地的露背式单色连衣裙式服装，穿时通常不戴帽子或面纱。用于参加六点以后举办的音乐会、宴会。

◆ **大礼服**——用于晚间宴会或外交场合，有正式、略式之分，在款式上没有固定的格式，但都有高格调和正统感。欧洲女士夜礼服的特点是露出肩、胸、无袖，也有紧领、长袖的式样，长至脚边。多选用丝绸、软缎、织锦缎、麻丝等面料加工制作，并配以颜色相同的帽子、薄纱手套以及各种头饰和耳环、首饰等，如果装饰物合理，会显得格外漂亮雅致。夜礼服只能在特定的时间、场合穿。

◆ **旗袍**——是中华民族历史上流传下来的最具有民族特色的女装，也是我国女性最高档的礼服。它能很好地表现出女性柔美的身体曲线，显得高雅、端庄，仪态万千，因而受到各国妇女的赞赏。

二、男士服装穿着

随着礼仪从简趋势的发展，许多国家对服饰的要求也有逐渐简化的趋势。除了特别隆重正式场合穿礼服外，一般的社交场合和公关活动场合穿礼服的机会不多。目前，西装是男士最常见的办公服，也是现代交际中男子最得体的着装。国外很多机构，包括一些大企业，要求男士必须穿西服打领带。为了塑造良好的个人形象，男士必须学会穿西装。

1．男士西装的选择

◆ **合适的款式**

西装的款式可分为英国、美国、欧洲三大流派。尽管西装在款式上有流派之分，但是各流派之间差异并不很大，只是在后开衩的部位、扣是单排还是双排、领子的宽窄等方面有所不同。不过，在胸围、腰围的胖瘦，肩的宽窄上还是有所变化的。因此，我们在选择西装时，要充分考虑到自己的身高、体形，如身材较胖的人最好不要选择瘦型短西装；身材较矮者也最好不要穿上衣较长、肩较宽的双排扣西装。

◆ **合适的面料和颜色**

西装的面料要挺括一些，作正式礼服用的西装可采用深色如深蓝、深灰、黑色等颜色的全毛面料制作。日常穿的西装颜色可以有所变化，面料也可以不必讲究，但必须熨烫挺括。如果穿着皱巴巴的西装，是会损坏自己的交际形象的。

◆ **合适的衬衣**

穿着西装时一定要穿带领的衬衣，花衬衣配单色的西装效果比较好，单色的衬衣配条纹或带格西装比较合适；方格衬衣不应配条纹西装，条纹衬衣也不要配方格西装。

◆ **合适的领带**

领带——男人的自我宣言。领带是男人的概念和风格，是男人全身惟一最能表达自我的工具。

在交际场合穿西装必须要打领带，领带的颜色、花纹和款式要与所穿的西装相协调。领带的面料以真丝为最优。在领带颜色的选择上，杂色西装应配单色领带，而单色西装则应配花纹领带；驼色西装应配金茶色领带，褐色西装则需配黑色领带等。

2. 男士西装的穿着

◆ 穿好衬衣

穿西装必须要穿长袖衬衣，正式场合衬衣最好是白色，领头一定要硬扎、挺括，外露的部分一定要平整干净。衬衣下摆要掖在裤子里，领子不要翻在西装外，衬衣袖子长于西装袖子。

◆ 内衣不可过多

穿西装切忌穿过多内衣，衬衣内除了背心之外，最好不要再穿其它内衣，如果确实需要穿内衣的话，内衣的领圈和袖口也一定不要露出来。如果天气较冷，衬衣外面还可以穿上一件毛衣或毛背心，但毛衣一定要紧身，不要过于宽松，以免穿上显得过于臃肿，影响穿西装的效果。

◆ 打好领带

学会系好领带是男人生活中最严肃的一步。

在比较正式的社交场合，穿西装应系好领带。领带的长度要适当，以达到皮带扣处为宜。如果穿毛衣或毛背心，应将领带下部放在毛衣领口内。系领带时，衬衣的第一个纽扣要扣好。

◆ 鞋袜整齐

穿西装一定要穿皮鞋，而不能穿布鞋或旅游鞋。皮鞋的颜色要与西装相配套，皮鞋还应擦亮，不要蒙满灰尘。穿皮鞋还要配上合适的袜子，袜子的颜色要比西装稍深一些，使它在皮鞋与西装之间显示一种过渡。

◆ 扣好扣子

西装上衣可以敞开穿，但双排扣西装上衣一般不要敞开穿。在扣西装扣子时，如果穿的是两个扣子的西装，不要把两个扣子都扣上，一般只扣一个。如果是三个扣子只扣中间一个。西装裤兜内不宜放沉东西。

3. 打领带的礼仪

西装是男士的正装、礼服，而穿西装时是离不开领带的。鉴于领带在男士着装中所起的至关重要的装饰、美化、点缀的作用，对其规范化的问题应更为重视，不可在此关键之处出问题，即便是小有闪失，也要尽量避免。

◆ 领带的选择

要打好领带，先要选好领带。选择领带，重要的问题大体涉及其面料、色彩、图案、款式，等等。

＊ **面料的选择**

制作领带的最高档、最正宗的面料是真丝，除真丝外，尼龙亦可制作领带，但其档次较低。以其他面料，例如棉布、麻料、羊毛、皮革、塑料、纸张、珍珠等制作的领带，大多不适合在正式场合使用。

＊ **色彩的选择**

从色彩上讲，领带有单色、多色之分。单色领带适用于公务活动和隆重的社交场合，并以绛红色、蓝色、灰色、黑色、棕色、白色最受欢迎；多色领带一般不应超过三种色彩，可用于各类场合。

＊ **图案的选择**

用于正式场合的领带，其图案应规则、传统，最常见的有斜条、横条、竖条、圆点、方格以及规则的碎花，它们多有一定的寓意；印有人物、动物、植物、花卉、景观、怪异神秘图案的领带，仅适用于非正式的场合；印着广告、团体标识、家族徽记的领带，最好不要乱用。

＊ **款式的选择**

领带的款式，即其形状外观。一般来说，它有宽窄之分，这主要受到时尚流行的左右。进行选择时，应注意最好使领带的宽度与自己身体的宽度成正比，而不要反差过大。它还有箭头与平头之别。前者下端为倒三角形，适用于各种场合，比较传统；后者下端为平头，比较时髦，多适用于非正式场合。

◆ **领带的打法**

打领带时，应对领带的结法、领带的长度、领带的位置、领带的佩饰多加注意，只有这样，才有可能将领带打得完美无缺。

＊ **领带的结法**

领带扎得好不好看，关键在于领带结打得如何。打领带结需要注意以下四点：

第一，要把它扎得端正、挺括，外观上呈倒三角形。

第二，在收紧领带结时，可有意在其下压出一个窝或一条沟来，使其看起来美观、自然。

第三，领带结的大小应大体上与同时所穿的衬衫领子的大小成正比。

第四，领带的打结与领口的样式有关，领口越宽，领带的结应该越宽。领带共有三种系法，温莎型、浪漫式、简洁式（见附录）。

穿立领衬衫时不宜打领带，穿翼领衬衫时适合扎蝴蝶结。

＊ **领带的长度**

成人日常所用的领带，通常长约 130～150 厘米。领带打好之后，外侧应略长于内侧，其标准的长度，应当是下端正好触及腰带扣的中间，长于腰带，显得不精干，拖在腰带之上，显得小家子气。

* 领带的位置

领带打好之后,应被置于合乎常规的既定位置。穿西装上衣系好衣扣后,领带应处于西装上衣与内穿的衬衫之间。穿西装背心、羊毛衫、毛背心时,领带应处于它们与衬衫之间。

◆ **领带的佩饰**

在一般情况下,领带上没有必要使用任何佩饰。在轻风徐来,快步疾走之时,听任领带轻轻飘动,是很能替男士平添一些潇洒、帅气的。有的时候,或为了减少领带在行动时任意飘动带来的不便,或为了不使其妨碍本人工作、行动,可酌情使用领带佩饰。领带佩饰的基本作用是固定领带,其次才是装饰。常见的领带佩饰有领带夹、领带针和领带棒,它们分别用于不同的位置,但不能同时登场,一次只能选用其中一种。选择领带佩饰,应多考虑金属质地制品,并要求素色为佳,形状与图案要雅致、简洁。

三、女士服装的穿着

女士服装应讲究配套,款式较简洁,色彩较单纯,以充分表现出女士的精明强干,落落大方。

1. 女士西装

女士西装式样较多,它的领型就有西装"V"字领、青果领、披肩领等;款式有单排扣、双排扣;衣长也有变化,或短至齐腰处,或长至大腿;造型上有宽松的、束腰的,还可有各种图案的镶拼组合。女士西装有衣裤相配的套装,也有衣裙相配的套裙。在社交场合无论西服套装或西服套裙款式都宜简洁大方,避免过分的花哨和夸张。

女士西服套装给人以精明干练、富有权威的感觉,显得比较严肃,更适合成熟的女士或职位较高的女领导工作时穿用。而西服套装则成为社交中女士普遍适用的服装。

西服套裙的上装是西装,下装是腰裙,如西装裙、喇叭裙、百褶裙等。交际中西服套裙的面料应是高档面料,如夏季用丝绸,华贵柔美;春秋用各类毛料,考究挺括;冬季用羊绒或毛呢织物,高贵典雅。西服套裙的色彩应呈中性,也可偏暗,一色的面料适宜,各种条子、格子、点子面料也常用。西服套裙上下一色显得端庄,有成熟感;色彩上浅下深或上深下浅,式样上简下繁或上繁下简,花色或上轻下杂或上杂下轻,可以搭配出动感和活力,适合女士在不同场合穿出不同的风貌。

2. 女士连衣裙

连衣裙是上衣和裙子的结合体,它不但能尽显女士特有的恬静和妩媚,而且穿着便捷、舒适。连衣裙也可与西装外套等组合搭配,提高服装的使用率。连衣裙的造型丰富多彩,有前开襟、后开襟、全开襟和半开襟的;有紧身的、宽松的、喇叭形、三角形、倒三角形的;有无领的、有领的;有方领的、尖领的、圆领的;有超短的、过膝的、拖地的等等各种连衣裙,它们为各种身材的女士在不同场合提供了大量的选材。

穿着连衣裙时应以个人爱好、流行时尚而定，但交际场合时连衣裙还应以大方典雅为宜。单色连衣裙在大多数场合效果都很好，点、条、格等面料的连衣裙图案也要力求简洁。穿连衣裙要注意避免：一是受时髦潮流的影响，太流行或趋于怪异，变得俗不可耐或荒诞不经。二是不顾及环境，而穿着过低的领口，过紧的衣裙，过透的面料，使人感到极不雅观。

3．女士旗袍

旗袍被公认是最能体现女性曲线美的一种服装。我国是有着 300 年旗袍历史的国度，近年来旗袍带着一股从未有过的震撼力在影响着世界各地女性的穿着，它像一种特殊的世界语，迅速被各种族的人们接受，打破了只有东方女性才适合穿着的传统论断，因而旗袍也可作为社交中礼服。旗袍作为礼服，一般采用紧扣的高领、贴身、身长过膝，两旁开衩（衩开到膝盖上 1～2 寸）、斜式开襟、袖口至手腕上方或肘关节上端的款式，面料以高级呢绒绸缎为主，配以高跟鞋或半高跟鞋。

男、女必备的基本商务服装

	女	男	男女适用
西服套装	黑、灰色	普通蓝、蓝色带细暗纹	深蓝、深灰、灰
长袖衬衣	浅粉衬衣 5 件	细条纹衬衣 5～8 件	白、浅蓝（纯白）
裤子	哔叽色	藏青色	黑灰、深灰
西服、外套、上衣	黑	深蓝	
鞋	蓝	黑	黑色、与裙子、裤子同色或类似
腰带	蓝	黑	黑、与皮鞋同色
皮箱、手提文件箱			深棕或黑
领带		绛红色、蓝、深蓝、深灰、可带白、黄、银黄等简单花纹或者纯色	
手表	镶钻超薄	不易磨损钨金	表盘薄、皮带或银白、金色金属带
风衣、大衣			哔叽、布或毛与化纤合成

四、穿着的禁忌

着装要文明大方，符合社会道德传统和常规做法。社交场合着装要注意以下禁忌：

穿着禁忌

1. 忌穿过露的服装

2. 忌穿过透的服装

3. 忌穿过短的服装

4. 忌穿过紧的服装

小贴士

◆ **忌穿过露的服装**

在正式场合，袒胸露背，暴露大腿、脚部和腋窝的服装，应忌穿；更不能在大庭广众前打赤膊。

◆ **忌穿过透的服装**

不能穿能透视内衣、内裤的服装。

◆ **忌穿过短的服装**

不能为了标新立异，而穿小一号的服装，更不能在正式场合穿短裤、小背心、超短裙之类过短的服装。

◆ **忌穿过紧的服装**

不能为了展示自己的线条，有意选择过于紧身的服装，把自己打扮得太性感；更不能不修边幅，使自己内衣、内裤的轮廓凸现出来。

第四节　饰物的佩戴

> 　　在社交场合，佩饰如果引人注目，会发挥着一定的交际功能。佩饰是一种无声的语言，通过鉴别使用者的佩饰物，我们就知道他的真实身份。一方面它可以传达使用者的知识、阅历、教养和审美品位；另一方面暗示使用者的地位、身份、财富、婚恋状况，它是普通服饰难以替代的。

　　手表、腰带、钢笔、公文包、眼镜、手套，戒指等在英文中被称为"附件"或"修饰物"，这意味着它们并不是缺之不可。但是，正是这些被人忽略的"附件"，可以让人们辨别一个人的真实身份，是一个真正成功的人，一个具有权威的领导，还是一个没有走向卓越和貌似成功的人。

　　一个成功的男人，懂得他身上的任何修饰物可以成为他的增值器，也可以是减值器。在同等条件下，把一个有品位、有艺术修养的追求完美的成功者和一个暴发的成功者区别开的是那些不起眼的小细节。

1. 佩戴饰品的原则

　　佩戴饰品应遵守"设计简单，质量精致"的原则。美国设计大师罗伯特·庞德认为："少就是多！"饰物越少，越能够让人细心品味。

　　另外，饰物的佩带要注意与个人的风格、服装的质地与整体形象等相一致，基本规则：

◆ 数量规则

　　佩戴饰品时，在数量上以少为佳。必要时，可以一件也不佩戴。若同时佩戴多种饰品，则要求在总量上不超过三种，除耳环外，最好同类饰品的佩戴不超过一件。

◆ 色彩规则

　　佩戴饰品时，色彩上力求同色。若同时佩戴两件或三件饰品，应使其质地相同。戴镶嵌首饰时，应使其与被镶嵌物质地一致，这样，能令其总体上显得协调一致。需注意，高档饰品，尤其是珠宝饰品，多适用于隆重的社交场合，不适合在工作、休闲时佩戴。

◆ 身份规则

佩戴饰品时，要令其符合身份。选戴饰品，不仅要照顾个人爱好，更应当使之符合自己的身份，要与自己的性别、年龄、职业、工作环境保持一致。

◆ 体型规则

佩戴饰品时，要使饰品弥补自己体型上的缺点。选择饰品时，应充分正视自身的形体特色，使饰品的佩戴为自己扬长避短。

◆ 季节规则

佩戴饰品时，所戴佩饰要与季节相符合，季节不同，所戴饰品也应不同。金色、深色饰品适于冷季佩戴，银色、艳色佩饰则适合暖季佩戴。

◆ 搭配规则

佩戴饰品时，要尽力与服装协调，应视为服装整体上的一个环节，要兼顾同时穿的服装的质地、色彩、款式，使之在搭配风格上相互般配。

◆ 习俗规则

佩戴饰品时，要遵守习俗。不同的地区、不同的民族，佩戴饰品的习惯做法多有不同。我们对此一是要了解，二是要尊重。

2．佩戴饰品的方法

◆ 戒指

在佩带方法上，女士也应注意：戒指带在不同的手指上有不同的寓意，戴在食指上表示自己还没有男朋友，戴在中指上表示自己还在热恋，戴在无名指上表示已婚，戴在小指上表示主观上自愿独身。

◆ 项链

项链的粗细应与脖子的粗细成正比，与脖子的长短成反比。从长度上分，项链可分为四种：短项链约40公分，适合搭配低领上衣；中长项链约50公分，可广泛使用；长项链约60公分，适合在社交场合使用；特长项链约70公分，适合用于隆重的社交场合。

◆ 耳环

耳环可分为耳环、耳坠、耳链，在一般情况下为女性所用，并且讲究成对使用。戴耳环时应兼顾脸型，不要选择与脸型相似的形状，以防同型相斥，使脸型方面的短处被强调夸大。

◆ 胸针

胸针要注意别的部位，穿西服应别在左侧领上，穿无领上衣时应别在左侧胸前。发型偏左时胸针应当居右，发行偏右时胸针应当偏左，其高度应从上往下数第一粒、第二粒纽扣之间。

◆ 帽子与围巾

帽子可以遮阳，可以御寒，同时也给人的仪表增添各种不同的情趣美。帽子种类有许多种，法式帽、西班牙式帽、宽檐帽、鸭舌帽、滑雪帽、水手帽、棒球帽等，帽子要注意与发型、脸型及服装的式样、颜色相配，还要注意与围巾相呼应。例如，简单优雅、线条流畅的圆形滚边帽下散落一头长发，最能表现出不造作的个性；而棕色的豹纹丝绒圆帽及围巾，既流行又不失沉稳，表现出酷劲十足。单单一条围巾也可为服装增添色彩，如一条丝巾的随意变化，或围在肩上，或挂在脖子上下垂，或在头上改变发型都会起到意想不到的效果。冬季的一条长围巾披在一边的肩膀上，也会有意想不到的美感。

◆ 眼镜

眼镜不仅是实用的日常用品，也可以看成是"眼睛的服饰"，眼镜的选择要适合人的脸型。正方形脸可选用稍圆或有弧度的镜片，这样可与方型脸互补，镜框顶端的位置必须凸起，远远高于下巴；长方形脸由于脸型过长，镜框必须尽可能遮住脸部中央以修短脸型，因此适合佩带镜框较大的眼镜；圆形脸为减弱圆形的感觉，可选择有直线或有角度的镜框，黑色、咖啡色等较深色系也有改变脸型的效果；三角形脸由于前额宽、脸颊较尖，选择有细边和垂直线的镜框以平衡脸的下方，镜框不宜太高，过粗的鼻梁及深色、方型眼镜皆不合适。此外，个性也是考虑因素之一，较大鼻子要选择较大镜框来平衡；较小鼻子要戴浅色和较高鼻梁的眼镜，可使鼻子看起来较长。

◆ 皮包

皮包是女性服饰的重要配件，其重要性甚至不次于鞋，皮包由于质地和用途的不同，可以分为很多类型。

女性皮包根据用途，可分为手包、挎包、拎包、背包、腰包、箱包等多种，其适用不同场合。通常情况下，公关小姐如果是去参加欢迎仪式、剪彩仪式、报告会一类的活动，最好携带挎包。这样方便与他人握手、交流。

无论是男士的公文包和女士的坤包都应与所穿服装相协调，要保持包的清洁和美观。如果包中没有分隔夹层的话，可用几个小带子将皮包分类。如女士的皮包中可放一些化妆品、钱、钥匙、纸巾和笔等用品，可将其分类装入不同的小袋，以免找东西乱翻一通或需把东西全倒出来才能找到，这样即破坏美感又浪费时间。

◆ 皮鞋

社交中男士的鞋一般都是皮鞋，穿民族服装和中山装也可以穿布鞋。男士的皮鞋以黑色最为通用，样子以保守一点为宜。女士的皮鞋一般为敞口鞋或冬季的短靴，布鞋、凉鞋或长筒马靴一般不适用于正式社交场合及办公场所。女士鞋的颜色也以黑色为通用，也可与服装颜色协调一致。皮鞋要求线条简洁，无过多的装饰和亮物。女士穿高跟鞋的高度一般以三到四公分为宜，最高不超过六公分为限。此外，高跟鞋的鞋跟也不可太细，以免发生危险。

◆ 袜子

社交中，男士的袜子应是深色的，最好是服装与鞋的过渡色。有的人在穿西装时穿白袜子，破坏了整体的稳重感，把人的视线吸引到了脚上，一双袜子破坏了精心设计的整体美。

女士穿西服套装时的袜子也是同样的道理。穿裙子时最好穿连裤长袜，它比较适合各种款式的裙子，尤其是在穿一步裙、中间或两旁开衩的裙子时，以免穿半截袜大腿露出不雅。即使穿长筒袜，也要用吊袜带以免袜子松松垮垮或滑下。长袜以肉皮色系列最为通用，尽量穿有透明感的长袜，除非冬季穿很厚的衣裙、大衣时才可以厚实一点。

　　关于服饰，我们已经讲了许多，值得注意的是无论对男士还是女士来讲，似乎"深蓝色西服＋白衬衫"的服装搭配是放之四海而皆准的、走遍全世界不出错的商业标准装，这是为什么呢？这里面有个小故事，在 20 世纪 60 年代，有一个专门负责替法院挑选陪审团的美国专家米尔斯·福斯特曾做过一个调查，他发现陪审团成员倾向于相信那些着装得体，看上去有教养、有权威的，可以引起人们信任的人，即使是恶魔般的被告人，如果能精心展示给陪审团成员一个可信、可敬的形象，他甚至会被认为是轻罪或无罪的。当然这只是一种假说。因而律师们不但自己努力利用穿着以赢得法官和陪审团的信任，也劝被告辩护人的律师和证人以可信的形象出庭。福斯特的调查发现，深蓝色西服配以白衬衣，是被认为最可信的搭配。时至今日，蓝、白色是最常用于企业和公司制服的首选服装和衬衣色。

第4章 交往礼仪

　　社交场是磨炼人的"战场"，行走在社会丛林中的人，就如同一个披甲执戟、冲锋陷阵的战士。在战场上作战需要超群的军事才能和一副钢铁锻打的身板，在社交场上纵横驰骋的武器则是社交礼仪。

　　一个人在社会中如欲生存、发展，必须以各种形式与其他人进行交往。因为没有交往就难以合作，没有合作就难以生存、发展。交往礼仪是人们生活中最常用、最通行的礼仪，时时处处都能见到它的身影。它也最能反映一个人及社会的礼仪水平，所以必须引起人们的高度重视，并身体力行、认真实践。在日常交往活动中讲礼仪能使人们和谐相处，相互接纳，使生活充满温馨和愉悦。

"热情善良的"安妮

　　安妮是一个出生在英国的孟加拉女郎，她通常给人留下一个亚热带人特有的温暖、热情、直率的形象。她从伦敦大学 MBA 毕业后，就顺利地在一家日本银行做了经理助理。三个月后，她就失去了工作。很快，她又找到了新的工作，三个月的考查期一到，她又失去了工作。在两年之内，她被解雇了六次。两年中，她已经由一个白领经理助理变成了服装公司的催款员，但她依然没有保住这个连高中生都可以胜任的工作。受到巨大打击的安妮最后决定放弃寻找工作，结婚做个母亲。她百思不得其解自己一再失业的原因，她把一切失败都归于外界："我的热情和善良让我不能适应大公司的那种冷酷竞争和没有人情味的环境。"

　　为什么一个"热情善良的"名牌大学 MBA 毕业生在每个工作位置上都不超过三个月就被解雇了呢？不仅如此，她连最基本的朋友也都不能留住，她认为是朋友的人却纷纷地离她而去。当与她熟识的人们得知她最后一次被解雇时，都表示这是早已预料之中，人们并不感到奇怪。

　　来自俄罗斯的阿丽莎曾与她是同事，她与安妮有过一段密切的交往。阿丽莎说："她对探讨别人的隐私的兴趣超出对自己工作和前途的关心，她闲谈的能力和话题让人畏惧；她能告诉我那些道听途说的有关同事的隐私，她能谈我们在公众场所禁忌的问题；她能问及我不愿意讨论的私人问题；她把自己对某人的推论和猜测，不负责地讲给别人听，比如认为某某可能是同性恋，某某可能是个虐待狂。她给我一种恐怖感，与她交往，除了招惹麻烦，不会有其他的结果。"只与她见过一面的亚当斯说："虽然我们只见过一面，我就相信不会有哪个老板愚蠢到让她做雇员。虽然她看起来热情、友好，但她的舌头的破坏力是不可估量的，她的好心和热情会为我带来意想不到的恶果。正如《伊索寓言》中的两个罐子的故事：一个是瓦罐，一个铜罐，在河里漂着，顺流而下。铜罐说：'挨着我，我身强力壮，我可以照顾你。'瓦罐回答：'谢谢你的好意，那恰恰是我不愿干的事，如果你离我远点儿，我会平平安安地漂下去。如果我撞了你，我就会碰碎，好心也会办坏事。'"

（参见英格丽·张：《你的形象价值百万》，中国青年出版社，2007 版）

第一节 称呼

> 在社会交往中，交际双方见面时，如何称呼对方，这直接关系到双方之间的亲疏、了解程度、尊重与否及个人修养等。一个得体的称呼，会令彼此如沐春风，为以后的交往打下良好的基础，否则，不恰当或错误的称呼，可能会令对方心里不悦，影响到彼此的关系乃至交际的成功。

一、称呼的种类

称呼比较典型的有尊称和泛称两种。尊称是指对人尊敬的称呼，泛称是指对人一般的称呼。

1. 尊称

现代汉语用的有："您"、"贵姓"、"某老"，其中"某老"专指德高望重的老人，有三种用法：一是"您 + 老"，如"您老近来如何?"；二是"姓 + 老"，如"冯老"、"李老"。

2. 泛称

以正式社交场合与非正式社交场合来划分，常用的泛称呼有以下几种：

社交场合	称呼的表达	举例
正式	姓或姓名 + 职称/职衔/职务 姓名 泛尊称或职业称 老/小 + 姓	张教授　邓局长 赵大亮 同志　先生　小姐 老李　小谢
非正式	姓 + 辈分称呼或辈分称呼 名或名 + 同志	王叔叔　钱伯伯 海洋或海洋同志

二、称呼的使用

使用称呼的基本原则是根据对方的年龄、职业、地位、身份、辈分以及与自己关系的亲疏、感情的深浅选择恰当的称呼。

在多人交谈的场合，要顾及主从关系。称呼人的顺序，一般为先上后下，先长后幼，先疏后亲，先女后男。

对某些情况比较特殊的人，如生理有缺陷的人，应绝对避免使用带有刺激的或轻蔑的字眼。

考虑称呼的使用范围，应避免不恰当的称呼语。

根据自己的角色和现实位置，采取不同的称呼。在环境不同时，自己扮演的角色不同，对某一个人的称呼就不同。

注意称呼要加重语气，认真、缓慢、清楚地说出称呼语，称呼完了要停顿片刻，然后再谈你要说的事儿，这样才会收到理想的效果。

三、生活中的称呼

1. 对亲属的称呼

不论是自己的亲属还是他人的亲属，都应亲切、得体地称呼。

◆ 对自己亲属的称呼

亲属，即本人直接或间接拥有血缘关系者。在日常生活中，对亲属的称呼已约定俗成，人所共知。面对外人，对亲属可根据不同情况采取谦称或敬称，对本人的亲属应采用谦称。称辈分或年龄高于自己的亲属，可以在其称呼前加"家"字，如"家父"、"家叔"；称辈分或年龄低于自己的亲属，可在其称呼前加"舍"字，如"舍弟"、"舍侄"；称自己的子女，则可在其称呼前加"小"，如"小儿"、"小女"、"小婿"。

◆ 对他人亲属的称呼

应采用敬称，对其长辈，宜在称呼前加"尊"字，如"尊母"、"尊兄"；对其平辈或晚辈，宜在称呼之前加"贤"字，如："贤妹"、"贤侄"；若在其亲疏的称呼前加"令"字，一般可不分辈分与长幼，如"令堂"、"令爱"、"令郎"。

2. 对朋友、熟人的称呼

对朋友、熟人的称呼，既要亲切、友好，又要不失敬意。对朋友、熟人的称呼主要有以下几种形式。

◆ 敬称

对任何朋友、熟人，都可以人称代词"你"、"您"相称。对长辈、平辈，可称其为"您"；对待晚辈，则可称为"你"。以"您"称呼他人，是为了表示自己的恭敬之意。

对于有身份者、年纪长者，可以"先生"相称，其前还可以冠以姓氏，如"万先生"、"何先生"。

对文艺界、教育界人士，以及有成就者、有身份者，均可称之为"老师"，在其前，也可加上姓氏，如"高老师"。

对德高望重的年长者、资深者，可称之为"公"或"老"，如"谢老"、"杨公"。

◆ **亲近的称呼**

对于邻居、至交，有时可采用"大爷"、"大娘"、"大妈"、"大伯"、"大叔"、"大婶"、"伯伯"、"叔叔"、"爷爷"、"奶奶"、"阿姨"等类似血缘关系的称呼，这种称呼，会令人感到信任、亲切。

在这类称呼前，也可以加上姓氏，例如："张大妈"、"李阿姨"，等等。

另外对一面之交、关系普通的交往对象，可酌情采取下列称呼。一是以"同志"相称；二是以"先生"、"女士"、"小姐"、"夫人"、"太太"相称；三是以其职务、职称相称；四是入乡随俗，采用对方理解并接受的称呼相称。

四、工作中的称呼

在工作岗位上，人们彼此之间的称呼是有其特殊性的。它的总的要求是庄重、正式、规范。

1. 称呼姓名

一般的同事、同学关系，平辈的朋友、熟人，均可彼此之间以姓名相称，例如，"王小平"、"赵大亮"、"刘军"。长辈对晚辈也可以如此称呼，但晚辈对长辈却不可这样做。为了表示亲切，可以在被称呼者的姓名前分别加上"老"、"大"、"小"字相称，而免称其名，例如，对年长于己者，可称"老张"、"大李"；对年幼与己者，可称"小吴"、"小周"。但这种称呼多在职业人士间常见，不适合在校学生。对同性的朋友、熟人，若关系极为亲密，可以不称其姓，而直呼其名，如"春光"、"俊杰"。对于异性一般则不可这样做，因为若如此，那不是其家人，就是其配偶了。

2. 称呼职务

在工作中，以交往对象的职务相称，以示身份有别、敬意有加，这是一种最常见的称呼方法。具体做法上可以仅称呼职务，如"局长"、"经理"、"主任"，等等；可以在职务前加上姓氏，例如："王总经理"、"李市长"、"张主任"，等等；还可以在职务之前加上姓名，这仅实用于极其正式的场合，例如："×××主席"、"×××省长"、"×××书记"，等等。

3. 称呼职称

对于有职称者，尤其是有高级、中级职称者，可以在工作中直接以其职称相称。可以只称职称，例如："教授"、"研究员"、"工程师"，等等；可以在职称前加上姓氏，例如"张教授"、"王研究员"、"刘工程师"，当然有时可以简化，如将"刘工程师"简化为"刘工"，但使用简称应以不发生误会、歧义为限；可以在职称前加上姓名，它适用于十分正式的场合，例如："王久川教授"、"周蕾主任医师"、"孙小刚主任编辑"，等等。

4．称呼学衔

在工作中，以学衔作为称呼，可增加被称呼者的权威性，有助于增强现场的学术氛围。可以在学衔前加上姓氏，例如"张博士"；可以在学衔前加上姓名，如"张明博士"。一般对学士、硕士不称呼学衔。

5．称呼职业

称呼职业，即直接以被称呼者的职业作为称呼。例如将教员称为"老师"，将教练员称为"教练"或"指导"，将专业辩护人员称为"律师"，将财务人员称为"会计"，将医生称为"大夫"或"医生"，等等，一般情况下在此类称呼前，均可加上姓氏或姓名。

五、称呼的技巧

1．初次见面注意称呼

初次与人见面或谈业务时，要称呼姓＋职务，要一字一字地说得特别清楚，比如："王总经理，你说得真对……"如果对方是个副总经理，可删去那个"副"字；但若对方是总经理，不要为了方便把"总"字去掉，而变为经理。

2．称呼对方要清楚

在交谈过程中，称呼对方时，要加重语气，称呼完了停顿一会儿，然后再谈要说的事，这样能引起对方的注意，他会认真地听下去。如果你称呼的很轻又很快，有种一带而过的感觉，对方听着不会太顺耳，有时也听不清楚，就引不起听话的兴趣。相比之下，如果太不注意对方的姓名，而过分强调要谈的事情，那就会适得其反，对方不会对你的事情感兴趣。所以，一定要完整的称呼对方，很认真、很清楚、很缓慢地讲出来，以显示对对方的尊重。

3．关系熟也要注意称呼

与对方十分熟悉之后，千万不要因此而忽略了对对方的称呼，一定要坚持称呼对方的姓＋职务（职称），尤其是有其他人在场的情况下。人人都需要被人尊重，越是朋友，越是要彼此尊重，如果熟了就变得随随便便，"老王"、"老李"甚至用一声"唉"、"喂"来称呼，这样极不礼貌，是令对方难以接受的。

六、称呼错误

常见的称呼错误有误读和误会两种：

误读：一般表现为念错被称呼者的姓名，比如，"仇（qiú）"不能读（chóu）、"查（zhā）"不能读（chá）、"盖（gě）"不能读（gài）等，这些姓氏就极易弄错，要避免犯此错误，就一定要作好先期准备，必要时不耻下问，虚心请教。

误会：指对被称呼者的年纪、辈分、婚否以及与其他人的关系做出了错误判断。比如，将未婚妇女称为"夫人"，就属于误会。

第二节 介绍

> 介绍是社交活动最常见，也是最重要的礼节之一。它是初次见面的双方开始交往的起点。介绍在人与人之间起桥梁与沟通作用，几句话就可以缩短人与人之间的距离，为进一步交往开个好头。

一、自我介绍

在不同场合，遇见对方不认识自己，而自己又有意与其认识，当场没有他人从中介绍，往往需要自我介绍。

1. 自我介绍的时机

要想自我介绍成功，给对方留下深刻的印象，首先应考虑当时的场合是否适宜进行自我介绍。若对方忙于工作、与他人交谈，或大家的精力正集中在某人、某事上，则不宜作自我介绍；而对方一人独处，或春风得意时，进行自我介绍则会产生良好的效果。

2. 需要自我介绍的场合

→ 因业务关系需要相互认识，进行接洽时可自我介绍。

→ 当遇到一位你知晓或久仰的人士，他不认识你，你可自我介绍："×××（称呼），您好！我是××××（单位）的×××（姓名），久仰大名，很荣幸与您相识。"

→ 第一次登门造访，事先打电话约见，在电话里应自我介绍。

→ 参加一个较多人的聚会，主人不可能一一介绍，与会者可以与同席或身边的人互相自我介绍。自我介绍前应有一句引言，以使对方或身边的人互相自我介绍。如"我们认识一下吧。我叫×××，在××公司公关部工作"……

→ 在出差、旅行途中，与他人不期而遇，并且有必要与之建立临时接触时，可适当自我介绍，等等。

→ 初次前往他人住所、办公室，进行登门拜访时要自我介绍。

→ 应聘求职时需首先做自我介绍，等等。

3. 自我介绍的要求

◆ 内容恰当

自我介绍时，要及时、清楚地报出自己的姓名和身份。大方自然地进行自我介绍，可以先面带微笑，温和地看着对方说声："您好!"以引起对方的注意，然后报出自己的姓名身份，并简要表明结识对方的愿望或缘由。进行自我介绍一定要力求简洁，尽可能地节省时间，介绍时间以半分钟为佳。

◆ 仪态大方

进行自我介绍，态度务必自然、友善、亲切、随和，要充满信心和勇气，敢于正视对方的双眼，显得胸有成竹。介绍时语气要自然、语速要正常，语音要清晰，这对自我介绍的成功十分有好处。

◆ 把握分寸

进行自我介绍时所表述的各项内容，一定要实事求是，真实可信，没有必要过分谦虚，一味贬低自己去讨好别人；但也不可自吹自擂，夸大其词，在自我介绍时掺水分，会得不偿失。

二、他人介绍

1. 他人介绍的礼仪

他人介绍即社交中的第三者介绍。在他人介绍中，为他人做介绍的人一般是社交活动中的东道主、社交场合中的长者、家庭中聚会的女主人、公务交往活动中的公关人员(礼宾人员、文秘人员、接待人员)等。

2. 他人介绍的时机

→ 在家中接待彼此不相识的客人。

→ 在办公地点，接待彼此不相识的来访者。

→ 与家人外出，路遇家人不相识的同事或朋友。

→ 陪同亲友，前去拜会亲友不相识者。

→ 本人的接待对象遇见了其不相识的人士，而对方又跟自己打了招呼。

→ 陪同上司、长者、来宾时，遇见了其不相识者，而对方又跟自己打了招呼。

→ 打算推介某人加入某一交际圈。

→ 受到为他人作介绍的邀请。

3. 介绍的顺序

◆ 先将男士介绍给女士

例如，介绍王先生与李小姐认识，介绍人应当引导王先生到刘小姐面前，然后说："刘小姐，我来给你介绍一下，这位是王先生。"注意在介绍的过程中，被介绍者的名字总是后提。

◆ **先将年轻者介绍给年长者**

把年轻者引见给年长者，以示对前辈、长者的尊敬。如："李教授，让我来介绍一下，这位是我的同学张明。"在介绍中应注意有时虽然男士年龄较大，但仍然是将男士介绍给女士。

◆ **先将未婚女子介绍给已婚女子**

如："王太太，让我来介绍一下，这位是李小姐。"注意：当被介绍者无法辨别其是已婚还是未婚时，则不存在先介绍谁的问题，可随意介绍。

◆ **先将职位低的介绍给职位高的**

在实业界或公司中，在商务场合要先将职位低的介绍给职位高的。如："王总，这位是××公司的总经理助理刘女士。"注意这里我们先提到的是王总经理，这是因为我们把王总经理的职位看作高于刘女士，尽管王总经理是一位男士，仍不先介绍他。

◆ **先将家庭成员介绍给对方**

在向别人介绍自己的家庭成员时，应谦虚地说出对方的名字，这不仅是出于礼貌，而且对介绍自己的家庭成员也比较方便。如："张先生，请允许我介绍一下我的妻子。"

三、集体介绍

集体介绍，是指为一个以上的众人所作的介绍。也就是说，被介绍者不止一人，甚至是许多人。进行集体介绍时，应主要关注其时机、顺序两个方面。

1. 集体介绍的时机

→ 大型的公务活动，参加者不止一方，而且各方不止一人。

→ 涉外交往活动，参加活动的宾主双方皆不止一人。

→ 规模较大的社交聚会，有多方参加，各方均可不止一人。

→ 举行会议，应邀前来的与会者往往不止一人。

→ 演讲、报告、比赛，参加者不止一人。

→ 接待参观、访问者，来宾不止一人。

2. 集体介绍时的顺序

◆ **"少数服从多数"**

在被介绍者双方地位、身份大致相似，或者难以确定时，应当使人数较少的一方礼让人数较多的一方，一个人礼让多数人，先介绍人数较少的一方或个人，后介绍人数较多的一方或多数人。

◆ **强调地位身份**

若被介绍者在地位、身份之间存在明显差异，特别是当这些差异表现为年龄、性别、婚否、师生以及职务有别时，则地位、身份为尊的一方即使人数较少，甚至仅为一人，仍然应被置于尊贵的位置，最后加以介绍，而先介绍另一方人员。

◆ **人数较多一方的介绍**

若需要介绍的一方人数不止一人，可采取笼统的方法进行介绍，例如可以说："这是我的家人"，"他们都是我的同事"，等等。但最好还是要对其一一进行介绍，进行此种介绍时，可比照他人介绍十位次尊卑顺序进行介绍。

◆ **人数较多双方的介绍**

若被介绍双方皆不止一人，则可依照礼规，先介绍位卑的一方，后介绍位尊的一方。在介绍各方人员时，均需由尊到卑，依次进行。

◆ **人数较多各方的介绍**

有时，被介绍的会不止两方，此时需要对被介绍的各方进行位次排列。排列的具体方法：一是以其负责人身份为准；二是以其单位规模为准；三是以单位名称的英文字母顺序为准；四是以抵达的时间的先后顺序为准；五是以座次顺序为准；六是以距介绍者的远近为准。进行多方介绍，应由尊而卑。如时间允许，则在介绍各方时，以由尊而卑的顺序，一一介绍其成员；若时间不允许，则不必介绍其具体成员。

四、介绍的礼节

介绍与被介绍在介绍的过程中，都要掌握好分寸，在友好、和谐的氛围下相识。

在为他人做介绍时，介绍者对介绍的内容应当字斟句酌，慎之又慎。

在进行他人介绍时，介绍者与被介绍者都要注意自己的表达、态度与反应。介绍者为被介绍者介绍之前，不仅要尽量征求一下被介绍双方的意见，而且在开始介绍时还应再打一下招呼，切勿上去开口即讲，显得突如其来，让被介绍者措手不及。

被介绍者在介绍者询问自己是否有意认识某人时，一般不应加以拒绝或扭扭捏捏，而应表示欣然接受。实在不愿意时，则应说明缘由。

当介绍者走上前来，开始为被介绍者进行介绍时，被介绍的双方应起身站立，面含微笑，大大方方地注视介绍者或者对方，神态庄重、专注。

当介绍者介绍完毕后，被介绍双方应依照合乎礼仪的顺序进行握手，并且彼此问候对方。常用语有："你好"、"很高兴认识你"、"久仰大名"、"认识你非常荣幸"、"幸会，幸会"、等等，必要时还可作进一步的自我介绍。

介绍时要注意实事求是，掌握分寸，不能胡吹乱捧。

介绍姓名时，一定要口齿清楚，发音准确，把易混的字咬准，如"王"和"黄"、"刘"和"牛"等等；对同音字、近音字必要时要加以解释，如"邹"和"周"、"张"和"章"、"徐"和"许"，等等。

不要使用易生歧义的简称，比如，不要讲"人大"、"消协"，而应道明是"中国人民大学"、"消费者协会"，或是"市人大常委会"、"消防协会"。又如，将范局长简称为"范局"，会使人听上去好似"饭局"。总之，要在首次介绍时使用准确的全称，然后方才采用简称。

<h1 style="text-align:center">第三节　握手</h1>

> 在世界大多数国家，人们见面常以握手致意，表示友好。它是人们为尊重他人，表现自我修养的一种礼貌动作。在今天的社交和公关活动中使用的众多礼节中，它可谓是流行地区最广、使用频率最高的一种礼节。手与手的相握，让人们更亲近、更友好。

相传在刀耕火种的年代，人们经常持石头或棍棒等武器，陌生者相遇，双方为了表示没有敌意，便放下手中的武器，并伸出手掌，让对方抚摩掌心，久而久之，这种习惯便逐渐演变为今日的握手礼节。当今，握手已成为世界上最为普遍的一种礼节，其应用的范围远远超过了鞠躬、拥抱、接吻等，在日常交际中，我们必须注意握手的基本礼节。

一、握手的时机

握手作为现代社交礼仪中最常见的形式之一，握手时应选好时机：

1. 欢迎与道别

→ 在家中，办公室里以及其他一切自己作为东道主的社交场合，迎接或送别来访者时，要握手，以示欢迎或欢送。

→ 在比较正式的场合同相识之人道别，要握手，以示自己的惜别之意和希望对方珍重之情。

→ 拜访他人后，在辞行时，要握手，以示"再会"。

→ 在重要的社交活动，如宴会、舞会、沙龙、生日晚会，开始前与结束时，要与来宾握手，以示欢迎与道别。

2. 祝贺与感谢

→ 他人给予了自己一定的支持、鼓励或帮助时，要握手，以示衷心感激。

→ 向他人表示恭敬、嘉奖时，要握手，以示贺喜之诚意。

→ 他人向自己表示恭喜、祝贺时，要握手，以示感谢。

→ 他人向自己赠送礼品或颁发奖品时，要握手，以示感谢。

→ 向他人赠送礼品或颁发奖品时，要握手，以示郑重其事。

→ 应邀参与社交活动，如宴会、舞会之后，要与主人握手，以示谢意。

3. 高兴与问候

→ 遇到较长时间未曾谋面的熟人，要握手，以示久别重逢而万分欣喜。

→ 被介绍给不相识者时，要握手，以示自己乐于结识对方，并为此深感荣幸。

→ 在社交性场合，偶然遇到同事、同学、朋友、邻居、长辈或上司时，要握手，以示高兴与问候。

4. 理解与慰问

→ 对他人表示理解、支持、肯定时，要握手，以示真心实意。

→ 得悉他人患病、遭受其他挫折或家人过世时，要握手，以示安慰。

二、伸手的次序

根据礼仪规范，握手时双方伸手的先后次序，一般应当遵守"尊者先伸手"的原则，应由尊者首先伸出手来，位卑者只能在此后予以响应，而绝不可贸然抢先伸手，不然就是违反礼仪的举动。基本规则如下：

1. 男女之间握手

男士要等女士先伸出手后才握手，如果女士不伸手或无握手之意，男士向对方点头致意或微微鞠躬致意。男女初次见面，女方可以不和男士握手，只是点头致意即可。男女握手时，男士要脱帽和脱右手手套，如果偶遇匆匆忙忙来不及脱，要道歉。女士除非对长辈，一般可不必脱手套。

2. 宾客之间握手

宾客之间握手，主人有向客人先伸出手的义务。在宴会、宾馆或机场接待宾客，当客人抵达时，不论对方是男士还是女士，女主人都应该主动先伸出手。男士因是主人，尽管对方是女宾，也可先伸出手，以表示对客人的热情欢迎。而在客人告辞时，则应由客人首先伸出手来与主人相握，在此表示的是"再见"之意。

3. 长幼之间握手

年幼的一般要等年长的先伸手，和长辈及年长的人握手，不论男女，都要起立趋前握手，并要脱下手套，以示尊敬。

4．上下级之间握手

上下级之间握手，下级要等上级先伸出手。但涉及主宾关系时，可不考虑上下级关系，做主人的应先伸手。

5．一个人与多人握手

若是一个人需要与多人握手，则握手时亦应讲究先后次序，由尊而卑，即先年长者后年幼者，先长辈而晚辈，先老师后学生，先女士后男士，先已婚者后未婚者，先上级后下级，先职位、身份高者后职位、身份低者。

值得注意的是：在公务场合，握手时伸手的先后次序主要取决于职位、身份。而在社交、休闲场合，它则主要取决于年龄、性别、婚否。

三、握手的方式

握手的标准方式，是行礼时行至距握手对象约 1 米处，双腿立正，上身略向前倾，伸出右手，四指并拢，拇指张开与对方相握。握手时应用力适度，上下稍许晃动三四次，随后松开手来，恢复原状。具体地应注意如下几点：

1．神态

与人握手时神态应专注，热情、友好、自然。在通常情况下，与人握手时，应面含微笑，目视对方双眼，并且口道问候。在握手时切勿显得自己三心二意，敷衍了事，漫不经心，傲慢冷淡，如果在此时迟迟不握他人早已伸出的手，或是一边握手，一边东张西望，目中无人，甚至忙于跟其他人打招呼，都是极不应该的。

2．姿势

向他人行握手礼时，只要有可能，就应起身站立。除非是长辈或女士，坐着与人握手是不合适的。握手时最好的做法，是双方站立，彼此将要相握的手各向侧下方伸出，伸直相握后形成一个直角。

＊ *单手相握*

以右手单手与人相握，是最常用的握手方式。不过进而言之，单手与人相握时，手掌垂直于地面最为适当，它称为"平等式握手"，表示自己不卑不亢。

与人握手时掌心向上，表示自己谦恭、谨慎，这一方式叫作"友善式握手"。

与人握手时掌心向下，则表示自己感觉甚佳，自高自大，这一方式叫作"控制式握手"。

＊ *双手相握*

双手相握，即用右手握住对方右手后，再以左手握住对方右手的手背，这种方式，适用于亲朋故旧之间，可用以表达自己的深厚情义。一般而言，此种方式，有时亦称"手套式握手"。

双手相握时，左手除握住对方右手手背外，还有人以之握住对方右手手腕、握住对方右手手臂、按住或拥住对方肩，这些做法除非是面对至交，最好不要滥用。

3. 力度

握手时用力应适度，不轻不重，恰到好处。如果手指轻轻一碰，刚刚触及就离开，或是懒懒地慢慢地相握，缺少应有的力度，会给人勉强应付、不得已而为之感。一般来说，手握得紧是表示热情，男人之间可以握的较紧，甚至另一只手也加上，包括对方的手大幅度上下摆动，或者在手相握时，左手又握住对方胳膊肘、小臂甚至肩膀，以表示热烈。但是注意既不能握得太使劲，使人感到疼痛，也不能显得过于柔弱，不像个男子汉。对女性或陌生人，轻握是很不礼貌的，尤其是男性与女性握手应热情、大方、用力适度。

4. 时间

通常是握紧后打过招呼即松开，但如亲密朋友意外相遇，敬慕已久而初次见面，至爱亲朋依依惜别，衷心感谢难以表达等场合，握手时间就长一点，甚至紧握不放，话语不休。在公共场合，如列队迎接外宾，握手的时间一般较短。握手的时间应根据与对方的亲密程度而定。

四、握手与性格

美国著名盲聋女作家海伦·凯勒曾说："我接触的手，虽然无言，却极有表现力。有的人握手能拒人千里之外……我握着冷冰冰的手指，就像和凛冽的北风相握手一样。而也有些人的手充满阳光，他们伸出来与你相握时，你会感到很温暖"，由此可见，握手传递的性格方面的信息是何等丰富。

握手方式与性格特点大致可分为：

1. 控制式

用掌心向下或向左下的姿势握住对方的手，这种人想表达自己的优势、主动、傲慢或支配地位，一般具有说话干净利落、办事果断、高度自信的特点，凡事一经自己决定，就很难改变观点，作风不大民主。

2. 谦恭式

即用掌心向上或向左上的手势与对方握手。这种人往往性格软弱，处于被动、劣势地位，处世比较谦和、平易近人，不固执，对对方比较尊重、敬仰、甚至有几分畏惧。

3. 对等式

即握手时两人伸出的手心都不约而同地向着左方握在一起。这种人比较友好，也可能是很遵守游戏规则的平等的竞争对手。

4. 双握式

即在右手相握的同时，再用左手加握对方的手背、前臂、上臂或肩部。加握部位越高，其热情友好的程度也显得越高。这种人热情真挚、诚实可靠、信赖别人。

5. 捏手指式

即只捏住对方的几个手指或手指尖部。女性与男性握手时，为了表示自己的矜持与稳重，常采取这种方式。如果是同性别的人之间这样握手，就显得有几分冷淡和生疏，若换成显贵人物，则其意在显示自己的"尊贵"。

6. 拉臂式

即将对方的手拉到自己的身边相握。这种人往往过分谦恭，在他人面前唯唯诺诺、轻视自我，缺乏主见与敢作敢为的精神。

7. 死鱼式

即握手时伸出一只无任何力度、质感，不显示任何积极信息的手。这种人的性格不是生性懦弱，就是对人冷漠无情，待人接物消极傲慢。

五、握手的禁忌

在人际交往中，握手虽然司空见惯，看似寻常，但是由于它被用来传递多种信息，因此在行握手礼时应努力做到合乎规范，并且注意下述几点：

握手禁忌

1. 拒绝他人的握手
2. 用左手
3. 交叉握手
4. 用力过猛
5. 戴手套、太阳镜

小贴士

1. 拒绝他人的握手

无论谁先向自己伸手，即便他忽视了握手的先后顺序而已经伸出了手，都应看做是友好、问候的表示，应马上伸手相握，拒绝他人的握手是很不礼貌的。

2. 用左手

不要用左手与他人握手，尤其是在与阿拉伯人、印度人打交道时要牢记此点，因为在他们看来左手是不洁的。

3. 交叉握手

不要在握手时争先恐后，而应当遵守秩序，依次而行。特别要记住，与基督教信徒交往时，要避免两人握手时与另外两人相握的手形成交叉状，这类似十字架，在基督教信徒眼中是很不吉利的。

4. 用力过猛

握手时不要用力过猛，尤其是当男性与女性握手时，用力一定要适度，而且往往只握一下妇女的手指部分，不可将手直插女性虎口处，更不要对女性采取双握式（俗称"三明治"式）握手，更不要在握手时把对方的手拉过来、推过去，或者上下左右抖个没完。

5. 戴手套、太阳镜

不要戴着手套握手，在社交场合女士的晚礼服手套除外。不要在握手时戴着太阳镜，只有患有眼疾或眼部有缺陷者才能例外。

六、常见的其他见面礼

在国内外交往中，除握手之外，以下见面礼也颇为常见：

1. 点头礼

点头礼适用于路遇熟人，在会场、剧院、歌厅、舞厅等不宜与人交谈之处，在同一场合碰上已多次见面者，遇上多人又无法一一问候之时。行礼的做法是：头部向下轻轻一点，同时面带笑容，不宜反复点头不止，也不必点头的幅度过大。

2. 举手礼

行举手礼的场合与行点头礼场合大致相似，它最适合向距离较远的熟人打招呼。其做法是右臂向前方伸直，右手掌心向着对方，其他四指并齐、拇指分开，轻轻向左右摆动一两下。不要将手上下摆动，也不要在手摆动时用手背朝向对方。

3. 脱帽礼

戴着帽子的人，在进入他人居所，路遇熟人，与人交谈、握手或行其他见面礼时，进入娱乐场所，升挂国旗，演奏国歌等等一些情况下，应自觉主动地摘下自己的帽子，并置于适当之处，这就是所谓脱帽礼。女士在社交场合可以不脱帽子。

4. 注目礼

具体做法是：起身立正，抬头挺胸，双手自然下垂或贴放于身体两侧，笑容庄重严肃，双目正视于被行礼对象，或随之缓缓移动。一般在升国旗时、游行检阅、剪彩揭幕、开业挂牌等情况下，行注目礼。

5. 拱手礼

拱手礼是我国民间传统的会面礼，在过年时举行团拜活动，向长辈祝寿，向友人恭喜结婚、生子、晋升、乔迁，向亲朋好友表示无比感谢，以及与海外华人初次见面时表示久仰大名。行礼时应起身站立，上身挺直，两臂前伸，双手在胸前高举抱拳，自上而下，或者自内向外，有节奏地晃动两三下。

6．鞠躬礼

在日本、韩国、朝鲜等国，鞠躬礼十分普遍，目前，在我国主要适用于向他人表示感谢、领奖或演讲之后、演员谢幕、举行婚礼或参加追悼活动。行礼时应脱帽立正，双目凝视受礼者，然后上身弯腰前倾。男士双手应贴放于身体两侧裤线处，女士的双手则应下垂搭放于腹前。下弯的幅度越大，所表示的敬重程度就越大。

7．合十礼

在东南亚、南亚信奉佛教的地区以及我国傣族聚居区，合十礼最为普遍。行合十礼时双掌十指在胸前相对合，五个手指并拢向上，掌尖和鼻尖基本持平，手掌向外侧倾斜，双腿立直站立，上身微欠低头，可以口颂祝词或问候对方，亦可面带微笑，但不准手舞足蹈，反复点头。一般而论，行此礼时，合十的双手举的越高，越体现出对对方的尊重，但原则上不可高于额头。

8．拥抱礼

在西方，特别是在欧美国家，拥抱礼是十分常见的见面礼与道别礼。在人们表示慰问、祝贺、欣喜时，拥抱礼也十分常用。正规的拥抱礼，讲究两人正面面对站立，各自举起右臂，将右手搭在对方左肩后面；左臂下垂，左手扶住对方右腰后侧。首先各向对方左侧拥抱，然后各向对方右侧拥抱，最后再一次各向对方左侧拥抱，一共拥抱三次。在普通场合行礼，不必如此讲究，次数也不必要求如此严格。

9．亲吻礼

亲吻礼，也是西方国家常用的见面礼，有时它会与拥抱礼同时使用。行礼时，通常忌讳发出亲吻的声音，而且不应将唾液弄到对方脸上。在行礼时，双方关系不同，亲吻的部位也有所不同。长辈吻晚辈，应当吻额头；晚辈吻长辈，应当吻下颌或吻面颊；同辈之间，通行应当贴面颊，异性应当吻面颊。接吻，即吻嘴唇，仅限于夫妻与恋人之间，不宜滥用，不宜当众进行。

10．吻手礼

吻手礼，主要流行于欧美国家。它的做法是，男士行至已婚妇女面前，首先垂手立正致意，然后以右手或双手捧起女士的右手，俯首以自己微闭的嘴唇，去象征性地轻吻一下其手背或是手指。行吻手礼的地点，应在室内为佳。吻手礼的受礼者，只能是妇女，而且应是已婚妇女。

第四节　名片

　　名片是现代社会中必不可少的社交工具。初次见面，先互通姓名，再奉上名片，单位、姓名、职务、电话等历历在目，既回答了一些对方心中想问而有时又不便贸然出口的问题，又使相互之间的距离一下子接近了许多。在交往中，熟悉和掌握名片的有关礼仪是十分重要的，名片作为一种自我的"介绍信"和社交"联谊卡"，在人际交往中可用以证明身份，广结良缘，联络老朋友，结交新朋友。

　　作为礼仪之邦，中国古代就有这种功能类似于现在的"名片"的东西。清代学者赵翼在《陔馀丛考》卷三十"名帖"中说："古人通名，本用削木书字，汉时谓之谒，汉末谓之刺。汉以后虽则用纸，而仍相沿曰刺。"按照他的说法，汉代的名片是木质。上面墨书文字，名称叫做"谒"，汉末改为"刺"，汉以后随着造纸术的发明和推广，名片虽改为纸制，但仍沿用了"刺"这一名称。

　　名片在中国古代一直被使用，时至明清，使用更为广泛。每临春节，商人们都要制作大量的红纸名片，上书商号，除夕之夜，派人广为散发，不管认识与否，有无来往，见门就塞，以示恭贺新春。这里面当然有"多多光临"的意思，收到名片的人家就把它贴到墙上，以烘托喜庆的气氛，就因为如此，才有了于右任遇难得救的故事。

　　1905年时于右任因为写了一本《半哭半笑楼诗草》，抨击时政，陕甘总督升允见后，认为"逆竖昌言大逆不道"而密奏清政府，慈禧阅后批复就地处决。此时于右任在开封，他的同学李合甫的父亲李丙田探知消息后，雇人日夜兼程送信。于右任获信后，当即转移，临行时，他随手揭下了旅馆墙上的20多张名片，沿途每遇人盘查，便拿出一张，以名片中的姓名应付，蒙过重重关卡，结果名片用完了，他也逃出了虎口。

　　在现代社交生活中，名片的作用越来越大，不同类型的名片承载着不同的信息，在使用名片时应注意场合，慎重选用，不失礼仪。

一、名片的类型

名片有三种类型：

→ **社交名片**：只印姓名、地址、邮编、电话。

→ **职业名片**：除印姓名、地址、邮编、电话外还要印单位、职称、社会兼职。

→ **商务名片**：除印姓名、地址、邮编、电话、单位、职位、社会兼职外，在背面还要印上单位业务范围、经营项目等。

在我国名片的使用中，常有一种误区，好像要将自己的所有辉煌成绩都要在名片上表现出来，这样才能抬高自己的身价，所以有很多名片头衔很多，几乎占据了名片的 1/2 的位置，这样，有时反倒会使人反感。在社交活动中一般挑比较重要的或准备几种头衔的系列名片比较好。

日本著名作家增田涉的名片：正面三个字，背面家庭住址，清清爽爽简明实在。

著名电影演员李雪健的名片是："你的朋友李雪健"，简单亲切。

但是，在名片上只印名字只限名人，它意味着所有人都知道你。也有人用名片展现自己的个性。

例如，以下几位艺术家和社会名流的名片就颇具个性。

棋圣聂卫平的名片"棋"高一着，上部是自己的漫画像，中部用钢笔签名，下部是一幅围棋谱局，图文并茂，一目了然。

青年舞蹈家杨丽萍的名片印着"孔雀头"手型剪影的特有标志，将其优美的孔雀舞姿再现于名片之上，形态栩栩如生，惟妙惟肖，而艺术化的"YLP"三个英文字母即姓名缩写。设计新颖别致，浑然一体，令人叫绝。

著名作家沙叶新的名片也设计得别具一格，其名片左下方是其右手挟书、左手拿笔的漫画像，右上方是个大括号，内书：

"我，沙叶新，

上海人民艺术剧院院长——暂时的

剧作家——永久的

某某委员、某某理事、某某教授、某某顾问——这些都是挂名的"。

二、名片的制作

1. 名片的规格

名片一般为 10 厘米长、6 厘米宽的白色卡片，我们经常使用的规格略小，长 9 厘米，宽 5.5 厘米。值得说明的是：如无特殊需要，不应将名片制作过大，甚至有意搞折叠式，免得给人以标新立异、虚张声势之感。

2. 材质

印制名片，最好选用纸张，并以耐折、耐磨、美观、大方的白卡纸、再生纸、合成纸、布纹纸、麻点纸、香片纸为佳，至于高贵典雅、纸制挺括的钢骨纸、皮纹纸，则可量力而行，酌情选用。必要时，还可覆膜。

3. 色彩

印制名片的纸张，宜选庄重朴素的白色、米色、淡蓝色、淡黄色、淡灰色，并且一张名片一色为好。

4. 图案

名片上，允许出现的图案除纸张自身的纹路，还有企业标识、企业蓝图、企业方位、企业主导产品，等等，但以少为佳。

不提倡在名片上印人像、漫画、花卉、宠物，这些东西并无实用价值，却会给人以华而不实的印象。

5. 文字

在国内使用的名片，宜用汉语简体字，不要故弄玄虚，使用繁体汉字。在国内少数民族聚居区、外资企业已有境外使用的名片，可酌情使用少数民族文字或外文。

最佳的做法，是在一枚名片的两面，分别以简体汉字和另外一种少数民族文字或外文印制相同的内容。切勿在一枚名片上采用两种以上的文字，也不要将两种文字交错印在同一面。

6. 字体

不论使用何种文字印制名片，均采用清晰、标准、易识的印制体为好。

尽量不要采用行书、草书、篆书或花体字印制名片，更不要亲自手写。要记住，只有他人看懂了自己的名片，它才会发挥作用。

7. 印法

制作名片，最好不要手书自制，也不要以复印、油印、影印的方法制作名片，它们均不够正规。

名片一般为胶印，黑白即可。若印成蓝、粉等单色或套色更佳。

8. 版式

印制名片，通常有两种版式可以选择：一是横式，行序由上而下，字序由左而右（见图4-1）；二是竖式，行序由右而左，字序由上而下（见图4-2）。

一般认为，中文名片以采用横式为佳，因为它易辨识，易收藏，而竖式名片虽然风格古朴，却不具备这些优点。若以两种文字印制同一枚名片，则应避免一面横式、一面竖式。

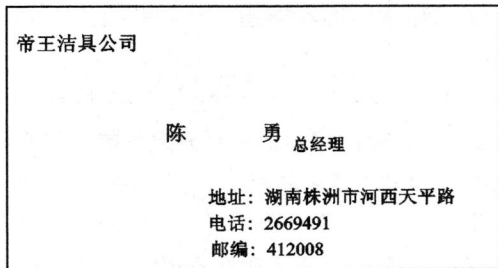

图 4-1　横式

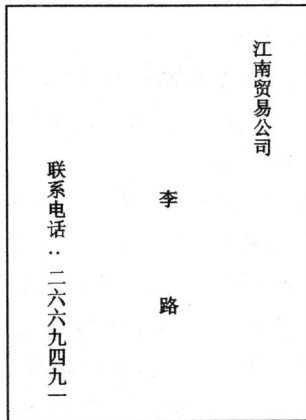

图 4-2　竖式

三、名片的递交

1. 递交名片的时机

遇到以下几种情况，需要将自己的名片递交他人，或与对方交换名片。

→ 希望认识对方。

→ 表示自己重视对方。

→ 被介绍给对方。

→ 对方提议交换名片。

→ 对方向自己索要名片。

→ 初次登门拜访对方。

→ 通知对方自己的变更情况。

→ 打算获得对方的名片。

遇到以下几种情况，不需要把自己的名片递给对方，或与对方交换名片。

→ 对方是陌生人。

→ 不想认识对方。

→ 不愿与对方深交。

→ 对方对自己并无兴趣。

→ 经常与对方见面。

→ 双方之间地位、身份、年龄差别悬殊。

2. 交换名片的正确礼仪

◆ **递交名片**

名片的持有者在递交名片时动作要洒脱、大方，态度从容、自然，表情要亲切、谦恭，应当事先将名片放在身上易于掏出的位置，取出名片便先郑重地握在手里，然后再在适当的时机得体地交给对方。

递交名片的姿势是：要双手递过去，以示尊重对方。将名片放置手掌中，用拇指夹注名片，其余四指托住名片反面，名片的文字要正向对方，以便对方观看。若对方是外宾，则最好将名片上印有对方认得的文字的那一面面对对方，同时讲些"请多联系"、"请多关照"、"我们认识一下吧"、"有事可以找我"之类友好客气的话。

递交名片的时间，应当根据具体情况而定。如果名片持有者与人事先有约，一般可在告辞时再递上名片；如果双方只是偶然相遇，则可在相互问候，得知对方有与你交往的意向时，再递交名片。

与多人交换名片时，要注意讲究先后次序，或由近而远，或由尊而卑。一定要依次进行，切勿采取"跳跃式"，当然也没有必要散发传单似的，站在人流拥挤处随意滥发名片。

◆ **接受名片**

接受他人名片时，应恭恭敬敬，双手捧接，并道感谢。接受名片者应当首先认真地看看名片上所显示的内容，可以从上到下，从正面到反面重复看一遍，必要时可把名片上的姓名、职务（较重要或较高的职务）读出声来，如"您就是张总啊！"，以表示对赠送名片者的尊重，同时也加深了对名片的印象，然后把名片细心地放进名片夹或笔记本、工作证里夹好。

在别人给了名片后，如有不认识或读不准的字要虚心请教。请教他人的姓名，丝毫不会降低你的身份，反而会使人觉得你是一个对待事情很认真的人，增加对你的信任。

接受名片时应避免：马马虎虎地用眼睛瞄一下，然后顺手不经意地塞进衣袋；随意往裤子口袋一塞、往桌上一扔；名片上压东西、滴到了菜汤油渍；离开时把名片忘在桌子上。名片是一个人人格的象征，这些行为是对其人格的不尊重，这样都会使人感到不快。

收到了别人的名片后，也要记住给别人自己的名片，因为只收别人的名片，而不拿出自己的名片，是无礼拒绝的意思。

◆ **索取名片**

如果没有必要最好不要强索他人名片。若索取他人名片，则不宜直言相告，而应委婉表达此层意思：可向对方提议交换名片、主动递上本人的名片、询问对方："今后如何向您指教？"（向尊长者索要名片时多用此法），询问对方："以后怎么与您联系？"（向平辈或晚辈索要名片时多用此法）。

反过来，当他人向自己索取名片时，自己不想给对方时，不宜直截了当，也应以委婉方式表达此意，可以说："对不起，我忘带名片了"，或"抱歉，我的名片用完了"。

四、名片的存放

1. 自己名片的存放

在参加交际活动之前，要提前准备好名片，并进行必要的检查。随身所带的名片最好放在专用的名片夹里，也可放在上衣口袋里。不要把名片放在裤袋、裙兜、提包、钱包里等，那样既不正式，又显得杂乱无章。在自己的公文报以及办公桌抽屉里，也应经常备有名片，以便随时使用。在交际场合，如感到要用名片，则应将其预备好，不要在使用时再去瞎翻乱找。

2. 他人名片的存放

参加交际活动后，应立即对所收到的他人名片加以整理收藏，以便今后利用方便。不要将它随意夹在书刊、材料里，压在玻璃板底下，或是扔在抽屉里面。存放名片的方法上大体有五种，它们还可以交叉使用。

→ 按姓名的外文字母或汉语拼音字母顺序分类。

→ 按姓名的汉字笔画的多少分类。

→ 按专业或部门分类。

→ 按国别或地区分类。

→ 若收藏的名片甚多，还可以编一个索引，那么用起来就更方便了。

第五节　交谈

美国前哈佛大学校长伊立特曾说："在造就一个有修养的人的教育中，有一种训练必不可少，那就是优美、高雅的谈吐。"交谈是交流思想和表达感情最直接、最快捷的途径。在人际交往中，因为不注意交谈的礼仪规范，或用错了一个词，或多说了一句话，或不注意词语的色彩，或选错话题等而导致交往失败或影响人际关系的事，时有发生。因此，在交谈中必须遵从一定的礼仪规范，才能达到双方交流信息，沟通思想的目的。

一、交谈的技巧

1. 语言艺术

语言作为人类的主要交际工具，是沟通不同个体心理的桥梁。交谈的语言艺术包括以下几个方面：

◆ 准确流畅

在交谈时如果词不达意、前言不搭后语，很容易被人误解，达不到交际的目的。因此，在表达思想感情时，应做到口音标准、吐字清晰，说出的语句应符合规范，避免使用似是而非的语言；应去掉过多的口头语，以免语句割断；语句停顿要准确，思路要清晰，谈话要缓急有度，从而使交流活动畅通无阻。

◆ 委婉表达

交谈是一种复杂的心理交往，人的微妙心理、自尊心往往在里面起重要的控制作用，触及它，就有可能产生不愉快。因此，对一些只可意会不可言传的事情、人们回避忌讳的事情、可能引起对方不愉快的事情，不能直接陈述，只能用委婉、含蓄、动听的话去说。常见的委婉说话方式有：

避免使用主观武断的词语，如，"只有"、"一定"、"唯一"、"就要"等不带余地的词语，要尽量采用与人商量的口气。

先肯定后否定，学会使用"是的……但是……"这个句式，间接地提醒他人的错误或拒绝他人。把批评的话语放在表扬之后，就显得委婉一些。

◆ 掌握分寸

谈话要有放有抑有收，不过头，不嘲弄，把握"度"；谈话时不要唱"独角戏"，夸夸其谈，忘乎所以，不让别人有说话的机会；说话要察言观色，注意对方情绪，对方不爱听的话少讲，一时接受不了的话不急于讲。开玩笑要看对象、性格、心情、场合，一般来讲，不随便开女性、长辈、领导的玩笑，一般不与性格内向、多疑、敏感的人开玩笑，当对方情绪低落、心情不快时不开玩笑，在严肃的场合、用餐时不开玩笑。

◆ 幽默风趣

交谈本身就是一个寻求一致的过程，在这个过程中常常会出现不和谐的地方而产生争论或分歧，这就需要交谈者随机应变，凭借机智抛开或消除障碍。幽默还可以化解尴尬局面或增强语言的感染力，它建立在说话者高尚的情趣、较深的涵养、丰富的想象、乐观的心境、对自我智慧和能力自信的基础上，而不是要小聪明或"卖嘴皮子"，它应使语言表达既诙谐，又入情入理，应体现一定的修养和素质。

2. 礼貌用语

使用礼貌用语，是人类文明的标志，也是全世界共同的心声。使用礼貌用语不仅会得到人们的尊重，提高自身的信誉和形象，而且还会对自己的事业起到良好的辅助作用。在我国，政府有关部门向市民普及文明礼貌用语，基本内容为十个字："请"、"谢谢"、"您好"、"对不起"、"再见"。在实际的社会交往中，日常礼貌用语远不止这十个字，例如：

→ 初次见面，要说"久仰"；许久不见，要说"久违"。

→ 客人到来，要说"光临"；等待客人，要说"恭候"。

→ 探望别人，要说"拜访"；起身作别，要说"告辞"。

→ 中途先走，要说"失陪"；请人别送，要说"留步"。

→ 请人批评，要说"指教"；请人指点，要说"赐教"。

→ 请人帮助，要说"劳驾"；托人办事，要说"拜托"。

→ 麻烦别人，要说"打扰"；求人谅解，要说"包涵"，等等。

归结起来，主要可划分为如下几个大类：

◆ **问候语**

遇到相识与不相识者，不论是深入交谈，还是打个招呼，都应主动向对方先问一声"您好"；若对方先问候自己，也要以此来回应。在有些地方，人们惯以"你吃了饭没有"，"最近在忙什么"，"身体怎么样"，"一向可好"来打招呼，问候他人，但都没有"您好"简洁通行。

◆ **欢迎语**

交际双方一般在问候之后常用欢迎语。世界各国的欢迎语大都相同，如"欢迎您"、"见到您很高兴"、"再次见到您很愉快"。

◆ **回敬语**

通常情况下，只要你受到了对方的热情帮助、鼓励、尊重、赏识、关心、服务等都可使用回敬语。在我国使用频率最高的回敬语是"谢谢"、"多谢"、"非常感谢"、"麻烦您了"、"让你费心了"等，这样做，既是真诚地感谢对方，又是对于对方的一种肯定。

◆ **致歉语**

在社会交往过程中，常常会出现由于组织的原因或是个人的失误，给交际对象带来了麻烦、损失，或是未能满足对方的要求和需求，此时应使用致歉语。常用的致歉语有："抱歉"，"对不起"，"很抱歉"，"请原谅"，"打扰您了，先生"，"真抱歉，让您久等了"等，真诚的道歉犹如和平的使者，不仅能使交际双方彼此谅解、信任，而且有时还能化干戈为玉帛。

◆ **祝贺语**

在交际过程中，如果你想与交际对象建立并保持友好的关系，你应该时刻关注着交际对象，并与他们保持经常性联系。祝贺用语很多，可根据实际情况需要进行选择。常用的祝贺语有："祝您节日愉快"、"恭喜恭喜"、"祝您成功"、"祝您福如东来，寿比南山"、"祝您新婚幸福、白头偕老"、"祝您好运"、"祝您健康"、"××公司恭贺全国人民新春快乐！"等等。总之，在当今社会，适时使用祝贺用语，对交际来说有百益而无一害。

◆ **道别语**

交际双方交谈过后，在分手时，人们常常使用道别语，最常用的道别语是"再见"、"回头见"、"明天见"、"走好"、"慢走"、"再来"、"保重"、"祝你做个好梦"、"晚安"等。

◆ **请托语**

在日常用语中，人们出于礼貌，常常用请托语，以示对交际对象的尊重。最常用的是："请"、"拜托"、"劳驾"、"借光"、"请多关照"等。

3．有效选择话题

所谓话题，是指人们在交谈中所涉及到的题目范围和谈资内容。换言之，话题是一些由相对集中的同类知识、信息构成的谈话资料及其相应的语体方式、表述语汇和语气风格的总和。在人际交往中，学会选择话题，就能使谈话有个良好的开端。

◆ **既定的话题**

选既定的话题，即交谈双方已约定，或者一方先期准备好的话题，如征求意见、传递信息、研究工作等。

◆ **高雅的话题**

高雅的话题，即选择内容文明，格调高雅的话题，如：文学、艺术、哲学、历史、地理，建筑等，这类话题适合各类交谈，但忌不懂装懂。

◆ **轻松的话题**

选择轻松的话题，即令人轻松愉快、身心放松，适用于非正式交谈，允许各抒己见，任意发挥。主要包括：文艺演出、流行、时装、美容美发、体育比赛、电影电视、休闲娱乐、旅游观光、名胜古迹、风土人情、名人轶事、烹饪小吃、天气状况，等等。

◆ **时尚的话题**

时尚的话题，即以此时此刻正在流行的事物作为谈论的中心，这类话题变化较快，不太好把握。

◆ **擅长的话题**

擅长的话题，即选择话题是交谈对象有研究、有兴趣的话题。比如，青年人对于足球、通俗歌曲、电影电视的话题较多关注，而老年人对于健身运动、饮食文化之类的话题较为熟悉；公职人员关注得多是时事政治，国家大事，而普通市民则更关注家庭生活、个人收入等；男人多关心事业、个人的专业，而妇女对家庭、物价、孩子、化妆、衣料、编织等更容易津津乐道。

◆ **话题禁忌**

在谈话中，国内外的社交活动中均尊重个人隐私权，凡涉及个人隐私的一切问题，在交往中均应回避，否则引起对方的不悦，自己也感到尴尬。

由于习俗不同，许多民族都有其忌讳的话题，如政治问题、宗教问题、风俗习惯、个人爱好，等等，在涉外交往中都不宜枉加非议。个人隐私、他人的长短、令人不快的事物以及低级趣味，也是不应选择的话题。具体而言，一般应做到"五个不问"。

> **话题禁忌**
> 1. 不问年龄
> 2. 不问收入
> 3. 不问婚恋
> 4. 不问家庭
> 5. 不问健康

二、闲谈的艺术

在交际场合中，闲谈可以帮助你与别人建立亲密的关系、缓和紧张气氛，会帮你树立一个平易近人的良好形象，让别人从你的闲谈中感受你的见多识广，了解彼此的性格和建立私人关系。你自己也可以从闲聊的过程中知晓各种有益的商业信息，人们往往在不经意的闲聊中获得有用的信息。闲聊能反映一个人的知识、修养，追求与爱好。善于与别人闲聊的人往往能得到别人的喜欢，获得更多的朋友，也让别人得到信息和感到幽默的快乐。

1. 闲谈的含义

闲谈是指社交人士在见面之后、谈判之前随意、轻松地、简短地谈论一些无关的话题，以达到交流的目的或缓和气氛的目的。

人们往往在办公室的门厅、走廊、班车上相遇时，免不了要随便聊一聊，找一些共同关心的话题来说一说，以交流感情和沟通信息。有一定闲谈的技巧可以为你建立更宽广的人际关系网，树立一个平易近人的形象。员工与老板的闲聊可以让老板多一些熟悉你、了解你的机会，尤其对那些新人，更是需要这些机会；反过来老板经常与员工闲聊可以发现工作中的问题，可以树立一个关心下属、和蔼可亲的领导形象。

2. 闲谈的作用

不要认为闲聊是无关的事情，掌握好闲谈的机会并能恰当地谈论一些话题，会对你和你所代表的组织有着重要的作用。

第一，闲聊可以为你和你的组织带来很重要的信息。很多时候，我们的信息是在与其他的商务人员的闲聊中获得的。因为我们在正式的工作中，往往是不能闲谈的，神经绷得很紧，没有时间去闲聊，谈话的内容也仅限于工作上的专业信息，而在闲聊的时候，每个人在彻底放松的情况下，可以无话不谈，这常常是我们获得重要信息的机会。

第二，闲聊可以为你和你的组织建立较广阔的商业关系网络。现在国外风行的关系营销就是指要通过一定的非正式的场合来建立组织与个人的商业关系，这种关系不是仅指双方在谈业务时的关系，而是在商谈业务之前或之后有意地建立的熟悉的朋友式的关系，但不是我们通常意义上的朋友，而是商业关系的"朋友"，闲谈往往对这种关系的建立起着很重要的作用，例如，在每天花一到两分钟给一个商业上的重要的客户、媒体、记者、政府官员等打一个电话，让对方知道你是一个很有情趣的商业伙伴，而不是在用得着他们的时候才想起了他。

第三，闲聊可以帮助你建立一个融洽的商务环境。通过闲谈可以缓和特定的商务环境的气氛，例如，第一次见面之后的寒暄、谈判之前的友好气氛的创造，都需要短暂的闲谈。法国人在谈判的时候最喜欢一边谈一边聊，这与他们的民族的浪漫性有关。不会掌握洽谈前的闲谈气氛的主管，可能会被视为鲁莽、迟钝或急躁。

3．闲谈的技巧

◆ 选择话题

注意话题的安全性。在闲谈的时候一定要选择安全的话题，例如谈一谈孩子、天气状况、文化动态、交通堵塞、特价、环境问题、社会或城市的毛病等话题，不要涉及他人的收入、小道消息、私生活等话题，要避开办公室的有关公事。另外，最好找到双方共同感兴趣的话题，不要一味只顾自己高兴，而冷落了他人的参与，这是不礼貌的，也是没有交际技巧的表现.。

◆ 适时发问

在交谈中适时发问可以引起交谈按照某个目的继续进行，调整交谈的气氛。同时，我们必须在事先没有准备的情况下根据对方的身份、地位、场合、关系来决定你的提问，而使问题更得体。精妙的提问能使你获得需要的信息、知识和利益，并且证明你十分重视对方的谈话，从而激起对方的兴趣，向你提供更多的作息。

◆ 注意反应

闲谈中要注意察言观色，当你提出问题后，对方避而不答或转移话题，则就要换一个对方感兴趣的话题了。

闲谈的语言要求。要注意礼貌对人，不要出语伤人，要机智幽默。闲谈中临场发挥的特点决定了双方都要注意高度的机智性和灵活性，它起着调节气氛的重要作用。幽默的人往往容易受到人们的欢迎。

4．闲谈的礼节

◆ 不要随便打断对方的讲话

有的人有这样的毛病，总喜欢打断对方的交谈，这对对方不尊重，应该等对方把话说完，再进行发言。

◆ 避免行话、术语

不论是在跨国际交流还是在本国的交流中，一定要注意不要使用行话、术语和方言，术语也是一样，很多术语一般人是不懂的，尤其是不同的文化背景的人，更应该注意。

◆ **不要胡乱幽默**

在闲谈的时候，不要使用双方从来没有使用过的幽默，因为在你认为可笑的事情，别人尤其是外国人，就不一定明白你讲的幽默之处，当一方已经笑得前仰后合的时候，而另一方却不知道怎么回事，这种场合是很尴尬的。所以，闲谈的时候，在谈话刚开始或只有仅仅几分钟的时候，最好不要讲难懂的幽默。

◆ **不要与别人抬杠、争执**

在商务交往中，和气生财，和气才能保证广交朋友，而不要与人发生无谓的争执，不要争强好胜，否则是不礼貌的。

◆ **避免搬弄是非**

在正式的商业场合中，一言一语都会成为影响商务交往的重要信息，不要将是非与闲话进行搬弄，不要传播别人的信息，不要传播小道消息。朋友对你说的心里话，不要当作闲谈的资料去到处宣扬，这样做是不道德的。

三、聆听的技巧

有人说："人为什么两只耳朵一张嘴？即耳朵的数量是嘴的两倍，那是因为上帝造人的时候就要求我们少说多听"，此话颇有意思，我国古代就有："愚者善说，智者善听"之说。听，可以从谈话对方获得必要的信息，领会谈话者的真实意图。如果不能认真地聆听，就无法了解和满足对方的需求，和谐的人际关系也只能是空谈。况且聆听本身还是尊重他人的表现。因此，应充分重视听的功能，讲究听的方式，追求听的艺术。

1．要耐心

在对方阐述自己的观点时，应该认真地听完，并真正领会其意图。许多人在听的过程中，一听到与自己意见不一致的观点或自己不感兴趣的话题，或者因为产生了强烈的共鸣就禁不住打断对方或作出其他举动，致使他人思路中断、意犹未尽，这是不礼貌的表现。当别人正讲在兴头上时，不宜插话，如必须打断，应适时示意并致歉后插话；插话结束时，要立即告诉对方"请您继续讲下去。"聆听中还应注意自己的仪表，不应该从自己的举止或姿态中流露出不耐烦、疲劳或是心不在焉的情绪，因为这样会伤害对方的自尊。

2．要专心

在听对方说话时，应该注视对方，以示专心。要真正了解对方，语言只传达了部分信息，还应注意说话者的神态、表情、姿势以及声调、语气等非语言符号的变化，传递的非语言信息，以便全面、准确地了解对方的思想感情。同时，以有礼而专注的目光表示认真聆听，对说话者来说也是一种尊重和鼓励，可以使其感到自己谈话的重要性和必要性。

3．要热心

在交谈中，强调在对方谈话时目视对方、认真专心地去听，并不是说聆听者完全被动地、默默地听。经验告诉人们，在说话时，如果对方面无表情、目不转睛地盯着自己看，便会使谈话者怀疑自己的仪表或讲话有什么不妥之处而深感不安。因此，聆听者在听取信息后，为使对方感到你的确在听而非发呆，可以根据情景，或微笑，或点头，或发出"哦"、"嗯"的应答声，甚至可以适时插入一两点提问，例如，"哦，原来这样，那后来呢?"、"真的吗?"等，这样就能够实现谈话者与聆听者不断的交流，形成心理上的某种默契，使谈话更为投机。

第5章
聚会礼仪

　　社交聚会已成为人们各类社交活动中颇为常见的一种形式，它是指两个或两个以上的人为了一定的目的，或为了从事某种活动，聚集会合在同一个地点而进行的活动。它是联络感情、发展友谊、扩大交际、传递信息和娱乐休息的一种好方式，也是进行公关活动的一种极佳途径。

　　聚会的形式很多，如拜会、集会、晚会、舞会、宴会等，无论是作为聚会的举办者还是参加者，对其中的"规矩"和"讲究"应胸有成竹，这也是保证聚会成功的前提。

　　聚会多以放松、休闲为目的，应保持一种轻松、活泼的气氛，即使心中有烦闷之事亦应暂时忘却，保持聚会的良好氛围是每个参与者的义务。

一个让人难以忘却的女人

丹尼尔是热爱世界各国文化的英国人,每个月他都要组织周末家庭小聚会,让来自各国的朋友互相认识,交流文化。一天,丹尼尔请了自己的朋友——一对美国夫妇、一位德国记者、一位中国朋友和一位波兰女士在家共进晚餐。在人们互相介绍、寒暄之后,大家基本上都了解了对方的姓名和工作性质。

当晚餐开始时,在餐桌上波兰女士又开始逐个问及客人们的情况:"对不起,你刚才说你是做什么工作的?"在座的人又一次重新介绍自己,她时不时地在别人还未讲完话时就插话:"噢!这让我想起了……"然后,不经思索、喋喋不休地道出一段毫不相干的故事。

丹尼尔问美国朋友:"艾丽,听说你最近组织一个慈善活动,为非洲儿童捐款。怎么样?""噢,可怜的非洲儿童,他们生活在不可想象的条件下……"波兰女士未等艾丽回答,又接上了话题。"请喝酒,"丹尼尔又礼貌地找借口截住了她可能会无休止进行下去的话题,"克里斯多夫,你太太在柏林怎么样?"丹尼尔问德国记者,"她快生产了。"德国记者回答。

"噢,上帝呀,她一定要小心难产,当年我生宝宝的时候,发生了难产……"波兰女士又一次接过话题。这一次,她飞快地讲着,再也没有留给丹尼尔可以插话的机会。客人们吃着美味的晚餐,听着血淋淋的难产故事。很快,美国夫妇和中国朋友找借口帮助清理餐桌,躲进了厨房不再出来,只留下可怜的德国记者在全神贯注地分享她劫难的故事。

事后,丹尼尔说:"我非常抱歉,今天晚上的谈话失去控制。"美国夫妇说:"一个让人难以忘却的女人。"从此,这个波兰女士再没有出现在丹尼尔的家庭晚会上。

(参见英格丽·张:《你的形象价值百万》,中国青年出版社,2007 版)

第一节　拜会

　　拜会又称拜见或拜访，一般是指前往他人的工作地点或住所会晤、探望对方，或是进行其他方面的接触。拜会是一种双向活动。在拜会中，拜访和接待是公关交往中不可缺少的礼仪活动。健康、正常的拜访活动，对于建立联系、交流信息、沟通情感、发展友情，有着其他活动不可替代的作用。

一、拜访之道

1．事先预约

选好时机，地点。约定方式：电话预约、信函预约。如果因急事或事先并无约定，但又必须前往，则应尽量避免在深夜打搅对方。如不得已非得在休息时间约见对方不可时，则应见到主人立即致歉。

2．如期而至

约定了会面的具体时间、地点，作为访问者应履约守时如期而至，9 准时到达。时间上应当尽量避免在对方吃饭的时间、午休时间、临下班的时间或电视"新闻联播"节目时间，最好能选择在节假日上午 10 点左右或下午 4 点左右。晚上 8 点左右，不能太晚。

在对外交往中，如果拜访迟到 10 分钟，对方就会谢绝拜会。准时赴约是国际交往的基本要求。

3．彬彬有礼

无论是办公室或是寓所拜访，一般客随主便，到寓所要轻声敲门或按门铃，进门后要同主人家人一一问好，如果主人将其他客人介绍给你，可以说"很高兴认识你"或"初次见面，多多关照"。如果携带礼物主人客气，可以说"礼物微薄，不成敬意，还望笑纳。"

4．衣冠整洁

在拜访之前要整理好自己的服饰，如果是正式拜访，男士应着西装，打领带，理发、剃须，皮鞋上不要沾污垢。女士应略化淡妆，衣冠整齐，修饰边幅。要注意卫生。

5．举止文雅

古人云，"入其家者避其讳"，"主雅客来勤"。客人坐姿要端正、文雅，不要晃脚、跷腿等不雅姿势。说话得体。不随便动主人的物品。

6．适时告辞

准备商量什么事，拜访要达到什么目的，事先要有打算，若无要事商量，停留时间不要过长，以不超过半小时左右为宜。如果发现主人心不在焉，来访者应及寻求收尾的话题并告辞。

二、接待之道

1．事先准备

与来访者约定拜会之后，主人既应着手从事必要的准备工作，以便令客人到访时产生宾至如归之感。主人先期需要准备安排的，主要有四项工作，它们具体是指：

◆ **环境卫生**

在客人到来之前，需要专门进行一次清洁卫生工作，以便创造出良好的待客环境，并借以完善个人的整体形象，同时体现出对来客的重视。

◆ **待客用品**

通常，有客来访之前，需要准备必要的待客用品，以应客人之需。在一般情况下，必不可少的待客用品有四类：一是饮料、糖果和点心，二是香烟，三是报刊、图书、玩具，四是娱乐用品。

◆ **膳食住宿**

在一般情况下，接待来客时，均应为其预先准备好膳食，并且在会面之初，便向对方表明留饭之意。假如"有朋自远方来"，还需为其安排住宿，家中或本单位不具备留宿条件的话，事先应先向对方说明。

◆ **交通工具**

接待远道来的客人，要事先考虑其交通问题，如果力所能及，则最好主动为其安排或提供交通工具。为来宾安排交通工具，讲究善始善终，不但来时要管，走时也要管。

2．热烈欢迎

客人到来之时，主人对其欢迎与否，客人是十分敏感的。因此，在客人抵达后，主人要做的头一件事，就是要向对方表示热烈欢迎，当客人告辞时，亦需热情欢送。

3．迎候

对于重要的客人和初次来访的客人，必要时主人要亲自或者派人前去迎送。迎候远道而来的客人，可恭候其抵达本进机场、港口、车站，或是其下榻之处，并要事先告之。

4．致意

与来宾相见之初，不论彼此熟悉与否，均应面含微笑，与对方热情握手。在此同时，还应当对对方真诚地表示："欢迎，欢迎"，并致以亲切的问候。

5．让座

如约而来的客人到来之后，主人应尽快将其让入室内，并安排其就座。若是把客人拦在门口谈个没完，通常等于主人是向客人暗示其不受欢迎，来得不是时候；另一方面，在就座之时，为了表示对客人的敬意，主人应请客人先行入座。千万不要不让座，或是让错座。

6．热情相待

在待客之时，主人一定要表现出自己的热情、真诚之意。对客人热情相待，应当主要体现出一心一意、兴趣盎然、主次分明三个方面。

7．一心一意

有客来访之时，客人就是主人的上帝，待客就是主人的工作重心。因此，在接待客人时，一定要真正做到时时、处处、事事以客人为中心，切勿三心二意，顾此失彼，有意无意地冷落客人。

8．兴趣盎然

在宾主相处之际，相互之间自然要进行必要的交谈，以便沟通和交流。宾主进行交谈之时，主人不仅要准确无误地表达和接受信息，而且还要扮演一个称职的主持人和最佳的听众。

9．主次分明

在待客之时，主人应讲究主次分明，即把来宾视为主人活动的中心，主人的私人事务一般均应从属于来宾这一中心，这是待客主次分明的第一层意思；待客时主次分明的第二层意思，则是指在待客之时，此时此刻正在接待的客人，应被视为主人最重要的客人。也就是讲，对于后到的客人既要接待，又不能为此而抛弃目前正在接待的客人。

10．送别致意

告辞的要求，应由来客首先提出，此时，主人应认真加以挽留，倘若客人执意要走，主人方可起身送行。与客人告别时，要与之握手，并道以再见。一般情况下，当客人离去时，主人应向其挥手致意。当对方离开之后，主人方可离开。

第二节　集会

> 　　集会是众多人参与的一项活动，有很正规、严肃的场面，也有随意、欢愉的场面，知道不同的场面的礼仪规范，并正确运用，可以显现一个人的素质与修养，使你的形象在各种场合高雅而不失风度。

一、组织集会

　　集会组织者是集会的核心人物，是集会能否成功的关键。所以，集会的组织者更应当明确有关集会的礼仪。

1．集会通知

　　集会的组织者要事先拟好集会的通知，并且在集会前的一周发出，以便给参加集会的人以足够的准备时间。通知上面务必写明集会的时间、地点、主题及参加者范围等内容，有的集会通知上还可写明闭会的时间。根据集会的内容和参与者的范围，集会通知可以采用张贴的办法，也可送达、邮寄。

2．安排会场

　　根据集会内容和参加者的多少，确定会场，并加以布置。在城市广场上举办的群众集会，还应提前向有关部门报告，以免出现始料不及的问题。

3．拟定议程

　　写好议程，集会时间不宜太长。集会开始前应把集会议程以宣传单形式发放给与会者，使参加者对集会的安排做到心中有数。此外，集会结束后，应做好会场的清理工作，切勿丢下一片狼藉的会场。

二、集会参加者的礼仪

　　一个集会能否取得成功，不仅要求集会组织者讲究礼仪，而且，集会的参加者也应懂得参加集会的礼仪规范。

1．及时到会

参加集会要按时赴会，宁可提前十几分钟也不可迟到一分钟。

2．穿着要整洁大方

这既是对别人的尊重，也是对自己的尊重，尤其是集会的主持人和发言人。不注重仪表有损于自我形象，谁愿意跟一个穿着不整、邋邋遢遢的人交往呢。

3．交谈举止得体

参加集会的人很多，并且身份各不相同，所以，一言一行都要做到自然得体、落落大方。不要因为人多就哗众取宠，如果那样做，会使自己显得没有涵养，有失礼貌。

三、常见的集会

1．升国旗仪式

国旗，是国家的象征，代表国家的尊严。每个公民和组织都应尊重国旗，爱护国旗，维护国旗的尊严。举行升旗仪式，可以增强公民的国家观念，激发爱国主义精神。

◆ 升旗的场合

根据国家教委《关于施行〈中华人民共和国国旗法〉严格中小学升降国旗制度的通知》精神，全国中小学在每周星期一早晨举行升旗仪式。其它重要场合也应升挂国旗，如重大体育比赛，庆典仪式，重大项目奠基、开工、落成，重大展览会，重要节日等，均应升国旗。

◆ 升旗的程序

＊ 出旗

旗手双手持旗，护旗手在两侧，齐步走向旗台，此时，在场的全体人员要立正站立。

＊ 升旗

两名旗手缓缓升旗，同时奏国歌。在场人员行注目礼，军人、少先队员、仪仗队行举手礼。在国歌演奏结束同时，国旗升到旗杆顶端，在场人员礼毕。

＊ 唱国歌

学校举行升旗仪式时，在升旗后，要在主持人指挥下唱国歌。

其它场合的升旗仪式，可以在升旗时唱国歌，也可不唱国歌。

＊ 国旗下讲话

学校在升旗后，可由校长、教师、先进人物做简短精练、富有教育意义的讲话。

◆ 升旗注意事项

全场人员在升旗时，要肃立致敬；升旗时要神态庄严，保持肃静；不要做小动作，更不要走动、说笑；旗手和护旗手应学好〈国旗法〉，并经过严格训练，认真严格地按规定升降国旗。

2．团拜

在我国，作为新年开始的元旦或春节是最隆重的节日，含有"一元复始"的意义。在这一天，机关、团体的成员为庆祝元旦或春节而聚会在一起，互相祝贺，致以问候，这就是团拜。

下面介绍一下团拜的几种类型及应注意的礼仪规范：

◆ **集会式团拜**

这种团拜的会场，既要布置得有节日喜庆气氛又要简朴、大方。在会场主席台周围摆设一些鲜花，主席台后面的帷幕上要有"庆祝元旦"或"欢度春节"的横幅，团拜正式开始后，应由身份、职位较高的人向全体与会者致新年贺词。贺辞要热情、真诚，体现出关心、爱护和期望之情。发言过后，团拜会在热烈的掌声与欢快的乐曲声中结束，整个团拜时间不宜超过一小时。

此种团拜形式适合于党、政、军机关或慰问团向驻守的、留守的人员拜年。

◆ **茶话会式团拜**

茶话会以圆桌会议形式进行，不设主席台，但应突出主桌。桌上除了茶水外，可略备些水果、糖果和瓜子之类。会上由职位、身份较高的人先向大家简要地祝贺新年，然后开始座谈，内容以相互勉励、提出希望为主，气氛要轻松愉快，达到沟通思想、交流感情的目的。

◆ **晚会式团拜**

一般在节日的前夕举行这种团拜活动，会场上悬挂庆祝节日的会标。先由职位、身份较高的人发表简短的新年祝贺辞，然后举行文艺晚会，可由专业或业余的文艺团体演出精彩的节目。

这种团拜形式适用于各级地方政府向当地各界人士及人民群众祝贺新年，无论参加什么样的团拜，都应着装整洁，谈吐得体，举止文雅。互致问候时，要精神饱满，态度热情真诚。

第三节　宴会

宴会是以宴请方式来款待宾客的一种经常性的社交活动，也是人际交往的一种重要的聚会形式。它是为了表示欢迎、答谢、祝贺、喜庆等而举行的一种隆重的、正式的餐饮活动，以增进友谊和融洽气氛。招待宴请活动的形式多样，礼仪繁杂，掌握其礼仪规范是十分重要的。

一、宴会常见形式

根据不同的交际目的、邀请对象以及经费开支（公务宴请和家庭宴请），交际场合常见的宴会形式有：

1．工作宴会

又称工作餐，是一种多边进餐的非正式宴请形式。按照用餐时间，可分为早、中、晚餐，工作餐不重交际形式而强调方便务实，不需事先发请柬，只邀与某项特定工作有一定关系的领导、技术人员和其他有关人员，其座位的安排按参加者职务的高低为序。其形式与安排，以干净、幽雅、便于交谈为宜。

2．冷餐会

又称冷餐招待会、自助餐，是一种方便灵活的宴请形式。其基本特点以冷食为主，站着吃，一般不设正餐，但可以有热菜，不安排席次，但也设一些散坐，供老弱、妇女食用。菜肴、酒水和饮料连同餐桌放在长条餐桌上，供客人自取，也可由服务员端送。这种宴请形式，一是不设固定席位，客人可以自由活动，边走边吃；二是便于接触交谈，广泛交往；三是可以容纳更多的来宾。其布置也比正式宴会简便，可以在室内也可在院子里进行。用餐时要"一次少取，多次取用"，要注意社交形象。须知，参加冷餐会，吃是次要的，与人沟通才是主要任务。

3．酒会

又称鸡尾酒会，以招待酒水为主，略备小吃。酒会不一定都备鸡尾酒，但酒水和饮料的品种应多一些，一般不用烈性酒。食物多为各色面包、三明治、小泥肠、炸春卷等，以牙签取食。酒水和小吃由招待员用盘端送，也可置于小桌上由客人自取。酒会不设坐椅，宾主皆可随意走动，自由交往。这种形式比较灵活，便于广泛接触交谈。举行的时间亦较灵活，中午、下午、晚上均可，持续时间两小时左右。在请柬规定的时间内，宾客到达和退席的时间也不受限制，可以晚来早退。酒会多用于大型活动，因此，可以利用这个机会进行社会交际和商务交际。

4．家宴

即一般在家中设便宴招待客人，以示亲切、友好。它在社交和商务活动中发挥着敬客和促进人际交往的重要作用，西方人喜欢采取这种形式。在宴请形式上又可分为家庭聚会、自助宴会、家庭冷餐会等几种方式。

二、中餐

中餐即中式餐饮，是指一切具有中国特色的，依照传统方法制作的餐食和饮品，中餐礼仪主要是指中餐待客、中餐筹备、中餐布置、中餐进餐的要求及中餐餐具的使用要求等。了解中餐礼仪，不仅会使自己能在迎来送往的社交过程中不失礼节，而且还能树立良好形象。

1．筹备宴会

中餐宴席，是宴饮活动时食用的中餐成套菜点及其台面的统称。中餐宴席较为突出地展示中国特有的民俗和社交礼仪。作为筹办者，要在场景、台面、席谱、程序、礼仪，安全等方面考虑周全，并通过服务人员来协助筹备宴席的主人妥善完成"社交"任务。筹备中的餐宴席具体要做好以下几个方面：

◆ 宴会形式

宴会的目的一般很明确，如节日聚会、工作交流、贵宾来访等。根据目的决定邀请什么人，邀请多少人，并列出客人名单。宴请主宾身份应该对等，宴请范围指请哪些方面人士，多边活动还要考虑政治因素、政治关系等。宴请形式很大程度上取决于当地的习惯做法。

◆ 时间安排

宴饮活动的时间安排应先争取第一主宾的意见，商定后尽早通知其他客人，通常在宴会的前两个星期或是再提早些。切记：不要当天请客再去通知客人，这样会使参加的人感到不舒服，是一种不敬之举。还有一些择时的习惯是：如果宴请的人中有外宾，宴会日期最好不要订在周末或是假日；中国人宴请活动的时间选择在有"六"的日子，代表着"六六大顺"之意，而忌讳带着"三、四"的日子……整个宴会所需要的时间虽然仅两个小时左右，但对主人来说，则需要较长的时间准备工作，据席面的大小，至少需要四个小时，甚至几天。

◆ 地点安排

这是筹备宴会必须要考虑的问题。如果因为你曾在别人家中受到设宴款待，你也应该请他们到自己家中来吃饭，此做法表示你想继续这种友好的往来。在自己的寓所招待朋友，要考虑所能容纳的客人总数，不能使客人彼此感到局促或是拥挤，也不可让客人处在过于嘈杂和不通风的地方。可以安排一个举办宴会的主厅，然后将与主厅相邻的房间利用起来，给客人一个离席走动和透透气的空间。同时，要在与宴会厅相邻的屋里放一张长椅，可供几个人坐，免得出现一人独坐或两人挨着坐下，前者显得客人不善交际，后者会使一个人感觉无法脱身，因为仅有两个人落座交谈，其中一人独自走开是对另一个人的失礼，而供几个人坐的长椅可解决此忧。

◆ 发出通知

常见的发出宴请通知的方式是：正式的宴会(国宴、婚宴、寿宴、庆典宴等)要专门印发请帖，表明宴会的正式性；便餐式酒会可通过电话通知或主人亲自向所请的人们当面发出邀请。无论哪种形式，都要提前发出通知，让客人有一个安排其他事宜或准备赴宴的时间，同时以示主人对客人的真诚邀请之礼。

◆ 设置衣帽间

若在餐饮场合举办宴会，客人的衣帽物品均由服务人员进行合理存放。而在家庭里举办宴会时，主人应注意设置专门的衣帽间，将男女宾客的衣帽分别安排。一般男子的物品存放在大厅里，妇女的物品则可存放在卧室。

◆ **宴请程序**

迎客时，主人一般在门口迎接。官方活动除男女外，还有少数其他主要官员陪同主人排列成行迎宾，通常称为迎宾线，其位置一般在宾客进门存衣以后进入休息厅之前。与宾客握手后，由工作人员引入休息厅或直接进入宴会厅。主人抵达后，由主人陪同进入休息厅与其他（她）宾客见面。休息厅由相应身份的人员陪同宾客，服务员送饮料。

主人陪同主宾进入宴会厅，全体宾客入席，宴会开始。若宴会规模较大，则可请主桌以外的客人先就座，贵宾后入座。若有正式讲话，一般安排在热菜之后甜食之前由主人讲话，接着由主宾讲话，也可以一入席双方即讲话。

2．餐桌安排

在中餐的礼仪中，餐桌和席位的安排是一项十分重要的内容，它关系到来宾的身份以及主人给予对方的礼遇，所以受到宾主双方的同等重视。因此，主人在安排宴请时，一定要注意安排桌面，席位等礼仪要求。

◆ **场地和桌次桌距**

宴会场地的安排方式应根据其类型、宴会厅场的大小、用餐人数的多少及主办者的爱好等因素，来决定宴会场地的摆设规则。

◆ **圆桌摆放**

宴请往往采用圆桌布置菜肴、酒水。采用一张以上圆桌安排宴请时，排列圆桌的尊卑位次有两种情况：一种是由两桌组成的小型宴会，当两桌横排时，其桌次以右为尊，以左为卑。这里所讲的右与左，是由面对正门的位置来确定的，这种做法又叫"面门定位"（见图5－1）。

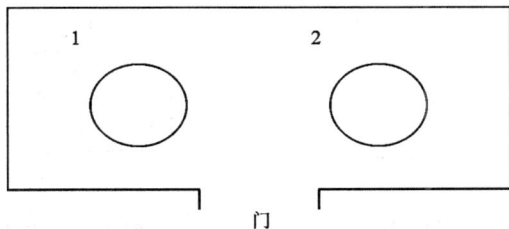

图5－1　两桌横排的桌次排列方法

当两桌竖排时，其桌次则讲究以远为上，以近为下。这里所谓的远近，是以距正门的远近而言的（见图5－2），此法亦称"以远为上"。

另一种是三桌或三桌以上所组成的宴会，通常它又叫多桌宴会。在桌次的安排时除了要遵循"面门定位"、"以右为尊"、"以远为上"这三条规则外，还应兼顾其他各桌距离主桌，即

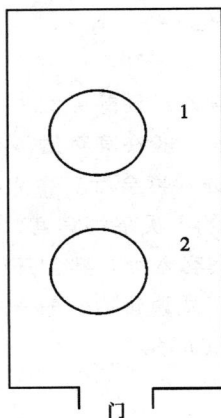

图 5-2　两桌竖排的桌次排列方法

第一桌的远近。通常距主桌越近，桌次越高；距离主桌越远，桌次越低（见图 5-3 和图 5-4）。

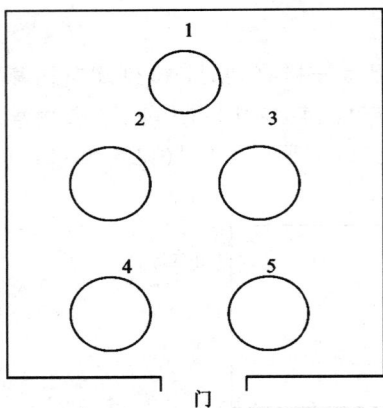

图 5-3　多桌排列桌次排列方法

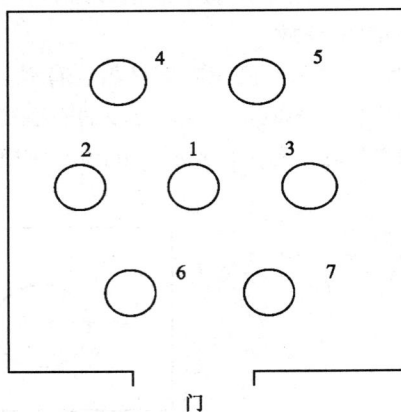

图 5-4　多桌排列桌次排列方法

◆ **座次安排**

　　其次需引起注意的是席位安排在进行宴请时，每张餐桌上的具体位次也有主次尊卑之别。排列位次的方法是：主人大都应当面对正门而坐，并在主桌就坐；举行多桌宴请时，各桌之上均应有一位主桌主人的代表就坐，其位置一般与桌主人同向，有时也可面对主桌主人；各桌之上位次尊卑，应根据其距离该桌主人的远近而定，以近为上，以远为下；各桌之上距离该桌主相同的位次，讲究以右为尊，即以该桌主人面向为准，其右为尊，其左为卑。

＊ 人数

每张桌上所安排的用餐人数应限于 10 人之内，并宜为双数。

＊ 位次的排列

第一种是每桌一个主位的排列方法，其他桌是每桌只有一个主人，主宾在其右首就坐，每桌只有一个谈话中心（见图 5 – 5）。

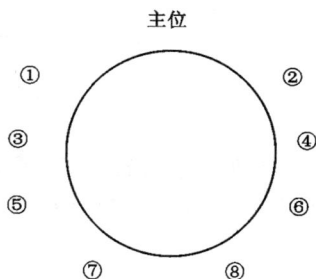

图 5 – 5　每桌一个主位的位次排列方法　　图 5 – 6　每桌两个主位的位次排列方法

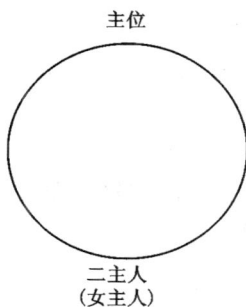

第二种情况叫做每桌两个主位的位次排列方法。其特点是主人夫妇就座于同一桌，以男主人为第一主人，以女主人为第二主人，主宾和主宾夫人分别在男女主人右侧就坐，这样每桌就形成了两个谈话中心（见图 5 – 6）。

有时，倘若主宾身份高于主人，为表示尊重，可安排其在主人位次上就座，而请主人坐在主宾的位次上。

若是本单位出席人员中有高于主人者，可请其居于主位而坐，请实际上的主人坐在其左侧。

当然，以上两种特殊情况亦可遵守常规，不作变动。

为了便于来宾正确无误地在自己所属的位次上就座，除招待人员及主人要及时加于引导指示外，应在每位来宾所属座次正前方的桌面上，事先放置以醒目字迹书写着其个人姓名的座位卡。举行涉外宴请时，座位卡应以中、英文两种文字书写。我国的惯例是，中文写在上面，英文写在下面，必要时，座位卡的两面均应写用餐者的姓名。

家宴和便宴，各地的情况不同，比如有的地方不是以右为尊，而是以左为尊，可根据具体情况来确定。碰到这种情况，大门正面的座位还是主人座，他左边为主宾，右边为次宾，剩下的依次类推。

◆ **餐具的准备**

宴请餐具十分重要，考究的餐具是对客人的尊重。依据宴会人数和酒类、菜品的道数准备足够的餐具，是宴会的基本礼仪之一。餐桌上的一切物品都应十分卫生，桌布、餐巾都应浆洗洁白并熨平。玻璃杯、酒杯、筷子、刀叉、碗碟等餐具，在宴会之前都必须洗净擦亮。

3．使用餐具

中餐餐具，即用中餐时所使用的工具。一般情况下，它又分为主餐具与辅餐具两类。以下分别对其加以介绍。

◆ **主餐具**

中餐的主餐具，是指进餐时必不可少的餐具。通常，用中餐时要使用的主餐具有筷、匙、碗、盘，等等。

* **筷**

筷，又叫筷子。它是用中餐时必不可少的最主要的餐具。筷子的主要功能，是用餐时以之夹取食物或菜肴。使用筷子取菜、用餐时，需要注意不"品尝"筷子，不"插放"筷子。

* **匙**

匙，又叫勺子。在用中餐时，它的主要作用是舀取菜肴、食物，尤其是流质的羹、汤。用筷子取食物时，亦可以用勺子加以辅助。

使用勺子，应注意：暂不用勺子时，应置之于自己的食碟上，有勺子取食物之后，应立即食用，不要把它再次倒回原处，若取用的食物过烫，不可用勺子将其折来折去，也不要用嘴对它吹来吹去。食用勺子盛放的食物时，尽量不要把勺子塞在口中，或是反复吮吸它。

* **碗**

碗，在中餐里，主要是盛放主食、羹汤之用的。在正式场合用餐时，用碗的注意：不要端起碗来就进食，尤其是不要双手端起碗来进食，食用碗内盛放的食物时，应以筷子、匙加以辅助，切勿直接下手取用，或不用任何餐具以嘴吸食，不能把碗内倒扣在餐桌上。

* **盘**

盘，又叫盘子。稍小一些的盘子，则被称作碟子。盘子主要用以盛放食物，其使用方面的讲究与碗略同。盘子在餐桌上一般应保持原位，不被搬动，而且不宜多个摞在一起。

需要着重加以介绍的，是一种用途较为特殊的被称为食碟的盘子。食碟的主要作用，是用来暂放从公用的食碟里取来享用的菜肴的。使用食碟时，要注意：不要一次取放过多，看起来既繁乱不堪又有欲壑难填之嫌，不要将多种菜肴堆放在一起，弄不好它们会彼此"相克"相互"窜味"，不好看，也不好吃。

◆ **辅餐具**

中餐的辅餐具，指的是进餐时可有可无、时有时无的餐具。它们主要在用餐时，发挥辅助作用，最常见的中餐具有：水杯、湿巾、水盂、牙签，等等。以下对它们分别作一些介绍：

＊ 水杯

中餐中所用的水杯，主要供盛放清水、汽水、果汁，可乐等饮料时使用。需要注意的：一是不要以之去盛酒，二是不要倒扣水杯，三是喝入口中的东西不能再吐回去。

＊ 湿巾

在中餐用餐之前，比较讲究的话，会为每位用餐者上一块湿毛巾。它只能用来擦手，绝对不可用以擦脸、擦嘴、擦手，应将其放回盘中，由侍者取回。

＊ 水盂

有时，品尝中餐者需要手持食物进食。此刻，往往会在餐桌上摆上一个水盂，也就是盛放清水的水盆，它里面的水并不能喝，只能用来洗手。

＊ 牙签

牙签，主要用来剔牙。用中餐时，尽量不要当众剔牙，非剔不可时，应以另一只手掩住口部，切勿大张"血盆大口"。剔出来的东西，切勿当众观赏或是再次入口，也不要随手乱弹，随口乱吐。剔牙之后，不要长时间叼着牙签没完。取用食物时，不要以牙签扎取。

三、西餐

西餐礼仪是吃西餐时所应讲究的规矩。要吃好西餐并且不失风度，必须对西餐的菜序、餐具、西餐的品尝、餐巾的使用礼仪等有一定的了解。

1. 桌次安排

中餐一般坐圆桌，而西方人一般坐长桌。

西餐的餐桌有长桌、方桌两种形式，长桌是主人坐在桌子的两边，女主人的右手边是男主宾，左边是男次宾，男主人的右边是女主宾，左边是女次宾，依次排列，距离主人越远的人年龄辈分越低；如果是方桌，夫妻一般坐对角线，女主人的右边是男主宾，男主人的右边是女主宾（见图 5 - 7）。

长桌另一种是男女主人坐在桌子的中间，女主人的右边是男主宾，左边是男次宾，男主人的右边是女主宾，左边是女次宾，夫妻是交叉坐的，因为他们认为在任何社交场合里，都应该开拓自己的人际关系。现在还流行厨师现场工作，表演特定的技巧，所以要把最佳的观赏位置留给男女主宾来坐，男女主宾坐在中间，男主宾的左边是女主人，女主宾的右边是男主人。

2. 上菜的程序

西餐上菜的一般顺序是：①开胃前食；②汤；③鱼；④肉；⑤色拉；⑥甜点；⑦水果；⑧咖啡

西式长桌排法:

```
        4   8   9   5   1
男          ┌───────────┐          女
主    门    │           │          主
人          │           │          人
            └───────────┘
        2   6   10  7   3
```

西式方桌排法:

```
        男      女
        主      主
        宾      人
      ┌───────────┐
      │ 1      △  │
女宾 ─│ 2       3 │─ 女宾
男宾 ─│ 3       2 │─ 男宾
      │ △      1  │
      └───────────┘
        男      女
        主      主
        人      宾
          门
```

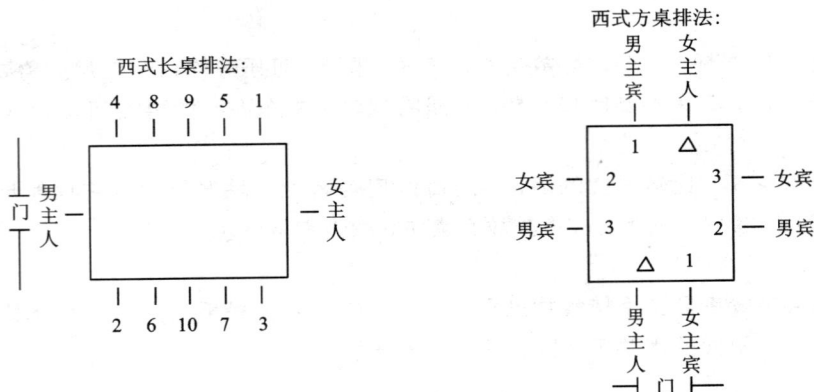

图 5-7　西餐桌座次安排示意图

或茶等,菜肴从左边上,饮料从右边上。但在上菜具体操作手法上各有其特点,这里着重介绍美式、法式程序上的礼仪及各自的上菜服务原则。

◆ **美式上菜的程序**

客人坐下后习惯先喝一杯冰水,这时应在客人的右边将水杯内倒满冰水,如有不喝冰水的客人,应为他送上鸡尾酒或其他开胃酒,再为所有宾客送上面包、白脱、汤中开胃品(色拉)等,用左手从左边送上,将开胃酒杯从右边撤下,再上主菜,一般是在厨房里装盘,放在托盘内送出,同时将汤和开胃品盘从右边撤下。主菜从客人左边送上,从左边再加面包和白脱,如需加咖啡,一般与主菜一起上,不过咖啡须从客人右边上,用右手把咖啡杯倒满,如果有甜点,把主菜盘撤走,再从左侧送上甜点盘,并加满饮料和咖啡。美式上菜的特点的速度快,方法简便。

◆ **法式上菜的程序**

上菜人员将所有食品用小推车送上,因食物在厨房内只进行了初加工,成为半成品,加工为成品菜肴需在小车上完成,所以上菜人员要有一定的专业技术。具体程序是:客人就坐,上菜人员送饮料,再将厨房中烧煮备好的菜放进餐厅的手推小车上,在客人面前完成上菜准备工作,将未烧好的半成品烧成食品并装盘,同时调味汁也需由上菜人员在客人面前调好,把烧好的菜放入盘里后再送给客人。

另外,注意撤盘时仍用右手从客人右边拿走,端盘时应使用大拇指、食指和中指,手指不要碰到盘边的上部,以保证卫生。

待所有客人吃完以后,要清除台面。主菜撤去后,将调味瓶也撤下,此时即可送上甜点。

法式上菜程序使客人感到很舒服,但上菜人员则在不停地工作。

3．餐具的摆放

左叉，右刀、匙，上点心餐具，以垫底盘的摆设位置为基准，左侧放置各式根据菜单内容所需的的餐叉，右侧摆放各种根据菜单内容所需的餐刀及汤匙，上侧侧横向摆放点心用的餐具。

先使用的餐具摆放在外侧，依次往内摆放，点心餐具则先内后外，摆设时以垫底盘为主，最后使用的主餐餐具应先摆放在垫底盘左右两侧，依此往外来摆设餐具。也就是说，餐中最先使用的餐具，将最后摆设在最外侧。酒杯不要超过四个，每道菜普遍搭配一种葡萄酒，海鲜类（或白肉类）会用白葡萄酒来搭配，红肉类会用红葡萄酒，点心类则搭配香槟，再加上水是西餐的必备之物，所以正式宴会餐桌上最多摆上四种不同的杯子，即水杯、红葡萄酒杯、白葡萄酒杯及香槟杯。酒杯由左至右依高矮摆设，通常采用左上右下，斜 45 度的摆设方式（见图 5 - 8）。

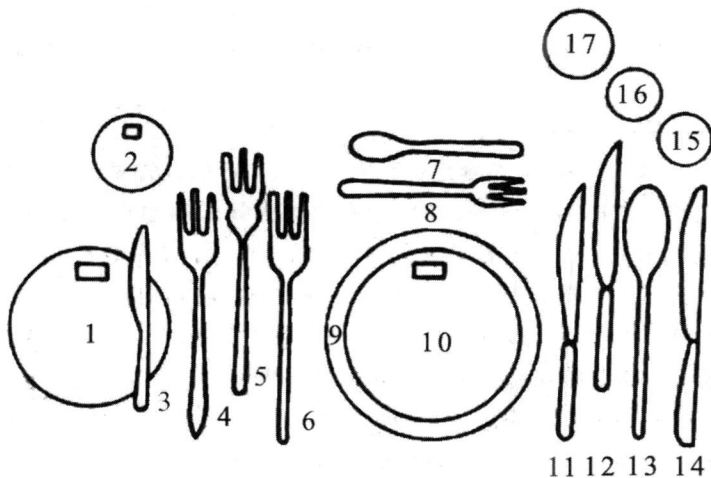

图 5 - 8　西餐餐具摆放示意图

1—面包盘　2—黄油盘　3—黄油刀　4—开胃品叉　5—鱼叉　6—正餐叉
7—甜品匙　8—甜品叉　9—垫底盘　10—餐盘　11—正餐刀　12—鱼刀
13—汤匙　14—开胃品刀　15—白葡萄酒　16—红葡萄酒　17—水杯

使用刀叉进餐，是西餐的最重要的特征之一。除刀叉之外，西餐的主要餐具还有餐匙、餐巾（餐巾的使用后面专门介绍）等，至于西餐上出现的盘、碗、杯、水盂，牙签等餐具，其用法与中餐大同小异，在此不再赘述。

4．餐具的使用

◆ 刀叉

刀叉，是对餐刀、餐叉两种餐具的统称。二者既可以配合使用、也可以单独使用。学习餐刀的使用主要是要掌握刀叉的区别、刀叉的用法、刀叉的暗示三个方面的问题。

* 刀叉的区别

在正规一点的西餐宴会上，通常讲究吃一道菜要换一副刀叉。也就是说吃每道菜时，都要使用专门的刀叉。

在一般情况下，享用西餐正餐时，每位用餐者面前的餐桌上的刀叉主要有：吃黄油所用的刀叉、吃鱼所用的刀叉、吃肉所用的刀叉、吃甜品所用的刀叉，等等。它们不但形状各异，更重要的是，其摆放的位置不同。

吃黄油所用的餐刀，没有与之相匹配的餐叉。它的正确位置，是横放在用餐者左手的正前方。

吃鱼所用的刀叉和吃肉所用的刀叉，应当餐刀在右、餐叉在左，分别纵向摆放在用餐者面前的餐盘两侧。餐叉的具体位置，应处于黄油所在餐刀的正下方。

吃甜品所用的刀叉，应最后使用。它们一般被横放在餐者面前的餐盘的正前方。

* 刀叉的使用

使用刀叉，一般有两种常规方法可供借鉴：一是英国式，它要求在进餐时，始终右手拿刀，左手持叉，一边切割，一边叉而食之；二是美国式，它的具体做法是：先是右刀左叉，一口气把餐盘里要吃的东西全部切割好，然后把右手里的餐刀斜放在餐盘前方，将左手中的餐叉换到右手里，然后再吃。

在以刀叉用餐时，不论采用上述哪一种方式，都应注意以下几点：

→在切割食物时，不可以弄出声响。

→在切割食物时，要切忌双肘下沉，切勿左右开弓。

→被切割的食物应刚好适合一下子入口。

→要注意刀叉的朝向，将餐刀临时放下时，不可刀口朝外。

→掉到地上的刀叉切勿再用，可请侍者另换一副。

* 刀叉的暗示

使用刀叉，可以向侍者暗示用餐者是否吃好了某一道菜。如与人攀谈时，将刀右、叉左，刀口向内、叉齿向外，呈"八"字状摆放在餐盘之上。它的含义是：此菜尚未用毕。

如果吃完了，或不想再吃了，则可以刀口向内、叉齿向上，刀右叉左地并排纵放，或者刀上叉下地并排横放在餐盘里。这种做法等于告诉侍者，请他连刀叉带餐盘一块收掉。

◆ 餐匙

学习餐匙的使用，应重点掌握其区别、用法两大问题。

* 餐匙的区别

在西餐正餐里，一般至少会出现两把餐匙，它们形状不同、用途不一，摆放的位置也有固定要求。一把个头较大的餐匙叫做汤匙，通常它被摆放在用餐者右侧的最外端，与餐刀并列纵放；另一把个头较小的餐匙则叫做甜品匙，在一般情况下，它应当被摆放在吃甜品所用刀叉的正上方，并与其并列。

　　* **餐匙的用法**

　　使用餐匙，必须注意的是：餐匙除可以饮汤、吃甜品之外，绝对不可以直接舀取其他任何主食、菜肴；已经开始使用的餐匙，绝对不可再放回原处，也不可以将其插入菜肴、主菜，或是将其直立于甜品、汤盘或茶杯中；使用餐匙时，要尽量保持其周身干净清洁，不要动不动就把它搞得"色彩缤纷"；用餐匙取食时，务必不要过量，而且一旦入口，就要将其一次用完；不能直接用茶匙去舀取茶水饮用。

　　5. 进餐的守则

　　吃西餐时要讲究礼仪，尤其是下面几点，必须牢记并作为吃西餐时约束自己的规范：

　　◆ **坐姿恰当**

　　用餐就坐身体要端正，与餐桌的距离以便于使用餐具为准。将餐巾放在膝上，不要随意摆弄已摆好的餐具。

　　◆ **进餐文明**

　　每次送入口中的食物不宜过多，在咀嚼时不要讲话，更不可主动与人谈话，避免食物喷出或掉落嘴外。

　　喝汤时不要溢出汤匙，吃东西要闭嘴咀嚼，不要舔嘴唇或呷嘴发出声音。如：汤菜过热，可等稍凉后再吃，不要用嘴吹。

　　吃鱼、肉等带刺或骨的菜肴时，不要直接外吐，可用餐巾捂住嘴，轻轻吐在餐叉上放入盘内。如盘内剩余少量菜肴时，不要用叉子刮盘底，更不要用手指相助食用，应以小块面包或叉子相助食用。吃面条时，要用叉子先将面条卷起，然后送入口中。

　　面包一般要掰成小块送入口中，不要拿着整块面包去咬。抹黄油和果酱时，也要先将面包掰成小块再抹。

　　吃鸡时，应先用刀将骨去掉，不要用手拿着吃。吃鱼时不要将鱼翻身，要吃完上层后用刀叉将鱼骨剔掉后再吃下层。吃肉时，要切一块吃一块，不能切得过大或者一次将肉都切成块。

　　◆ **举止文雅**

　　不可在餐桌边化妆或用餐巾擦鼻涕；用餐时打嗝是最大的禁忌；别人讲话不可搭嘴插话。在餐台取食时不要站立取食，坐着拿不到的食物应请别人传递。

　　刚就餐时不可高声谈笑，更不可狼吞虎咽。对自己不愿吃的食物也应要一点放在盘中，以示礼貌。

　　可在进餐途中退席。如有重要的事情须要离开一下，应向左右的客人小声打招呼；饮酒干杯时，即使不喝，也应将杯口在唇上碰一碰，以示敬意；当别人为你斟酒时，如不需要，可简单地说一声"谢谢",同时以手稍盖酒杯,表示谢绝。

在进餐过程中,不可吸烟,直到上咖啡表示用餐结束时方可吸烟,如左右有女客人,应有礼貌地询问一声"您不介意吧"。

◆ 懂得规矩

喝咖啡时如愿意添加牛奶或糖,添加后要用小勺搅拌均匀,将小勺放在咖啡的垫碟上。喝时应右手拿杯把儿,左手端垫碟,直接用嘴喝,不要用小勺一勺一勺地舀着喝。

吃水果时,不要拿着水果整个去咬,应先用水果刀切成四或六瓣,再用刀去掉皮、核,用叉子叉着吃。

6.餐巾的使用

餐巾在西餐餐具里,是一个发挥多重作用的重要角色。以下主要介绍一下餐巾的铺放和餐巾的用途两个方面的问题:

◆ 餐巾的铺放

西餐里所用的餐巾,通常会被叠成一种图案,放置于用餐桌右前方的水杯里,或是直接放于用餐桌右侧的桌面上。它们面积有大、中、小之分,形状上也有正方形与长方形之别。

不论是大是小,还是哪一种形状,餐巾都应被平铺于自己并拢的大腿上。使用正方形餐巾时,应将它折成等腰三角形,并将直角朝向膝盖方向;若使用长方形餐巾,则可将其对折,然后折口向外平铺。打开餐巾、折放餐巾的整个过程应悄然进行于桌下,切勿临空一抖,吸引他人注意。

◆ 餐巾的用途

在正餐里,餐巾所发挥的作用主要有如下几条:

＊ 用来为服饰保洁

将餐巾平铺于大腿之上,其主要目的,就是为了"迎接"进餐时掉落下来的菜肴、汁汤,以防止弄脏自己的衣服。

＊ 用来揩拭口部

在用餐期间与人交谈之前,应先用餐巾轻轻地揩一下嘴,免得自己"满嘴生辉","五光十色",但又不要乱涂乱抹,搞得"满脸开花"。女士进餐前,亦可以餐巾轻印一下口部,以除去唇膏。用餐巾揩口时,其部位应大体固定,最好只用其内侧。通常,不应以餐巾擦汗、擦脸,擦手也要尽量避免。特别要注意,不要用餐巾去擦餐具,那样做等于向主人暗示餐具不洁,要求调换另一套。

＊ 用来掩口遮羞

在进餐时,尽量不要当众剔牙,也不要随口乱吐东西。万一非做不可。应以左手拿起餐巾挡住口部,然后以右手去剔牙,或是以右手持餐叉接住"出口"之物,再将其移到餐盘前端。倘若这些过程没有遮掩,是颇为失态的。

* 用来进行暗示

在用餐时，餐巾可用以进行多种特殊暗示。最常见的暗示又分三种：其一，是暗示用餐开始。西餐大都以女主人为"带路人"，当女主人铺开餐巾时，就等于是在宣布用餐可以开始了。其二暗示用餐结束。而当主人，尤其是女主人把餐巾放到餐桌上时，意在宣告用餐结束，请各位告退。其他用餐者吃完了的话，亦可以此法示意。其三暗示暂时离开。若就餐者中途暂时离开，一会儿还要去而复返，继续用餐，可将餐巾放置于本人座椅的椅面上。见到这种暗示，侍者就不会马上动手"撤席"，而会维持现状不变。

四、饮酒

酒水是对于用来佐餐、助兴的各种酒类的一种统称。

中国人讲究"无酒不成席"，酒是宴席上不可或缺的重要内容。而且，宴席上的许多礼仪就是以酒为内容的，所以有必要专门针对饮酒谈谈礼仪问题。

1．斟酒

通常，酒水应当在饮用前斟入酒杯。有时，男主人为了表示对来宾的敬重、友好，还会亲自为其斟酒。

在侍者斟酒时，勿忘道谢，但不必拿起酒杯。可是在男主人亲自来斟酒时，则必须端起酒杯致谢，必要时，还须起身站立，或欠身点头为礼。有时，亦可向其回敬以"叩指礼"，即以右手拇指、食指、中指捏在一起，指尖向下，轻叩几下桌面。这种方法适用于中餐宴会上，它表示的是在向对方致敬。

主人为来宾所斟的酒，应是本次宴会上最好的酒，并应当场启封。

2．祝酒

饮酒之乐除了酒质优良带来的乐趣外，饮酒时祝酒的气氛和场面更是一种享受，因此，文明祝酒便显得尤为重要了。

在祝酒时，一般应注意下面一些事项。

◆ 祝酒与习惯

首先应了解对方饮酒习惯，以便为他人祝酒时不违他人的习惯。

根据社交礼仪的规定，提议大家干杯、向来宾祝酒的只能是男主人，其他人则不宜这么做。

在为欢迎某位贵宾而特意举行的欢迎宴会上，在男主人祝酒之后，男主宾也可祝酒。

◆ 祝酒与碰杯

碰杯时，主人和主宾先碰，人多可同时举杯示意，不一定碰杯。

碰杯时，要目视对方致意。

◆ **致辞与干杯**

祝酒时注意不要交叉碰杯。

在主宾和主人致辞、祝酒时，应暂停进餐，停止交谈，注意倾听，也不要借此机会吸烟。

主人和主宾讲完话与贵宾席人员碰杯后，往往到其他各桌敬酒，遇此情况应起立举杯与敬酒者干杯。依惯例，干杯宜用香槟酒，不用普通的葡萄酒、啤酒。

参加各种宴会切忌喝酒过量致使失言、失态。

第四节　舞会

> 舞会是人们喜爱的社交活动，不仅可以结识朋友、增进交往、加深友谊、沟通信息，还可以陶冶情操、丰富人们的文娱生活。交际舞会会场是高雅文明的场所，是较能充分表现和体现一个礼仪人员、商务人员的风采和修养的地方，所以，应该注意自己的一些行为举止。

一、舞会组织

舞会，一般可分为由机构组织的和由私人主办的两种形式。

舞会可以由单位组织，如以工会、共青团的名义，也可由个人举办家庭舞会。举办大型舞会，要认真地安排好时间、地点、参加人数和日程。主办者要提前发出请柬，请柬上要注明舞会开始和结束的时间，对已婚者一般邀请夫妇两人。被邀请参加舞会的男女客人在人数上要大体相等。

舞会场地要宽敞，并要适当用纸花彩带和各色彩灯装饰，地板要保持光滑，灯光要柔和，最好安排乐队伴奏。

举办舞会可准备茶水、咖啡、点心等食品，以便客人随时饮食。舞会的时间最好是晚上八点以后十二点以前，以不影响休息为宜，最好选在周末。

还要有供客人休息、放衣物和停车的地方。再考虑安排的就是酒会或宴会的置办，舞会场地的布置及音乐。音乐必有专门组织，不管是用音响还是乐队，其质量和格调至关重要。

若是请乐队，也要为他们服务好。

家庭舞会是一种小型舞会。家庭舞会的组织者即主人的主要任务是负责布置舞场和播放音乐。主人要注意照料好客人，按照性别、高矮等因素搭配舞伴。

二、参加舞会

1. 注重仪表

好的仪表和着装，既体现自己的优雅风度，也是对他人的一种尊重。在西方，男士参加正式的交谊舞会的传统服装是白领结、燕尾服，如果没有燕尾服，一般都穿半正式晚礼服；女性的礼服总是很长的裙装，而且极其高雅。在我国，一般来说，男士可穿笔挺的西装，夏天可穿衬衫配西裤，应注意整洁；女性可穿裙装，不能穿工作服、牛仔裤、背心、短裤等过于随便的衣服，这会与整个舞会的气氛不和谐。

2. 口气清新

应邀参加舞会前的饮食，要避免气味强烈的食物，如大蒜、酒等能散发气味的东西，已经吃了应设法进行必要的处理，以清洁口腔。参加舞会要有一份好的心情，好的精神，悦人悦己。跳舞时，男女双方要面带微笑，说话和气。

3. 邀舞有礼

男女即使彼此不相识，但只要参加了舞会，无论是男士还是女士，都可以互相邀请。通常是由男士主动去邀请女士共舞，体现绅士风度。同时，男士要有意识地照顾在场的每一位女士，尽量不要让某一位女士孤寂地坐在舞场一角，郁郁寡欢。

当男士有意邀请一位素不相识的女士跳舞时，必须先观察她是否已有男友伴随，如果有，一般不宜去邀请，以免发生误解。当男士邀请舞伴时，要整理好自己的服装，把手擦干净，庄重地走到女士面前，面带笑容、表情自然、举止大方、弯腰鞠躬，做个请的手势，同时轻声说："想请您跳个舞，可以吧？"征得同意后，共同步入舞池。不要没等对方表示愿不愿意时，就伸手去拉对方。

参加舞会时，受邀请者也应当落落大方，如果决定拒绝别人的邀请时，更要注意文明礼貌，不要伤害对方的自尊心，千万不要不理不睬或恶语伤人。如果女士已经答应和别人跳这场舞，应当向迟来邀请的男士真诚地表示歉意，说："对不起，已经有人邀请我跳了，等下一次吧。"如果女士决定谢绝男士邀舞时，应当婉转地说："对不起，我累了，想休息一下。"或者说："我不大会跳，真对不起。"以此来求得对方的谅解。已经婉言谢绝别人的邀请后，在一曲未终时，女士不宜同别的男士共舞，否则，会被认为是对前一位邀请者的蔑视，这是很不礼貌的。

第6章
校园礼仪

　　学校是培养和造就高素质人才的摇篮，也是一个既严肃紧张、又团结活泼的文明之地。学生在学校里不仅要学知识、学文化，而且要学会合作和做人，获得德、智、体、美全面发展。

　　大学生与中学生相比，其自主空间大大增加，除了课堂礼仪外，我们需要懂得更多课外礼仪，只有这样，我们才能内强素质、外塑形象、增进交往，让自己成为一个受欢迎的人。

校园掠影

片段一：课堂早餐

某日清晨，上课铃声刚刚打过，前一位同学左手面包，右手酸奶，疾步走入教室，准备在课堂上开餐。而后一位同学左手一张报纸，右手一杯热乎乎的豆浆，准备将早餐进行到底。当老师在黑板上板书时，教室里弥漫的是一股刺鼻的包子味、煎饼味，甚至还有人发出咀嚼声。

一位同学就这种现象幽默地说道："课堂早餐将精神食粮与物质食粮有效地进行了结合。却忽视了我们吃东西时脑子服从于肚子而不是服从于老师，肚子超越老师了。"

片段二：多样课堂

某日，一节公共课上，老师正用幻灯片进行讲解，讲课内容丰富。但讲台上老师多样的教学方式并没有吸引学生，讲台下同样是多样化。各路杂志被醒目地摊在桌上，明星周刊，言情小说，时尚杂志似乎更能吸引某些学生的注意力；有的人埋头于周公解梦；各个角落的小型会议也生机盎然；自然不乏某些同学充分运用高科技手段将课堂当作小型放映厅，欣赏起美国大片。

片段三：姗姗来迟

某节课上，全体同学正认真听讲，突然，一人推开前门走入教室，顺手一关门，门"砰"的一声。只见此同学，慢悠悠的寻找合适的位置，却不知他已严重影响了课堂秩序，因为此时已经上课近十分钟了。

片段四：个色服饰

在夏季的课堂，我们常常能发现一些同学穿着背心、短裤，加上一双拖鞋，心安理得地坐在讲台下。他们认为："穿衣服是我自己的事儿，又不会妨碍别人。"

第一节　课堂礼仪

> 课堂在学生的生活中占据着基础地位，懂得课堂礼仪非常重要。课堂由老师与学生构成，"天地亲君师"，中国自古以来就有尊师重教的好传统。学生作为课堂的一份子，良好的行为举止与道德规范正是尊重老师的表现。

一、课堂行为规范

→ 应提前进入课堂，作好上课准备。

→ 进入教室上课，要衣冠整洁。

→ 迟到者，应先向老师行礼报告，得到允许后才能入座。

→ 应接受老师的考勤点名。

→ 要认真听课，上课时不得使用手机、呼机等通讯工具；要保持课堂安静，不准在课堂上吃点心、零食或做与教学内容无关的活动。

→ 不得早退，有特殊情况，须经老师允许才能提前离开课堂。

二、上课应答礼仪

教师上课提问，是检验自己教学效果最快捷和最直接的方法。一方面，可以了解学生对教学内容是否理解接受；另一方面，又可启发学生积极思维，使学生的注意力集中。而学生的回答，反过来又能启发教师的思维活动。因此，教师提问是一种正当和必要的教学手段，学生也要有礼貌地对待教师的提问。

对提的问题答不出，也应先站起来，再用抱歉的语调实事求是地向老师说清楚，不要不站起来。

课堂回答问题应做到：

→ 通常先举手后回答；

→ 站姿要端正、表情要大方；

→ 目光注视前方，声音响亮，以全班同学都听得见为宜；

→ 要有条理，简明，尽量无语病；

→ 集体回答时，尽量和同学们声音一致，忌出异调怪腔；

→ 同学发言出错时，忌哄笑挖苦；

→ 若回答不出老师所提的问题，也要先站起来，再用抱歉的语调向老师解释清楚。

小贴士

课堂纪律要点

1. 课前要备好学习资料
2. 进教室要将手机静音
3. 听课要认真勤记笔记
4. 不要迟到、早退、旷课
5. 不要穿拖鞋进教学楼

第二节　课外礼仪

课外礼仪，是指学生在课堂之外的礼仪规范，具体包括形象礼仪、人际交往、食堂就餐、图书馆礼仪和运动场所礼仪等，懂得这些礼仪会更加让我们成为校园内备受欢迎的人。

一、形象礼仪

大学生应注意自己的形象，千万不要以为自己是学生，形象就不重要。你每天主要面对的是你的同学、老师。如果太不注意自己的形象，久而久之，会在别人的眼里形成邋遢的"深刻"印象，而这种印象一旦形成，就很难改变。而且，一旦形成不良的习惯，一时也难以改变。

大学生着装虽不至于像上班族那样苛刻要求自己，也不要追求高档时髦，但要庄重整洁不邋遢。庄重是指大学生服饰的造型款式、色彩、质地要有个性，符合自己的年龄和身份，还要符合自己的体型、肤色、气质，搭配的好，能彰显个人的性格。年轻人穿得鲜艳活泼一些并不过分，与时髦高档并不是一回事，相反要避免老气横秋，不伦不类。展现青春的活力，这是年轻人着装的基本原则，也是大学生服饰穿戴的基本要求。整洁是指着装要整齐，不褶皱，干净清洁，勤换洗，完好无破损。

古人云："腹有诗书气自华"。一个人的气质，决定于其内在的文化底蕴和修养水平，大学生是同龄人中这方面的佼佼者，其气质美一定要体现出来，服饰文明要为精神文明服务，两者必须统一。有文化底蕴的大学生，服饰原则要求文明大方，符合社会的传统道德精华与常规，符合自己的年龄、身份、气质和社会角色定位。具体讲就是忌穿着过露、过透、过短、过紧的服装，也不宜追求样式的怪异。社会上有的女性奉行"脸不漂亮露胸，胸不漂亮露肩，肩不漂亮露腿"的信条，这显然不符合大学生服饰礼仪的要求，也不符合校园文明的规范，有悖于文雅原则。每到暑假前后，有少数住校或走读的大学生，愿意将一些"瘦、露、透、短、乱"的服装穿在身上，自以为时髦前卫，男生给人以松垮颓废的感觉，女生平添了风尘感，是一种校园衣着的误区，希望有这种误解的同学充分注意。

女生

在日常学习、生活中，以不化妆为宜；在社交娱乐活动中，可以化淡妆。化妆的时候，应以自然、清淡为主，切忌人工痕迹过重，那会丧失年轻人自然的美感。不宜穿太高跟的皮鞋。

发式以梳辫子、理短发、童发为宜，这样可给人一种清晰、活泼、纯真的感觉。披肩发也还可以，不要烫发、染发，以免显得过于老气和成人化。

男生

不可以穿背心光膀子、穿短裤、拖鞋在外面活动。

男学生不要留长发，不要蓄须，以显得整洁、干净，富有朝气。当然现在开放多了，发式也多种多样。但不管哪种发式，都要给人阳刚之气才好。如果不是出于学习的需要，留长发和蓄小胡子会显得疲沓、精神萎靡不振，甚至还会给人一种流气的印象。

二、人际交往

1. 师生交往

学生和教师相遇，通常应由学生主动先向教师招呼，道声"老师早"或"老师好"。教师应面带微笑回答"早"或"好"。在进出门口、上下楼梯时和老师相遇，请老师先行，不能见到老师便躲。

在车、船、码头遇见老师，即使客人多，人拥挤，学生也应让老师先上车、船。

2. 同学交往

语言要文明。现在的社会，说粗话、脏话成了很多人的习惯，甚至是时尚，在公共场所大声喧哗也无所谓。大学生是社会的精英、民族的希望、国家的未来，在他们身上体现的应该是积极的、阳光的、代表先进方向的事物。所以，大学生首先必须做到语言文明，不说脏话、粗话。

基本礼貌不可丢。同学交往，不要以为都是熟人，一切都无所谓。起码的礼貌、尊重，任何时候都不可以丢，即使是对自己至亲的人。因为这些是体现你的素养，体现你对别人的敬重。还有就像诚信、守约等，都应该严格做到的。

沟通不可小视。和同学、老师之间，一旦有任何事情，包括学习、生活上的事情，在不违反原则的前提下，都应该及时与他们沟通，以求得理解和支持，而绝不应该做像"马家爵"式的"独行侠"。

我们不鼓励也不反对大学生恋爱，大学生恋爱是大学校园非常普遍的现象。即使是恋人，在校园里必须注意自己的身份和形象，绝不可以表现得太亲热，绝不能说这是个人私事，别人无权干涉。否则，不仅和学生的身份不符，还有违学生行为规范，有伤校园纯净、质朴的风气。

◆ 同学交往六忌

一忌人格不平等。同学之间在人格上是平等的，因此彼此应相互尊重，自傲或自卑者都可能与其他同学之间人为地拉大距离，影响同学关系的正常发展。

二忌小群体。在一个班集体中学习、生活总有一些关系不错的朋友，但忌长时间地接触几位关系好的同学，而不和其他人相处。尤其是当小群体的利益与集体利益发生矛盾时，则应以班集体利益为先，舍弃个人小集体利益。

三忌不正当攀比。同学交往，免不了攀比，关键看比什么，是志气、信心，还是比虚荣。如果是比思想进步、学习进步，这当然好；但如果比物质，就不可取了。

四忌说长道短。同学间相处要谨言慎行，在背地里说长道短，这是同学间最忌讳的事情。正确的做法是，自己不传，不说。听到别人说，要认真分析真伪，不要轻信及盲从。

五忌说话伤人。良言一句三春暖，恶语伤人六月寒。要自觉培养尊重别人的能力，讲话应温文尔雅，讲究语言美，忌自以为是、出言不逊、恶语伤人。

六忌不良效仿。同学之间交往要互助于双方的进步才是有益的往来。近朱者赤，近墨者黑。要善于交友，学会选择，真诚待人。

◆ 避免与同学发生争吵的方法

沉默避让。耐心等对方把话说完或转移一下注意力，避免自己发火，可能就会避免一场争吵。

幽默是金。如果在双方争吵的导火索即将点燃时，一方能以幽默的言语来改变一下当时的紧张气氛，是避免争吵的最有效的办法。

心平气和。当双方言语激烈，一场争吵势在必发时，自己不妨学会心平气和，表情自然，尽量放低、放慢说话的声音和速度。

就事论事。争论时不要翻旧账，不要对过去的事情总是耿耿于怀，揭人短处，更不能对他人进行人身攻击和侮辱性的言语攻击。

换位思考。当争论时，不妨反过来问问自己，到底自己对不对，换位思考一下，站在对方的角度看问题，争吵可能就不会继续。

合理退让。在多数场合下，与人争吵并不能真正把对方说服，反而会使对方更加坚持自己的意见。在争吵时做出合理的退让，有利于化解一场争吵。

三、食堂就餐礼仪

学校食堂都是学校生活里重要的公共活动场所。在食堂，我们的一举一动随时会进入别人的眼帘，成为自身形象最有力的证据。因此，在食堂就餐应注意以下细节。

小贴士

食堂就餐要点

1. 要文明有序用餐安静
2. 要珍惜粮食勤俭节约
3. 要将餐具送到回收处
4. 要保持餐桌整洁干净
5. 不乱扔纸巾乱倒饭菜

四、图书馆礼仪

图书馆是丰富学生知识、扩大学生视野的重要场所，在图书馆的一言一行能充分地反映出一个人的文化素养。因此，我们要从以下几个方面来完善自我。

秩序：在图书馆里讲究礼貌公德，体现出的是一个人的文化知识素养。在借书时，要按先后次序排队，不要争先恐后，更不要后来居上。进入图书馆阅览，不可为他人预先占座，这对其他阅读者来说是非常不礼貌的行为。

就座：在图书馆内就座阅览时，移动椅子要特别注意不发出声响，以免干扰其他人阅读。在别人暂时离开座位时，不要因为人家的位置好而抢占。阅读时坐姿端正，不要在室内座位休息和睡觉，不断地打瞌睡也是非常不礼貌的。遇到熟人时不要和其高声谈笑，尽量少说话，更不能大声喧哗。

　　卫生：在图书馆内阅览，应注意保持室内卫生。做到不吃零食，不扔废纸。查阅图书目录、卡片时，不要把卡片翻乱、撕坏，也不能在卡片上涂画。阅览时，不要往书本上画线，不要折角，更不能撕页。看书以前，最好能洗一洗手，以保持书的整洁。要爱惜图书和公物，桌椅上更不能乱刻乱画，图书要轻拿、轻翻、轻放，不能因自己需要某种资料而损坏图书，私自剪裁图书是极不道德的行为。

　　归还：在阅览图书时，遇到有价值的资料，应与管理人员联系，经允许后可复印或照相，以保存资料。绝对不可以为了个人的利益，撕毁或私自占有图书资料。对开架图书应逐册取阅，不要同时占有多份，造成借阅多看不完的尴尬。阅后应立即放回原处，以免影响其他人阅读。定期借阅的图书应按期归还，给别人留出阅读的时间。

五、运动场所礼仪

运动场所礼仪要点
1. 要安全文明运动
2. 要爱惜运动器材
3. 要保持公共卫生
4. 要按时运动休息

小贴士

1. 要安全文明运动

运动时应穿着运动服装，T恤衫、长裤、短裤均可，再配以运动鞋。健身前可以先向指导教练咨询，了解每一项器材的功能与使用方法。运动前先做热身操，活动关节和筋骨，以避免造成运动伤害。

2. 要爱惜运动器材

不要一直霸占某一项器材，或是与同伴轮流使用，导致别人没有机会使用。如果自己的汗水把器材弄湿，须用毛巾立即擦干，以免影响后面的使用者。运动完毕，应将器材归回原处。

3. 要保持公共卫生

运动场内禁烟、禁食，如果喝了饮料，饮料瓶要扔到垃圾筒，以保持场地的整洁。

4. 要按时运动休息

运动时要科学合理，不要超时超量，以避免对身体造成伤害。

第三节　宿舍礼仪

> 宿舍是同学们生活的主要场所，是同学们共同的"家"，也是反映同学们精神文明和礼仪修养的一个重要窗口。大家应注意自己的言行，共同营造一个温馨的公共之家。

一、遵守公共道德，提高个人修养

为了创造安静、健康的居住环境，使大家有一个更好的学习氛围，不要在宿舍内使用易产生噪音的高功率音箱等设备。

合理安排作息时间，不要熬夜，如果确实需要，注意不要影响到他人，以保持良好的人际关系。

遵守宿舍作息时间，养成良好的生活习惯，不晚归，迟归者须登记后方可入内。

注意维护公共秩序，不要在宿舍内打球、踢球、溜冰；自修时间及熄灯后，不大声喧哗，不影响他人学习和休息。

注意遵守法律法规、校纪校规；不要在宿舍内打麻将、赌博、酗酒、起哄闹事、摔爆响物（酒瓶、瓶胆等），不要在禁烟区内吸烟；点燃蚊香时请远离其它物品，避免引起火灾。

节约水电是一种美德，提倡节约用水电，人离水电关，如发现水电设施损坏，应及时到值班室登记报修。

与其他住宿成员发生矛盾，不要用过激方法解决，应及时通知学工办老师妥善处理。

二、维护公共环境，共创美好家园

注意维护公共环境卫生。室内垃圾清扫后应直接倒入走廊卫生筒内；剩饭菜请倒入盥洗室的泔水桶内，不要直接倒在水池里，以保持下水管通畅；不要向窗外、门外泼水，不随地吐痰，不乱丢果壳、纸屑，烟头等杂物；不能在宿舍内饲养狗、猫、鸟等宠物。

注意维护公共环境整洁。公共场所内不要堆放脸盆架等其它杂物；不要在宿舍及周围墙壁上刻画、涂写及张贴或散发各种大、小字报、启示、标语、漫画、传单；不要在走廊和房间内私拉绳晾晒衣物；不要在打扫卫生时直接用水冲洗地面等。

良好的环境离不开必要的监督，同时良好的环境也需要他人的肯定与宣传，我们应理解并配合学校有关部门的卫生和纪律检查。

宿舍建设需要大家的共同参与，如有可能，我们应积极参加宿舍公益劳动，同时要珍惜他人劳动成果。

三、保持室内卫生，营造温馨氛围

保持宿舍内外整洁，经常打扫寝室，包括地面、桌椅、橱柜和门窗等。

被褥要折叠得整齐、美观并统一放在一定位置上，蚊帐用挂钩挂好，床单要盖过床边，床上不许放置其它物品，床上用品要保持干净、整洁。

衣服、水杯、饭盒，热水瓶等，要统一整齐地放在规定的地方。

换下的脏衣服、脏鞋袜等必须及时洗干净，以免时间长了影响宿舍里的空气质量。

自己重要的书、衣服、用品等，不要乱丢乱放，要放在自己的橱柜内。

宿舍内外不应该乱写乱画，乱倒水，要保持干净。

不要私安、私接电源和使用超功率灯泡、电烙铁、电炉、电热水器。

任何时候都不能在寝室炒菜做饭。

如果是住楼上，不能向楼下倒水。

四、在宿舍里串门、接待亲友或外人来访

应在有同学相邀，或在得到该室其他同学允许时，才可以串门。进门后，应主动向其他同学打招呼，并且只能坐在邀你的同学的铺位上，不能随处乱坐。不能乱用别人物品，不能乱翻动别人的东西。讲话声要轻，时间要短，不能坐得太久，以免影响其他同学的正常作息。

到异性同学的宿舍去，除注意上述要求外，还要注意，进门前要打招呼，在得到该室同学允许后方可进去。要选择好时间，不要选择在多数同学要处理生活问题的时候，更不要熄灯后过去，而且谈吐要文雅，逗留时间要更短暂。

接待亲友或外人来访时，在进入前自己应先向室内的同学打招呼。进室后，自己应主动为同学作介绍，如果是异性亲友或外人来访，自己更要先打招呼，说明情况，要在同室人有所准备之后再进。同室同学也要礼貌待人，这样既尊重了来人，也尊重了同学。

不要随便留人住宿，更不要留不明底细的人住宿，以免出问题。

五、要相互关心又不要干预别人私事

关心也应有个限度，如果过分热心于别人的私事，也可能会导致侵犯他人的个人权利。

假如有意或无意地干预别人的私事，也可能会造成难堪的后果。正确的做法是：

不可以私自翻看别人的日记。有的学生没养成随时收捡东西的习惯，连日记本也随便丢在枕边或课桌上，甚至翻开放在那里。即使碰到这种情况，别的同学也不应以任何借口去私自翻阅。

集体宿舍人多，信件也多，不可以私拆、私藏别人的信。

不可以打探同学的隐私。有的学生对自己的某种情况，或家中的某件事，不愿告诉别人，也不愿细谈，这是属于个人隐私，他有权保密，应受到尊重。在集体生活中，每位同学都要尊重别人的隐私权、人格，凡是别人不愿谈的事，不要去打听。

当同学有亲友来访，谈一些私事时，其他同学要适当回避。决不要在一旁暗听，更不要插嘴、询问。

有某同学离校去处理个人私事，也没必要去打听、追根寻源，只要知道某同学向班主任或学校请了假就行。

严禁吸烟、酗酒、赌博，这是作为学生这个身份必须严格做到的。

六、注意宿舍安全，保护自身利益

钱、存折和贵重的物品请妥善保管，寝室内不存放过多现金。

为了整个寝室的安全，不要将寝室钥匙借给他人。

为了保证大家的财产安全，大件电器（如电脑）搬出宿舍楼时，同学们应凭学生证到值班人员处登记。

为了维护宿舍区内的秩序与安全，未经学校有关部门批准，不允许任何个人、单位、团体在宿舍内从事经营性活动、收费性服务活动以及中介代理活动。

为了你自己和他人的人身财产安全，不在宿舍内使用三无（无生产厂家、无生产日期、无商标）、无 3C 认证的劣质电器，严禁使用电炉、电热杯、热得快、电热褥、取暖器等电热器具、非安全器具等有潜在危险的电器及未经学校批准的、功率大于 200 瓦的其它电器设备。严禁在宿舍内使用明火、擅自拉电线，当宿舍内的电气设施出现故障时，不要自行处理，应及时报修。

为了消防安全，各位住宿人员应认真了解宿舍的结构和设施装备，熟悉所有紧急出口、警报盒子和灭火器的存放地点；同时在宿舍内注意防火安全，点蚊香时注意远离易燃物品，并防止易燃物品掉到蚊香上；另外，平时不得擅自移动和动用消防装置，当发生火情时，可用灭火器进行扑救，若火情还在继续，应马上通知值班员或拨打 119 报警。

为了宿舍的安全，不得将违禁物品、危险物品带入宿舍。

为了你的健康，若同寝室的同学不幸患上传染性疾病，请通知楼长以便采取防疫措施。

为了你的人身安全，请不要站在窗台上或探身窗外擦玻璃。

校园文明要点

1. 要文明礼貌，　不要粗俗无礼
2. 要爱护公物，　不要乱写乱涂
3. 要讲究卫生，　不要乱扔杂物
4. 要穿戴得体，　不要衣冠不整
5. 要文明交往，　不要举止不雅

小贴士

　　一个人体面，有尊严，彬彬有礼，和善可亲，到处都受别人欢迎，别人与他交往也都觉得亲切愉快。一个人有了这些品质，就无异于为自己增加了无尽资源。这就是礼仪的作用。

　　一个人的成功必然要有良好的礼仪作为支撑，每一位大学生应从自己做起，从现在做起，为未来奠定良好的基础。

第 7 章
求职礼仪

　　求职择业，通俗的说是大学生人生道路上的一次重大选择，选择自己的未来，也是人生职业道路上必经的一个关口。作为一名求职者，首先要在求职的过程中，注意自己的行为举止，表现出自己的专业知识和良好的修养，以便迈好成功的第一步。

　　就求职者而言，良好的修养，并不仅仅表现在面试的时候，还应包括其他方面，比如：心理准备、材料准备、面试后续礼仪等。

细节体现礼仪　　礼仪尽显素质

　　某知名企业在招聘时，曾经设计过一道看起来不起眼的小题目，使许多自恃有高学历的"才子"、"才女"纷纷落于马下。所有的简历初审合格者，被通知在同一天下午来面试。那天，二十多位求职者坐满了会议室。奇怪的是，这么多人怎么可能一一面试得完呢？这时候，一位捧着很多材料的工作人员，进会议室艰难地拿了其他东西以后，出门的时候一不小心把材料掉到了地上，然后他极不方便地想弯下腰捡地下的东西，在他周围的这些求职者谁也没动，好像没看到一样。这时候，离这位工作人员最远的一位求职者过来，帮他捡起了东西并开了门。约半小时后，除了刚才那位帮忙捡拾东西的求职者外，其余人都被通知可以回去了。

（未来之舟：《求职礼仪手册》，海洋出版社，2005 年版）

第一节　求职的心理准备

> 大学毕业生求职择业，不仅应具有良好的思想品德素质、科学文化素质和身体素质，也应具有良好的心理素质。良好的心理素质不仅可以使大学生在择业期间保持良好的心态，适时调整自己的行为，促进顺利就业，而且可以使大学生在择业后顺利适应职业及环境，尽快成才。

一、竞争的心理准备

竞争是市场的本质，竞争也是推动社会进步，人类进步的内在动力。人们往往是在竞争的过程中获得了自我成就感，也在竞争中获得了自己的位置。竞争是社会运作的一种基本的方式，与世无争在现代社会是不可能的。每个人或者主动或者被动地都要参与到竞争中去，只有在竞争中占上游，或者在竞争中被甩下的区别，没有逃避竞争的可能。竞争本身就是生存的方式，竞争的实质在于促进变化和进取，而竞争的基础则是有意识的准备和良好的心理素质。

二、挫折的心理准备

人的生活道路不是一帆风顺的，前进中，既有阳光大道，也有羊肠小道，遇到挫折是正常的，能否正确对待挫折，能否忍受挫折，是人心理健康与否的一个重要标志。

1．要正视挫折

大学生活有其顺利的一面，但也会遇到诸如考试失败、被人嫉妒或压制、经济拮据、发生疾病、家庭不幸、失恋等挫折，大学生要客观地看待这些现象。如果遇到，要泰然处之。

2．要战胜或适应挫折

遇到挫折，要冷静分析原因，找出问题的症结，充分发挥主观能动性，想办法战胜它。如果主客观差距太大，虽经努力，也无法战胜，就要接收它，适应它，或者另辟蹊径，以便再战。

3．要多经受挫折的磨炼

当代大学生基本上是在顺境中长大的，是在"众星捧月"中成长起来的，没有经受过多少挫折，这使得相当一部分大学生忍受挫折的能力较差。所以，大学生要多经受挫折的磨炼，利用各种机会，到工厂、农村、部队去，到艰苦的地方去，在社会实践中增加受挫折经验，提高忍受挫折的能力。

三、长远发展的心理准备

长远发展的心理表现为对社会形势的理性认识，只有了解社会才能放眼未来，也只有了解形势，才能不骄不躁。没有人可以一步登天，问题是你选择的哪条路更接近你的理想，更符合社会发展的规律。"退一步，海阔天空"，大学毕业生求职择业要有未来意识，把握未来职业的发展方向。期望值适度，先就业，再择业。

第二节　求职的材料准备

> 广义的求职材料应包括就业推荐表、求职信、个人简历和其他相关材料组成的完整的材料。毕业生的求职材料应多侧面、多角度，准确、全面地反映自己的专业水平、组织能力、领导能力和综合素质。通过准备的书面求职材料，用人单位可从中了解到毕业生的身份、能力、综合素质等基本情况，以判断和评价毕业生的学习成绩、工作潜力，从而确定能否给毕业生提供面试的机会。

一、就业推荐表

毕业生就业推荐表是学校主管就业工作的部门（毕业生就业办公室）发给毕业生的，用以反映学生各方面的书面材料，是学校通过正规途径向用人单位推荐学生的书面材料。

毕业生就业推荐表涉及面广，内容丰富。用人单位在接受毕业生书面材料时，一般都把学校统一制作的推荐表作为考察毕业生的主要依据。毕业生在寻找工作时,原则上用推荐表复印件。当用人单位确定要接收毕业生,正式签约时才用正式推荐表。

推荐表的权威性、可靠性以及复印后的重复使用性,要求毕业生在填推荐表时,应本着诚实客观、认真负责的态度填写,既不贬低自己,也不过分的夸张,字迹要工整、清晰、整洁,最好用碳素墨水或蓝黑墨水书写,以便于复印。

二、求职信

求职信是针对特定的用人单位写的。当毕业生获得就业信息时,通常是先写一份自荐信(即求职信)连同就业推荐表一并寄(送)到用人单位,用人单位根据毕业生的求职信来判断毕业生是否适合用人单位的需求,是否给你提供面试的机会。在成百上千的求职信中,如何使你的求职信与众不同且能脱颖而出,让用人单位给你一个难得的面试机会,求职信的质量事关重大。

求职信和书信的格式比较类似,一般说来由开头、正文、结尾、落款四部分组成。

1. 开头

求职信的开头要写明收信人的称呼,在格式上,称呼要在信笺第一行起首的位置书写,单独成行,以示尊重。如果对用人单位的性质及负责人比较清楚,可直接写出负责人的职称、职位,如"尊敬的王经理"、"尊敬的李部长",如对用人单位的性质及负责人不清楚,可写成"尊敬的领导"等,称呼之后用冒号,然后另起一行,写上问候语"您好"之类的话,紧接着写正文。

2. 正文

正文是求职信的核心部分,主要包括个人基本情况,个人所具备的条件,如受过何种奖励、社会实践情况、担任社会职务以及参加各种竞赛情况等,这是求职的关键部分。应突出自己对从事此项工作感兴趣的原因,愿意到该单位工作的愿望和自己具备的资格。

正文部分可写内容比较多,一定要简明扼要,重在突出你就是最适合这个职位的人选,写明你对招聘单位的理解程度、你应聘这个岗位和能胜任本岗位的各种能力。

简单来说,正文实际上就是"我有什么或我能做什么/我要做什么"。

3. 结尾

求职信的结尾应写好结束语,不要虎头蛇尾。结束语可提醒用人单位希望得到他们的回复或回电,以表达你希望用人单位给你面试机会的心愿,如可以写上"希望得到您的回音为盼"、"盼复"等。

4. 落款

落款包括署名和日期。署名应写在结尾祝词的下一行的右后方,署名要注意字迹清晰。日期应写在名字下方,一般用阿拉伯数字,并且要把年、月、日写上。若有附件,应在信的左下角注明,如"附1:个人简历","附2:获奖证明"等。

每一位求职者，都希望在面试的时候留给主考官一个好印象，从而增大录取的可能性。所以，事先了解一些求职特别是面试的礼仪，是求职者迈向成功的第一步。

三、个人简历

所谓简历，就是概括介绍毕业生个人基本情况，并对个人的技能、成就、经验、教育程度、求职意向作一个简单的总结。一份成功的简历，往往在瞬间即能抓住用人单位的心，赢得难得的机会，达到被录用的目的。

1. 简历的设计原则

◆ 真实

简历从内容上讲必须真实，比如选了什么课，就写什么，如果没有选，就不要写。兼职工作更是如此，做了什么，就写什么。不要做了一，却写了三或四。因为在面试时，你的简历就是面试官的靶子，他会就简历上的任何问题提出疑问。如果你学了或做了，你就能答上来，否则你和考官都会很尴尬，你在其眼里的信誉也就没有了，这是很不利的。讲真话，不要言过其实，相信自己的判断力是十分重要的。

如果你没有参加任何兼职工作，你可以不写，因为主考官知道你是刚刚要毕业的学生，而学生的本职工作就是学习。或许你就是重点地学了本专业，没有顾上其他；或许你在学习本专业同时选择了第二专业或辅修专业；或许你虽然没有在校外兼职，但在校内系里或班里做了大量社会工作。总之，你会有自己的选择，也会珍惜自己的选择，并为自己的选择骄傲。这样你就没有必要为没有兼职工作而苦恼或凭空捏造。请记住，主考官都是从学生过来的，他们会尊重你的选择。

◆ 简明

简历，简历，最好简单明了。如果简历内容过多，又缺乏层次感，会给人以琐碎的感觉。必要的信息如姓名、性别、出生年月、联系电话和地址等一定要写上，相比之下，身高、体重、血型、父母甚至兄弟姐妹做什么工作并不是非常重要的，这些内容纯属辅助信息，可要可不要，至少不应占据重要位置。可以将自己认为重要的信息全部浓缩到第一页上，然后把认为次要的信息，诸如每学期成绩单，获奖证书复印件等信息都当作附件。这样的简历主考官只看一页就清楚了，主次分明，非常有效，主考官如果感兴趣，可以继续看附件里的文件。

◆ 无错

简历应该没有错误，尽可能在寄出简历之前，一个字一个字地检查一遍，标点符号也不能落下。否则会被认为是一个粗心的人，在激烈的竞争中就可能被淘汰。

2. 简历的内容

→ 标题：一般为"简历"、"个人简历"或"求职简历"。

→ 个人简要情况：包括姓名、性别、年龄、民族、籍贯、政治面貌、就读院校、健康状况、婚姻状况、通信地址及联系电话等。

→ 求职目标：用于表述求职者的愿望（目的与动机）与招聘职位相符，表述应力求简明。

→ 教育经历：主要指大学的教育经历，包括本科和研究生阶段。一定要依次写清楚所就读的学校、院（系）、专业（方向）、学习和工作年限。目前比较流行的时间排序是倒序，由高到低，即高学位、高学历先写，目的在于突出你的最高学历。

→ 学习或业务专业：这是对毕业生在工作、生活及个人兴趣发展方面所具备的知识、能力的综合反映，它是胜任应聘职位实力的体现。所以，一定要认真对待，仔细推敲字句。

→ 实践活动和社会工作经历：这是简历的主体、核心部分。随着用人单位对毕业生综合素质要求的不断提高，特别是三资企业，更注重毕业生的工作经历，所以一定要认真对待。大部分在校学生都没有多少社会工作经历，但在学校所承担的社会工作、组织（参加）活动的情况、假期社会实践活动或短期打工的工作经历都足以让用人单位从中窥见你的志向、爱好，你的组织能力、领导能力、团队协作精神和吃苦耐劳精神等。

→ 外语和计算机水平等：外语作为一种工具，计算机水平作为一种技能，越来越被用人单位重视。因此，毕业生要对这些方面的能力水平进行自我评价，并注明取得的资质或等级证书。如果会开车，并已取得驾驶资格证，也千万别忘了写上。

→ 研究工作及成果：本科生的研究成果相对要少一些，所以本科学生一定要把专业课程列出来，以说明自己的知识结构，研究生主要侧重科研能力方面的表述。

→ 兴趣、爱好：如有特殊兴趣爱好，且与你所求职务有很大联系，在篇幅允许的情况下，最好写出来，有助于用人单位对你进一步的了解。

→ 求职说明：对与自己求职工作有关的要求可作特别说明，以引起用人单位的兴趣。

→ 推荐人：主要表明毕业生在履历表中介绍的情况是真实可信的。

→ 希望到外企工作的毕业生最好附上一份英文简历。

3. 如何让简历更出彩

个人简历是对毕业生人生的高度浓缩和提炼，是针对特定的职位写的。因此，写简历要有的放矢，重在突出自己过人之处，以达到"我就是你想录用的人"的目的。具体应做到以下几点：文字简练、文风朴实、重点突出、版面美观、文笔通顺。

四、对可能谈论问题的准备

面试问题的准备，主要是对面试中可能提出的问题如何回答进行准备。不少大学生在面试前怯场、紧张，主要原因就是不知道面试中会提什么问题，怎样回答，心中没底，难免恐惧。因此，要能在面试中轻松回答，就必须在面试前做适当的准备。

尽管不同的用人单位和主试者，所提的问题不同，但是大体提出什么问题是有一定规律可循的。

1. 教育培训类的问题

你从哪所学校毕业？什么系科？简单介绍一下你的专业，你最喜欢的功课是什么？为什么？简要谈一下你的毕业论文或毕业设计，你的学习成绩怎样？在班上第几名？等等。

2. 求职动机类问题

为什么来本单位应聘？你对应聘职位有哪些期望？你在工作中追求什么？等等。

3. 相关经历类问题

你参加过哪些社会活动？你在哪个单位实习？时间多长？承担什么工作？你在工作中曾经遇到过什么困难？等等。

4. 计划和目标类问题

如你被录用，你准备怎样开展工作？有什么想法？如有其他的工作机会，你怎样看待？你打算沿着这条职业道路走下去吗？进入我们单位你准备干几年？你是否确定在我们单位的奋斗目标？等等。

5. 面试时要提出的问题

在准备时一定要注意：第一，把问题限制在询问应聘单位职位的范围内。在招聘告示、单位介绍中已有的内容，主试者已经介绍过的内容不要提问。第二，回避敏感性的问题。如工资、福利等个人要求。第三，不要问简单或复杂的问题。因为简单的问题会显得你无知，复杂的提问又有故意为难主试者之嫌。

6. 准备的方式

对这些可能提及的问题先进行认真思考，考虑怎样回答和什么时机提出，然后将其要点写下来，反复说几遍，并模拟正式面试的情景，自问自答进行演练。为了了解回答的效果，纠正失误，甚至可与同学、朋友、家庭成员试谈一下。经过如此认真的准备之后，就能胸有成竹地去参加面试，一定会取得好的效果。

面试时可能被问到的问题：

——你觉得本公司如何？

这个问题总是可能在你应征某个工作，进行到第三、四次面谈时都会被问到。听起来不是什么问题，但你千万要小心应付。

保守地回答这个问题就要用点计谋，你可以告诉面谈者到目前为止你还没有机会做出一个具体的结论，但从你现在的观察所得，却留下了深刻的印象——这个地方会让你感到非常愉快。

如果你确实发现有些地方需要改革，而且你也能提供建议，把你的意见提出来，倒不失为一个好方法。但当你在说这些话时千万要小心，不管你是一位多强的应征者或公司多么需要你这位人才，如果你表现得像一位"乱世英雄"，那很可能就是在替你自己掘坟墓。

——你服从公司领导吗？

有一则故事说，一公司正进行招聘面试，老总对甲说，请把走廊尽头的玻璃窗打碎，甲照做了；老总又对乙说，请把门口的那桶水泼到楼下车库里坐着的那个工人身上，乙照做了；老总又对丙说，请到厨房将厨师打一拳，丙立刻回绝道："我不能这样做，因为我的良知不允许。尽管我应该服从您的命令，但我更要服从我的良知。"后来，丙被录用了，可见要服从而非盲从。

——你最感兴趣的是什么？

你也许对什么工作都提不起劲来，但没有人会期望听到你这种答复。面谈者所需要的，就是值得你下功夫的地方。你可以谈谈你非常欣赏公司的行销理念或其他方面，并且解释为什么欣赏它。

——你的长处在哪里？

如果你知道自己的长处是什么，以及他们与这个工作的关系，那么这个问题不难回答。但要记住，一定要有具体例证来支持，切记要强调与工作有关的长处。

——你的缺点是什么？

你不是在参加团体治疗，也不是感情交流，因此回答这个问题时，可以做适度的变化。每个人都有缺点，但并不意味着这些缺点一定会严重的妨碍到你做好工作的能力，甚至有些缺点即使提出来或经过适度的转化根本不会影响到面谈者对你的评分。

——你能和别人相处得很好吗？

这个问题常出现在一些小公司的面谈，通常这家公司是老板独裁而不太好相处，面谈者希望能知道你的反应。因此一个较佳、较安全的回答方式是："让我用这个方式说，我从未碰到不能相处的人。"

——你要求的薪水是多少？

遇到这类问题最好先问面谈者一个问题："我觉得先让我们弄清楚在薪水之中包含了哪些项目，这样谈起来会更有意义。"如果面谈者坚持你先说出你的要求，可以告诉他你现在的薪水，不要欺骗。

——空闲时喜欢做什么？

通常这是无关紧要的问题，但有时面谈者会想从你的休闲生活中判断你是否能适应这个工作。回答这个问题时，别太得意忘形、长篇大论地谈自己的运动经，除非面谈者对这方面也有深厚的兴趣。即使你没有嗜好，也别直接说出来，如此会让面谈者感觉你的生活圈子太狭窄了。

——你是不是一个冒险家？

这对于警惕性不高的人来说确实是个陷阱，如果你简单的回答说是，对方就会自然地针对你谨慎提问："那么说你有时很草率了？"所以，应在给对方造成可乘之机以前，把问题敲定："你认为'冒险'的定义是什么？能不能说个例子"。无论主考是否会深入提问，你已经表明了自己不会作无谓的冒险的，你是个三思而后行的人。如果还要把冒险问题探讨下去的话，要记住，既不能让对方认为你是个胆小鬼，也不能让他认为你是个莽夫。"

——你觉得什么人在工作中难于相处？

你应学会千方百计避免作否定回答的技巧，那么你很可能简单回答说："我觉得没什么人在工作中难相处。"或："我跟大家都很合得来，"这两种答法都不算坏，但却都不十分可信。你应该利用这个机会表明你是个有集体协作精神的人，"在工作中不容易相处的是那些没有集体协作精神的人，他们不肯干却常抱怨，无论怎样激发他们的工作热情，他们都无动于衷。"

——如果我告诉你在这次面试中表现很差，你会怎么办？

你认为这是严重的挫折或是毁灭性的一击吗？那么，你就忽略了问题中的"如果"。考官并没有真的说你表现得很差，而是在问，如果他说你表现很差你怎么办？对待批评的关键在于既不抵抗也不接受，而要从中学习。下面这种回答就不错："那么请指出对我的哪个方面不满意？你认为我存在的问题是什么？通过您的回答我发现您对我有误解，我会尽量解释清楚。如果你认为情况更糟了，我会听取您的建议以便改正错误。当然，我并不愿意听到自己在哪个方面表现糟糕，但毕竟在失败中可以得到珍贵的教训。"

——你找工作花了多少时间？

这是个看似无关紧要的问题，但是除非你的工作经历中有了一年左右或更长时间的空缺，你的答案最好是："我刚刚开始找工作。"如果你确信面试官已经从某种渠道知道了你找工作所花费的时间，比如说，你是通过某个知道你的工作历史的人引荐的，那就准备好向面试考官解释为什么你还没收到或接受任何接收函。

不管对与错，许多面试考官认为，你失业的时间越久，你被录用的可能性就越小，所以你要准备好对付这种偏见。

以下问题你也需要事前妥为准备，当然这只是众多问题中的一部分。

→ 你的长期目标是什么？

→ 你解决问题的创新能力如何？

→ 你能激励他人吗？

→ 你如何使自己成为一位领导者？

→ 你在学校最喜欢的科目是什么？

→ 你小时候的愿望是什么？

→ 到目前为止，你最大的成就有哪些？

→ 你喜欢结交哪一类型的朋友？

→ 你的脾气好吗？

→ 你能为本公司做出什么贡献？

→ 如果你有独善其身的机会，你会多管闲事吗？

→ 在这儿工作，你觉得多久以后应该获得升迁？

→ 你的健康情况如何？

→ 你真热爱工作吗？

→ 你能不为财富而工作吗？

→ 你对批评的敏感程度如何？

第三节　面试时的礼仪

在求职面试时，礼仪是毕业生呈给招聘单位的"名片"，是一个人修养、道德的外在表现。因此，毕业生应该把握面试的基本礼仪，给对方留下良好的"第一印象"。

一、初次见面时的礼仪

1. 准时赴约

准时赶到面试地点参加面试，这是最基本的，这关系到用人单位对你的第一印象。对于这一点，求职者切不可掉以轻心，一定要重承诺、守信誉，不能违约，即使临时发生了不可抗拒的意外情况不能按时赴约或不能参加，也要及时告诉用人单位并表示歉意。这样可以得到用人单位的谅解，争取能得到补试的机会。

2. 礼貌通报

到达面试地点后，不可慌慌张张冒然进入，先在门外冷静一会儿，松弛一下紧张的情绪。进门前，一定要有礼貌地通报负责面试的人员。如果门关着，有门铃按一下门铃，无门铃则轻叩门两三下。如果你久按门铃不放或使劲地敲门，会在初次见面时给对方留下缺乏修养的印象。当你听到允许进入的回答后，再轻轻地推门进入，进门不要紧张，先将门轻轻关闭，动作要得体，表现要自然。

3．正确称呼

进入办公室后，首先面临的是如何与面试人员打招呼的问题，也可以说真正的面试就从这时开始了，从现在起你应当立即进入角色。

打招呼离不开对对方的称呼，有时打招呼本身就是以称呼的形式出现的，而且在面试过程中及结束告别时都会多次涉及到。在面试这种重要的场合，称呼必须正确而得体。

如果主试人员有职务，一定要采用姓加职务称呼的形式，如："刘经理"、"李处长"等；如果职务较低，可不采用职务称呼，以"老师"相称为好；如果对方职务是副职，从目前社会上流的称呼习惯和社会心理来看，最好略去"副"字，就高不就低以正职相称。

4．热情握手

握手是一种礼貌，同时也是一种常见的社交礼仪，求职面试必然少不了握手。握手看似简单，却有讲究。具体要求参见第四章第三节。

5．谈吐文明

面试过程中要注意自身的谈吐形象，说话要和蔼可亲，不要随便打断对方的话，必要时，先说声"对不起"再讲话。语言要彬彬有礼，不要轻易反驳，要不时地点头表示赞同。

6．适时告辞

面试是有限定的谈话，不可久留。社交中有一条秘诀：长谈一次不如多见面几次。

一般认为，面试谈短了不好，长了也不好，所以要先想好话题，察觉会谈的高潮已过，便准备结束。面试中有些话是可说可不说的，有些话是必须说的，必须说的话就是高潮话题。应聘者必须察觉高潮话题的结束，把该说的话说完，站起身来，露出微笑，亲切握手，然后离开，给对方留下好印象。

二、仪表礼仪

打造黄金第一印象。

常言道："人靠衣裳，马靠鞍"、"三分容貌，七分打扮"。应聘者的外在形象，是给主考官的第一印象，外在形象的好坏在一定程度上会影响到能否被录用。面试时，一定要注意，恰当的着装打扮能够弥补自身条件的某些不足，树立起自己的独特气质，使你脱颖而出。

1．男士

注意脸部的清洁，胡子一定要刮干净，头发梳理整齐。查看领口、袖口是否有脱线和污浊的痕迹。

春、秋、冬季，男士面试最好穿正式的西装。夏天要穿长袖衬衫，系领带，不要穿短袖衬衫或休闲衬衫。

2．女士

◆ 服装

面试时的着装要简洁、大方、合体，职业套装是最简单，也是最合适的选择。低胸、紧身的服装，过分时髦和暴露的服装都不适合面试时穿。色彩要表现出青春、典雅的格调，颜色，表现你的品位和气质，不宜穿抢眼的颜色。

◆ 丝袜

被称为女性的第二层皮肤，一定要穿，以透明近似肤色的颜色最好。要随时检查是否有脱线和破损的情况，最好带一双备用的。

◆ 款式

穿式样简单、没有过多装饰的皮鞋，后跟不宜太高，颜色和套装的颜色一致，如果你不知道如何配色，最简单的办法就是穿黑色的皮鞋。凉鞋在面试时就不要穿了。

◆ 包

如果习惯随身携带包，那么包不要太大，款式可以多样，颜色要和服装的颜色相搭配。

◆ 化淡妆

如果抹香水，应该用清新、淡雅的，头发要梳理整齐，前额刘海不要超过眉毛。

◆ 佩饰

佩戴饰物应注意和服装整体的搭配，最好以简单朴素为主。

三、姿态的礼仪

姿态的礼仪是通过体态语言来表现的，所谓体态语，是一种用表情、动作或体态等来传情达意，传递信息的形式。体态语包括表情语、手语和体姿语。

体态语在求职面试中非常重要。一方面，主试者可以从应试者的体态语中了解应试者的性格、心情和礼貌修养等；另一方面，在面试中应试者如果懂得体态语的含义，也能通过"察言观色"，了解主试者的内心活动，所思所想，从而积极地采取对策，争取主动。

1．表情的运用

"眼睛是心灵的窗户"，求职面试时，试者与主试者的关系往往有两种情况：一是"一对一"的关系，即面对一个主试者；二是"一对多"的关系，即面对多位主试者。这两种情况，试者的目语运用是不一样的。

在"一对一"的情况下，试者的目光要注意的是：第一，注视对方，目光要自然、和蔼、亲切、真诚，不要死盯对方的眼睛，搞得对方极不自在，也不要在局部内上下翻飞，使得对方感到莫名其妙。不要东张西望，左顾右盼，显得心不在焉；不要高高昂起头，两眼望天，显得傲气凌人，这些都是不好的表现。第二，注视对方时要注意眨眼的时间和次数，不宜过长也不宜过多。眨眼时间超过一秒钟就变成闭眼，给对方感觉对他不感兴趣。眨眼次数过多，会让对方怀疑你对他讲话的真实性。第三，在谈话过程中难免会碰到双方目光相遇，这时注意不要慌忙移开，顺其自然地对视几秒钟，再缓缓移开，这样显得心胸坦荡，容易取得对方的信任。否则，一遇到对方目光就慌忙移开的人，会引起对方的猜疑。

在"一对多"的情况下，求职者的目光不能只注视其中一位主试者，而要兼顾到在场的所有主试者，让每个人都感到你在注视他。具体方法是：以正视主试者为主，并适时地把视线从左至右，又从右至左地移动，达到与所有招聘人同时交流，避免冷落一位招聘人，但注视的次数不宜过多，这样就能获得他们的一致好评。

2．微笑的运用

面试时要运用微笑。首先，微笑必须真诚、自然。只有真诚、自然的微笑，才能使对方感到友好、亲切和融洽。其次，微笑要适度、得体。适度就是要笑得有分寸、不出声，含而不露，笑而不狂，既不哈哈大笑，也不捧腹大笑。得体就是要恰到好处，当笑则笑，不当笑则不笑。否则，会适得其反，给对方留下不好的印象。

3．手的运用

◆ 手语的含义

在表达内心活动方面，手势语极富表现力。如：紧张时，双手相绞；悲痛时，捶打胸脯；愤怒时，紧握拳头；尴尬时，手摸后脑勺；真诚时，摊开双手；十指交叉、叠放在一起，常给人一种漫不经心的感觉；摇手表示反对；拍手表示喜悦；挥手表示告别；竖起大拇指表示赞同；用食指指着别人表示质问，等等。

◆ 手语运用时注意的问题

应试者在面试时运有手势一定要注意以下几点：一要适合，所谓适合，一方面说的意思要与手所表示的意义符合；另一方面手势的多少要适合。二要简练，每做一个手势，都力求简单、精炼、清楚、明了。三要自然，手势贵在自然，动作舒展、大方，令人赏心悦目，切忌呆板、僵硬、做作。四要协调，手势要和声音、姿态、表情等密切配合进行，只有协调的动作才是优美和谐的。

四、体姿的运用

体姿是指通过身体的姿势、动作来表达情感、传递信息的体态语，主要包括坐姿、站姿和行姿三种。

1．坐姿语的特定含义

在面试中，坐姿很重要，因为面试大都在房间里进行，有不少时间是坐着的，一个人的坐姿，不仅表现他体态美的程度，也体现了他的行为美。

不同的坐姿表达不同的含义。如：身体靠在沙发背上，两手置于沙发扶手上，两腿自然落地、分开，表示谈话轻松、自如、自信。身子稍向前倾，两腿并拢，两手放于膝上，侧身倾听，说明很尊重对方。身体坐椅子前，身子向前，倚靠于桌上，头微微前倾，表示对谈话内容非常感兴趣和重视。坐在椅子上，微微欠身，表示谦虚有礼。身体后仰，甚至转来转去，则是一种轻漫、无礼行为。整个身子侧转一方，表示嫌弃与轻蔑，背对谈话者，是不理睬的表现。

2．坐有坐相

坐相要给对方一个讲文明、有教养、有主见的感觉，坐时要轻而缓，人要坐端正，起坐时也要轻而缓。具体坐法是：走到位前，背向椅子，使腿靠近椅子，上体正直，轻缓坐下。女士若着裙装，落座时用手理一下裙边，把裙后片向前拢一下。坐下后，双腿并齐，挺胸直腰略收腹，手放在膝上或椅子手上，掌心向下，双膝并拢略侧向一方。

3．克服不良坐姿

为了保证坐姿的正确和优美，注意以下禁忌：一是落座后，两腿不要分得太开。二是当并腿而坐时，脚尖要向下，切忌脚尖向上，并上下抖动。三是谈话时勿将上身向前倾，并以手撑下巴。四是落座后不要左右晃动，扭来扭去，给人一种不安分的感觉。五是入座要轻缓，坐姿要端正稳重，不可猛起猛坐，弄得椅子乱响，造成紧张。六是背部要挺直，不要像驼背一样，弯胸曲背。

面试的时候，这些做法一定要避免：

➜ 拖拉椅子，发出很大噪音。

➜ 一屁股坐在椅子上。

➜ 坐在椅子上，耷拉着肩膀，含胸驼背。

➜ 半躺半坐，男的跷着二郎腿；女的双膝分开、叉开腿等，会给人放肆和缺乏教养的感觉。

➜ 坐在椅子上，脚或者腿不自觉地颤动或晃动。

4．站姿和行姿

站姿和行姿是体姿语的重要组成部分，在求职面试中同样能反映求职者的外在形象和礼貌修养。

站姿的要求是正直，方法是挺胸、收腹、略微收臀、平肩、直颈、两眼平视、精神饱满、面带微笑，这样给人一种自信的感觉。站立时，两手自然地分开身体两侧，不要两手掐腰，也不能双手插入口袋或把双手握在背后，则会给对方一种轻漫之感。要注意站向，谈时站立的方向正面对着对方，以表示尊重。

行姿的要求是，轻而稳，胸要挺，头抬起，两眼平视，步频和步幅要适度，符合标准。如果是与主试者或工作人员同行时，要注意，不能超前，只能平行或略为靠后，这是礼貌行为。

五、问答技巧

问答技巧包括应答技巧和提问技巧两个方面。面试中应试者主要是以回答主试者的提问来接受测评的，同时也应主动提出一些问题，来显示应试者的整体素质。

1．应答技巧

◆ 先说论点后说论据

应试者在回答问题时，要考虑自己所说内容的结构，用尽可能短的时间组织好说话的顺序。一般来说，回答一个问题，首先提出你对问题的基本观点，然后再逐一用资料等论证、解释，这样做，既有利于应试者自己组织材料，又可以给主试者一个思路清晰的好印象。这种方法，可以使听者先知道问题的结论，然后再听理由。否则，你滔滔不绝地讲了半天，对方还没有明白你的论点，就会认为你思路不清，这样你可能会失去一次机遇。

◆ 扬长避短，显示潜力

常言道：寸有所长，尺有所短。每个人都有自己的优势与不足，如何在有限的时间内使你的优势充分体现，扬长避短，显示潜力，是一种艺术。扬长避短，既不是瞒天过海，更不是弄虚作假，而是一种灵活性与掩饰性技巧的体现，如性格内向的人就容易给人留下深沉有余、开放不足的印象。因而，性格内向的人在面试时衣着宜穿得明快些，发言时主动、大胆、热情，以弥补自己性格的不足。

对于大学毕业生来讲，学习成绩是面试者非常重视的一个因素。在一般情况下，学习成绩不好，会影响你的面试结果，但是，如果你换一个角度谈这个问题，可能使主试者认为你有个性。例如，如果主试者问你："你在学校是怎么学习的，为什么学习成绩这么差?"你不妨这样回答："我对目前照本宣科的教学方法实在不能接受，没有办法专心学习，我喜欢计算机，目前已经拿到了四级证书，因此在这方面下的功夫较大，且影响了学习成绩，实在不好意思。"或者说："我在学校时，是学生会干部，社会工作很多，我又非常热心于这些工作，所以学业被耽误了。"如此回答，不仅有可能博得主试者的同情，甚至有可能使主试者认为，你有特长，有较强的组织能力和一定的工作经验，又热心社会工作，反而增加了你被录取的可能性。由此可见，在面谈时要充分发挥自己的长处，掩饰自己的短处。

◆ 遇到不便回答的问题可以拒绝回答

一般情况下，主试者在面试时不应提出有关应试者隐私或其他不便回答的问题，但是，有的主试者出于对某些工作的要求，或是出于其他原因，可能会对应试者提出一些棘手的问题。对于这样的问题，有过这种经历的应试者都不愿回答。即使回答，往往也是支支吾吾，含糊其辞，给主试者留下不良印象。与其这样，应试者不如直截了当地说："对不起，我不愿回答这个问题"。

如果已经使用犹豫不决的态度说话，把自己弄得很尴尬了，就要及时警觉起来。此时，你没有必要特别用心来缓和谈话的气氛，只要你对以后的问题，用明朗的态度表明就行了。主试者知道你能坚持自己的意见，一般就不会再问了，坦然处之，会给他留下良好的印象。

2．提问技巧

◆ 提出的问题要视主试者的身份而定

面试前你最好弄清主试者的职务，要知道主试者是一般工作人员，还是负责人，是哪一级的负责人。要视主试者的职务来提问题，不要不管主试者是什么人，什么问题都问，搞得主试者无法回答，引起主试者对你反感。如果你想了解求职单位共有多少人、职称结构，主要业务方面的问题，就不要向一般工作人员提问，而要向单位负责人提问。

◆ 应试者通常可提的问题

一般情况下，应试者可向主试者提出以下几个方面的问题：一是单位性质、上级部门、组织结构、人员结构、成立时间、产品和经营状况等；二是单位在同行业中的地位、发展前景、所需人员的专业及文化层次和素质要求；三是单位的用工方式、内部分配制度、管理状况、经济效益和社会效益等。

◆ 要注意提问的时间

要把不同的问题安排在谈话进程的不同阶段提出。有的问题可以在谈话一开始提出，有的可以在谈话进程中提出，有的则要放在快结束时再提。不要毫无目的地乱提，更不可颠三倒四、反反复复提那么几个问题。因此，在谈话之前，要将所要提的问题一一列出，按照谈话进程编出序号，反复看几遍，以便在谈话时头脑清醒，知道提问的顺序。

◆ 要注意提问的方式、语气

有些问题，可以直截了当地提出来，如贵单位人员结构，贵单位岗位设置等。有些问题，则不可直截了当地提出，而要婉转、含蓄一点，如了解求职单位职工收入情况和自己去以后每月有多少收入等问题，不可直接问，而应该婉转地问："贵单位有什么奖惩条例、规定？"，"贵单位实行什么样的分配制度？"等。因为这些问题清楚了，自己对照一下可能就会知道有多少收入。另外，在询问时，一定要注意语气，要给人一种诚挚、谦逊的感觉，千万不可用质问的语气向对方提问，这样会引起反感。

◆ 不提模棱两可、似是而非的问题

特别是提与职业、专业有关的问题，一定要确切，不要不懂装懂，提出幼稚可笑的问题。因为从提问中可以看出提问者的知识水平、思维方式、个人价值观等。

由于谈话的对象、时间、地点、目的不同，提问题应注意的事项不可能一一列举。总之，应试者要重视提问技巧的学习和运用，这对选择职业影响极大，不可马虎。

3．摆脱面试困境的技巧

应试者在面试时，往往由于过度的紧张，长时间的沉默或一时讲错话使自己陷入困境。遇到这种情况，若不能镇静应付，会影响自己整个面试的表现，因此，面试时应掌握如下几方面技巧：

◆ 克服紧张的技巧

紧张是面试中最常见的情况，由于面试对求职者非常关键，同时面试往往又是在陌生的地方，与陌生人对话，因此，求职者产生紧张情绪是正常的。适度紧张可以帮助求职者集中注意力，但若过分紧张，不仅会给主试者留下不良印象，还会使你无法正常地回答问题，使面试陷入困境。要克服紧张的技巧，应遵循如下原则：第一，以平静的心态参加面试，否则，压力越大越紧张；第二，面试前进行充分准备，不把一次面试的得失看得过重；第三，深呼吸是减少紧张的有效办法；第四，不要急于回答提问者的问题，且回答问题时注意讲话的速度；第五，如果的确非常紧张，最好的办法是坦白告诉主试者，"对不起，刚才有点紧张，让我冷静一下，再回答您的问题。"通常，主试者会同情你，而你也因为讲了出来，觉得舒服多了，紧张程度也大为减轻。

◆ 打破沉默的技巧

有时主试者长时间保持沉默，故意来考验应聘者的反应。遇到这种情况，许多应聘者因没有思想准备，会不知所措，陷入困境。那么应付这种局面最好的办法，是预先准备一些合适的话题或问题，乘机提出来，或是顺着先前谈话的内容，继续谈下去，来打破僵局，走出困境。

◆ 讲错话的应对技巧

人在紧张的场合最容易说错话，比如，在称呼时，把别人的职务甚至姓名张冠李戴。经验不足的应聘者碰到这种情形，往往会懊悔万分，心慌意乱，越发紧张，最好的应付办法是保持冷静。若说错的话无关紧要，也没有得罪人，可以若无其事，专心继续面试交谈，切勿懊悔不已。通常主试者不会因为求职者一次小的失误，而放过合适的人才。若说错的话比较严重，为防止误会，在合适的时间更正道歉，例如："对不起，刚才我紧张了点，好像讲错了，我的意思是……请原谅。"出错之后，坦诚地纠正自己的错误说不定会因此博得主试者的好感，还有希望录取。面试时，大家都渴望成功，害怕失败，往往因过于在意小节，或过分紧张，而不能发挥正常水平。所以，最好的办法是抱锻炼自己的心态，去参加面试，即使错了，也不必掩盖，坦然承认，相信你会成功的。

◆ 遇到不会回答问题时的应对技巧

在面试中，往往会出现紧张或是预料不到的情况，如有些问题不会回答等，这时请不要掩盖，应当坦诚说："这个问题我不会回答。"千万不要支支吾吾，不懂装懂。不会就是不会，只要坦然地作以回答，反能给人留下诚实、坦率的好印象，进而反败为胜。

当遇到一时不易回答的问题，可设法延缓时间，边想边回答，或者直截了当地提出："我想想，再回答您 。"然后，在几分钟内，很快地考虑怎么说，说什么，说不定会柳岸花明又一村。

自我检测

在你求职的第一个环节，考官已开始给你的素质打分，不妨事先先给自己打打分，这样可以做到心中有数。以下是自我介绍礼仪的评分标准，可供您自评时参考。

自我介绍礼仪评分标准（满分为 100 分）

第一，内容（50 分）

A. 详略得当，有针对性；

B. 言之有物，评价客观；

C. 层次清晰，合乎逻辑；

D. 文理通顺，富有文采；

E. 简单明了，清楚明白。

第二，仪表（10 分）

A. 服饰整洁、得体，女子适度淡妆，男子适当修饰；

B. 精神饱满，落落大方，面带微笑。

第三，态势（10 分）

A. 站有站相，坐有坐相，走有走相，步履稳健，从容自如；

B. 面部表情、手势与有声语言协调。

第四，礼节（10 分）

A. 开头（见面）礼节；

B. 告别（离去）礼节。

第五，语言（15）

A. 脱离讲稿；

B. 使用普通话或英语（其他外语），口齿清楚，声音洪亮；

C. 有一定节奏，语言流畅，发音准确。

第六，时间（5 分）

介绍过程 1～3 分钟，过长或过短适当扣分。

第四节 面试后的礼仪

许多大学生求职只留意面试时的工作，而忽略了面试后的礼仪。实际上，面试结束并不意味着求职过程的完结，求职者不应该翘首以待聘用通知的到来，还有三件事情要做。

一、诚心诚意地感谢主考官

面试结束并不意味着求职过程的结束，为了加深招聘人员对你的印象，增大求职成功的可能性，对想抓住每个工作机会的人来说，面试后的两三天内，最好给主考官打个电话或写封信表示感谢。

1. 打电话

打电话表示感谢可以在面试后的一两天之内，不妨给主考官打个电话表示感谢。电话感谢要简短，最好不要超过三分钟，电话里不要询问面试结果。因为，这个电话仅仅是为了表现你的礼貌和让对方加深对你的印象而已。打电话的时候，要考虑在合适的时间内打电话。

2. 写面试感谢信

主考官对面试人的记忆是短暂的。感谢信是你最后的机会，它能使你显得与其他求职者有所不同。面试感谢信包括电子邮件和书面感谢信。

如果平时是通过电子邮件的途径和公司联系的话，那么在面试结束后，发一封电子感谢信，是既方便又得体的方式。

但大多的情况下还是写书面感谢信，特别是在面试的公司非常传统的情况下，更应如此。书面感谢信最好用白色的 A4 纸，字的颜色要求是黑色。内容要简洁，最好不要超过一页纸，在书写方式上有手写和打印两种。打印出来的感谢信较为标准化，表示你熟悉商业环境和运作模式，但有时难免给人留下千篇一律的印象。如果想与众不同，或是想对某位给予你特别帮助的主考官表示感谢，手写则是最好的方式，这个前提是你的字写得要比较正规而好辨认。

感谢信必须是写给某个具体负责人的，你应该知道他的姓名，不可以写什么"负责人"、

"部门负责人"等之类的模糊收件人。

　　感谢信的开头应提你的姓名及简单情况，以及面试的时间，并对主考官表示感谢；中间部分要重申你对该公司、该职位的兴趣，或增加一些对求职成功有用的新内容；结尾可以表示你对能得到这份工作的迫切心情，以及为公司的发展壮大做贡献的决心。

二、耐心细致地打电话询问

　　面试结束之后的两星期左右，如果还没有得到任何回音，就给负责招聘的人打个电话，询问一下面试结果。打电话询问面试结果，有两个礼仪细节必须要注意：什么时候问？怎么问？

1. 什么时间

　　打电话从礼仪角度来说，打电话最得体的时间应该是对方方便的时间。什么是方便的时间？以下时间之外的时间，都可以认为是方便的时间：工作繁忙时间、休息时间、用餐时间、生理疲倦时间。因为询问面试结果是公事，所以当然必须是在正常工作日的时间段内打这个电话。

　　工作繁忙时间。一般是周一上午和周五下午，因为这两个时间段很多单位都有开例会的习惯。即使不开例会，因为周一早上是新的一周的开始，往往还处于适应期，而且还有工作上的事宜需要安排；周五下午又要面临着周末，所以从心理上自然会"排斥"给他添麻烦的事情。还有，就是每天刚上班的一个小时和下班前的一个小时，这个时间段内不是要忙着安排一天的工作就是没法再集中精力处理公事。

　　休息时间。一般是指工作日的中午一小时左右的时间，其他私人时间，特别是节假日时间。用餐时间。在用餐的时间，给人打电话是不礼貌的。而且往往在这个时间打电话会找不到人，当然影响打电话的效果了。

　　生理疲倦时间。这个时间段一般都是每天下班前的一小时左右，中午下班前的半小时左右。

2. 怎么问

　　在电话里，同样的一句话，问候方式的不同，虽不至于有不同的结果，最起码会给人不同的印象：或有礼貌，或显唐突。所以，在通话的过程中，自始至终都要尊重自己的通话对象，待人以礼，表现得有礼、有节。

　　接通电话后，首先说一声："您好！"接下来要自报家门，让对方知道自己是谁。自报家门的内容应该包括：自己的全名、何时去面试的何职位，这样，以便对方能及时知道你是谁。在电话中要表明自己对贵公司的向往和愿意为公司的发展做贡献。如果碰上要找的人不在，需要接听电话的人代找，态度同样要文明而有礼貌，并且还要用上"请"、"麻烦"、"劳驾"、"谢谢"之类的词。留言或转告，都不是询问面试结果的首选方式，可以打听要找的人什么时间在，然后到时候再打。

　　打电话的时候，最好用手拿好话筒，尽量不要在通话时把话筒夹在脖子下，抱着电话机随意走动，或是趴着、仰着、坐在桌角上，或是高架双腿和人通话。如果边打边吃东西，对方会感觉得到你是不用心和他通话，还能指望别人对你有好印象吗？通话也要注意控制音量，不管打还是接电话，话筒和嘴都要保持 3 厘米左右的距离，声音宁小勿大。用电话谈话，必须完全依靠声音，电话声音就是唯一的使者，你必须通过它给对方一个良好的印象。所以，传到电话那端的必须是一个清晰、生动、中肯、让人感兴趣的声音。首先，音量要适中；第二，要注意发音和咬字准确。

打电话询问的时间长度要有所控制，基本的要求是宁短勿长。其实，就询问本身来说，两三分钟的时间足能解决。所以，除直接询问结果之外，"表白"的内容长度也要有所控制，不要没完没了地说。

注意倾听的方式。打电话时要认真倾听对方讲话，重要内容要边听边记。同时，还要礼貌地呼应对方、适度附和、重复对方话中的要点，不能只是说"是"或"好"，要让对方感到你在认真听他讲话，但也不要轻易打断对方的谈话。作为打电话的一方，通话终止时，本着尊重对方的原则，结束通话的时候，可以让对方先挂电话。当通话因故暂时中断后，你就要立刻主动给对方拨过去，不能不了了之，或干等对方打来。

如果知道自己没被录用，就应请教一下原因，此时你的情绪要非常稳定。同时，冷静地、仍然热情地请教一下未被录用的原因，可以说"对不起，我想请教一下我没有被录用的原因，我好再努力"。谦虚有可能赢得对方的同情，同时给你下一次的面试机会。

需要说明的是，打电话询问面试结果，最多打三次电话询问也就可以了。因为即使再研究，经过前后三个电话询问的周期，再复杂的研究程序也早该最后确定了，而且三次的电话询问，也会对你有足够的印象了。如果想聘用你就会直接告诉你或及时和你联系，再多的电话，反而会适得其反，甚至会给人"骚扰"、"无聊"的感觉，感谢信也是如此。

三、心平气和地接收录取通知

作为一个求职者，在经过数日的奔波、N 次的面试之后，终于"修成了正果"，得到被录用的消息，这时，你可能会庆幸自己数月的辛苦和努力没有白费，甚至还会欣喜若狂、大筵宾朋、一醉方休，先别急，虽然成功在望，但还有几个问题需要解决。

1. 聘你的公司是第几选择

确实，掌握机会是个极重要的原则，不能三心二意，顾虑太多。不过，这件事不妨再稍加思考：录用你的公司，是你的第几选择？你在求职的过程中，或许投过很多份简历，面试过 N 次。在艰难的求职过程中，往往被你首选的公司屡次拒绝使你十分丧气。于是，在亲戚朋友的劝解下，或许使得择业标准一降再降，甚至见到相关的招聘就投简历、面试。但是，这份职业真的适合你吗？符合你的职业规划吗？这是一件非常值得思考的事情，否则，或许你将走更多的弯路，甚至做一辈子你并不喜欢的工作，更不用说你能在工作上有所成就了。

2．录取的条件和面试时相符吗

录取的条件中包括很多内容，比如职务、薪资、报到日期等。现在有一些机构在招聘的时候同时招聘很多岗位，在部分岗位已经满额的情况下，会善意地安排他们认为比较不错的求职者从事其他岗位的工作。问题是，或许对方安排的岗位并不是你的专业特长或你并不喜欢，而且，岗位的不同，薪资待遇等方面也会有所不同。

如果录取的条件和面试时的不一样，就要考虑你所追求的究竟是名份上的不同，还是实质上的差异？或是兴趣上的坚持？如果与你的追求或期望值有一定差距，就值得考虑了。面试的时候，大部分人会谈到薪酬，比如说不低于多少。通知被录用的时候，如果所提到的薪资和面试的时候谈得差不多，固然最好；但有了差异时，特别是差异较大的时候就要考虑了。

3．接收之后要全面了解用人单位

收到你所心仪的公司的录用通知是一件喜事，值得好好放松一下、庆祝一番，但同时还有一件事情要求你能认真地面对：了解公司、了解工作。在正式报到之前，先对所要服务的公司有所了解，这样在开展工作的时候就会顺畅很多。了解公司的方法很多，包括在面试时带回的公司简介、刊物，或企业形象方面的资料、企业网站等，有条件或可能的话进行实地全面考察最好。这会使你对公司的整体情况和营运有所掌握，会对你的新工作、新环境带来很大帮助。

当然，除以上三点外，或许还有其他的情况需要考虑，总的目的就是为了使你即将拥有的这个工作应该尽可能的合适。还有，就是一定要确认好你去报到的具体时间、地点和联系人，在这些细节方面更要特别留意。

小贴士

五种不受欢迎的求职者

1．开口言钱者不要

2．沟通不畅者不要

3．面试迟到者不要

4．穿着邋遢者不要

5．弄虚作假者不要

第8章
办公礼仪

办公礼仪，是现代公共礼仪非常重要的组成部分，它是指人们在办公场所应当遵循的一系列礼仪规范，主要包括办公室修饰礼仪、办公室沟通礼仪、通讯礼仪和信函礼仪等。

对于现代职场中的每一个人，了解、掌握并恰当地应用办公礼仪是必须具备的基本素质之一，它会使您在工作中左右逢源，事业蒸蒸日上。

以小见大　小礼成就大业

　　当你走进这样的一个公司，走廊随处可见垃圾，办公室里办公桌椅随意摆放，桌面上文件成堆或纸张与文件交杂，分不清哪是文件，哪是纸张，报纸胡乱地摆在沙发上，等等，你会有什么感觉？这样的公司，让人望而生畏，工作效率怎样可想而知。

　　在海尔集团总部曾发生过这样一件事：一家日本公司的客商来海尔谈判，他们考察了车间、物流，也去了研发，可回到会议室谈来谈去，就是拿不定主意。这时，这家商社的社长似乎突然想起了什么，说休息5分钟，就去了卫生间，等他回来后二话不说就签了合约。后来，海尔的谈判人员才知道，这位社长是去海尔的卫生间"检查卫生"去了，他去摸了摸让人最容易忽视的灯泡是否干净。或许他的逻辑是这样的：如果海尔连卫生间的清洁都能够做得很好，那么这个企业的产品也一定信得过。

　　（参见胡其辉：《市场营销策划》，东北财经大学出版社，2006年版）

第一节　办公室修饰礼仪

> 　　办公场所是一个公司的脸面，其干净与否很大程度影响着一个公司的形象，甚至会决定着一个企业的成败。办公场所的修饰要求干净、整齐、温馨。

一、办公桌

　　办公场所最先修饰的应该是办公桌。办公桌是办公的集中点，是进入办公室办理公务的人员注意力最为集中的地方，办公桌摆放好了，办公环境就确立了一半。

　　办公桌要向阳摆放，让光线从左方射入，以合乎用眼卫生。案头不能摆放太多的东西，只摆放需要当天或当时处理的公文，其他书籍、报纸不能放在桌上，应归入书架或报架；除特殊情况，办公桌上不放水杯或茶具。招待客人的水杯、茶具应放到专门饮水的上方，有条件的应放进会客室；文具要放在桌面上，为使用便利，可准备多种笔具：毛笔、自来水笔、圆珠笔、铅笔等，笔应放进笔筒而不是散放在桌上。

　　电话是办公室的必备用品，但同时也是办公室的饰物。办公电话一般摆放在专用电话桌上，无电话专用摆放桌，也可以摆放在办公桌的角上；电话机要经常清理，用专用消毒液进行擦洗，不能粘满尘土和污垢，一个办公室是否清洁，电话机是一个重要标志。

二、书架

　　办公桌应靠墙摆放，这样比较安全。如果办公室里有沙发，最好远离办公桌，以免谈话时干扰别人办公。茶几上可以适当摆放装饰物，例如盆花等。临时的谈话可在这里进行，较长时间的谈话或谈判，应在专门的会议室。

三、办公环境

　　办公室办公人员比较多，可不特别进行修饰，但要做到窗明几净。玻璃窗应该经常擦洗，玻璃门要保持洁净、透明。办公室的门不应该关闭过紧，以免来访者误以为没人在，也不能用布帘遮挡。

办公室是公众场所，没经允许，主人和客人均不得吸烟或高声喧哗。任何人不应摔门或用力开门，出入要轻手轻脚。

办公室中不宜堆放积压物品，堆积物会影响观瞻，给来访人以脏、乱、差的印象，要经常清理办公室里的废弃物。

办公室的地面要保持清洁，水泥地面要常清扫、擦洗，地毡要定期吸尘，以免滋生寄生虫、尘螨。窗户要经常打开换气，门窗不常开，室内空气混浊，会给访问人带来不便。

办公室的墙切忌乱刻乱画，不能在办公室的墙上记录电话号码或张贴记事的纸张。墙面可悬挂地图、公司有关图片。

宽敞的办公室可以放置盆花，但盆花要经过认真选择，一般不用盛开的鲜花装点办公室，过艳的色彩会夺取来访者的注意力，使人们的精力发生偏移，可以选用以绿色为主的植物，绿色植物是装点办公室的主要材料，绿色可以给人舒适的感觉，可以调节人的情绪。对盆花要经常给予的浇灌和整理，不能让其枯萎而出现黄叶，可以在绿叶上喷水，使其保持葱绿之色。花盆的泥土不能有异味，肥料要经过精选，有异味的肥料会引来苍蝇或滋生寄生虫，反而会给办公室带来污染。

第二节　办公室沟通礼仪

> 办公室是职业人员的最为重要的工作场所，如果我们懂得并善于运用沟通礼仪，那么我们将会受到领导的青睐和同事的欢迎，在这种环境下工作，会让我们身心愉快。

一、秘书语言艺术

说话是一门艺术，俗话说："会说话的令人笑，不会说话的令人跳。"秘书人员工作在领导中枢，负有沟通上下左右关系的责任，如果说话不讲究艺术，有时会带来不良或严重后果。

一字不当，令客商拂袖而去

一海外客商到某地某公司商谈合资办厂事宜。公司经理在会客室专候，并准备了烟、茶、水果。客商进公司大门后，迎候在门厅的公司经理秘书和客商握过手，说："我们经理在上面（指二楼会客室），他叫你去。"客商一听，当即一愣：他叫我去？我又不是他的下属，凭什么叫我？于是这客商转身，说："贵公司如有合作诚意，叫你们经理到我住的宾馆去谈吧。"说完拂袖而去。如果那位秘书不说"叫"，而说"请"，情况又会如何呢？

一言不妥，令兄弟单位不悦

"喂，县统计局吗？我是县委办公室。今年上半年的各项经济指标完成情况，你们统计出来了吗？"这是某县委办公室一位秘书人员在给县统计局打电话。对方回答统计出来了，这位秘书又说："我们正在给领导写讲话稿，急等着要这些数字，你给送来吧。"统计局的人听了这话，很不乐意，说："我们也正忙着，你自己来抄好了。"叭，电话断了。如果那位秘书换一种口气，请求对方给予支持协助，情况又会如何呢？

一语不慎，险致领导失和

某地党政两位一把手关系原本很好，一度因工作意见分歧产生不愉快。正巧这时上级来了一个工作检查组，在陪同问题上，书记认为党政一把手有一人陪同就行了，不必两人都去。不料办公室秘书在向政府一把手转达书记意思时，却把话说成："书记说啦，你去他就不去。"政府一把手听了，心里思忖：我去他就不去，这是什么意思？虽然勉强去了，总认为书记对自己有了成见。幸好这两位一把手以后谈心消除了误会，否则，还不知会酿成什么局面。

以上种种在生活和实际工作中经常发生，比如，因谈话不慎造成重大失密，因随意表态造成领导和全局工作被动，等等。当然，由于秘书人员"会说话"，使领导意图得以准确顺当贯彻，使左邻右舍关系处得亲密和谐，这样的例子也是不胜枚举的。

二、相处艺术

办公室是个很特别的地方，还真得掌握一些必要的礼仪，充分展现你优雅得体的内涵，以最快的速度建立良好的人际关系，自然也会得到老板的重视。

1. 注意交流上的细节

微笑是你最好的武器，微笑可以最直接地得到对方的好感，也会意想不到地得到对方的原谅。

说话时要看着对方，并且集中精神。要让对方感到你很重视他的意见，很想从他那里得到业务上的知识，这样对方有受到尊敬的感觉。学会主动和人打招呼，在电梯或洗手间遇到同事不要刻意回避，尽量先和对方搭话。千万不要装作没看见把头低下，给人不爱理人的印象。

2. 注意谈话主题

同事是工作伙伴，不可能要求他们像父母、兄弟、姐妹一样包容和体谅你。很多时候，同事之间最好保持一种平等、礼貌的伙伴关系，你应该知道，在办公室里有些话不该说，有些事情不该让别人知道。

作为一个职业人，个人的一切资料，比如年龄、学历、经历、爱情、婚姻状况等，要分"公开"与"隐私"两大类。隐私本身也是一个相对而言的概念，同一件事情在一个环境中是无伤大雅的小事，换一个环境则有可能非常敏感，保护自己立于安全地带。以下列举的，可都属于你的隐私范畴。

要注意的五个方面：

→ 不要在公司范围内谈论私生活，无论是办公室、洗手间还是走廊；

→ 不要在同事面前表现出和上司超越一般上下级的关系，尤其不要炫耀和上司及其家人的私交；

→ 即使是私下里，也不要随便对同事谈论自己的过去和隐秘思想，除非你已经离开了这家公司，你才可以和从前的同事做交心的朋友；

→ 如果同事已经成了好朋友，不要常在大家面前和他（她）亲密接触，尤其是涉及到工作问题要公正，有独立的见解，不拉帮结派；

→ 对付特别喜欢打听别人隐私的同事要"有礼有节"，不想说的可以礼貌坚决地说"不"，对有伤名誉的传言一定要表现坚决的反对态度，同时，注意言语还要有风度。如果回答得巧妙，就不但不会伤害同事间的和气，又保护了自己不想谈论的事情。保护隐私，一来是为了让自己不受伤害，二来是为了更好地工作。当然也没必要草木皆兵，但凡工作之外的问题全部三缄其口，这样便很容易让人以为你这个人不近情理。有时候，拿自己的私人小节自嘲一把，或者和大家一起对别人开自己的无伤大雅的玩笑，呵呵一乐，会让人觉得你有气度、够亲切。

办公室（office）礼仪十戒

女性上班族要给人内外皆美的印象，不注意下面这些小节可不行：

打情骂俏

无论是通过电话对话亦或是与相恋同事在办公室公然谈情、莺声笑语等都会影响旁边的同事工作，即使你的工作再出色，在形象方面也会大打折扣。

煲电话粥

在办公时间打工作以外的电话本来无可厚非，但切忌得意忘形，疏忽周围环境。

取公为私

公司的文具，往往成为顺手牵羊的目标，虽都不是什么贵重物品，但如果个个如此，后果便不堪设想。

多角恋情

异性相恋本是人之常情，但必须小心处理，若出现多角恋等错综复杂情况，工作心情往往大受影响，更可能会面对某些危机。

衣着夸张

低胸衣、迷你裙、夸张的饰物除影响周围同事工作的专心程度，更令人怀疑你的工作能力。

浓妆艳抹

工作的环境，以淡雅的妆容为好，若太浓的妆或在工作时间经常补妆，有欠礼貌兼妨碍工作。

说三道四

切勿在办公时间公然搬弄是非，给人不良印象。

谎话连篇

一般老板对于不诚实的职员都会心存芥蒂，又如何委以重任呢？

迟到早退

一个上班也经常不准时的人，很难令人对她准时交差投下信任票吧！

借口请假

此举往往令上司反感。

第三节　通讯礼仪

通讯，是指人们利用一定的电讯设备，来进行信息的传递。被传递的信息，既可以是文字、符号，也可以是表格、图像。在日常生活里，商界人士接触最多的通讯手段，当今主要有电话、电报、电传、寻呼、传真、电子邮件，等等。通讯礼仪，通常即指在利用上述各种通讯手段时，所应遵守的礼仪规范。

一、电话礼仪

电话是人们开展社交活动不可缺少的工具，在日常生活和工作交往中，都要利用电话与别人取得联系和交谈。据美国《电话综述》(Telephone Review)说，一个人一生平均有 8760 小时在打电话。在录像电话还没普及之前，人们通过电话给人的印象完全靠声音和使用电话时的习惯，要想有"带着微笑的声音"或者通过电话赢得信任，就必须掌握使用电话的礼节与技巧。

1. 电话语言要求

目前，大部分电话能传输的信号是声音，但这一信号载体却包含着许多信息。说话人想做什么，要做什么，是高兴还是悲伤，还有对另一方的信任感，尊重感，彼此都可以清晰地得知，这些都取决于电话的语言与声调。因此，电话语言要求礼貌、简洁和明了，以准确地传递信息。

◆ 态度礼貌友善

当使用电话交谈时，我们不能简单地将对方视做一个"声音"，而应看做是面对一个正在交谈的人，尤其是对办公人员来说，我们面对的是组织的一名公众，如果你们是初次交往，那么，这样一次电话接触便是你给公众的第一次"亮相"，应十分慎重。因此，在使用电话时，多用肯定语，少用否定语，酌情使用模糊用语；多用些致歉语和请托语，少用些傲慢语、生硬语。礼貌的语言、柔和的声音，往往会给对方留下亲切之感。正如日本一位研究传播的权威所说："不管是在公司还是在家庭里，凭这个人在电话里的讲话方式，就可以基本判断出其'教养'的水准。"

◆ 传递信息简洁

电话用语要言简意赅，将自己所要讲的事用最简洁、明了的语言表达出来。因为，通话的一方尽管有诸如紧张、失望而表情异常的体态语言，但通话的另一方不知道，他所能得到的判断只能是来自他听到的声音。在通话时，最忌讳发话人吞吞吐吐，含糊不清，东拉西扯，正确的做法是：问候完毕对方，即开宗明义，直言主题，少讲空话，不说废话。

◆ 控制语速语调

通话时语调温和，语气、语速适中，这种有魅力的声音容易使对方产生愉悦感。如果说话过程语速太快，则对方会听不清楚，显得应付了事；太慢，则对方会不耐烦，显得懒散拖沓；语调太高，则对方听得刺耳，感到刚而不柔；太低，则对方会听得不清楚，感到有气无力。一般说话的语速、语调和平常的一样就行了，即使是长途电话，也无须大喊大叫，把受话器放在离嘴两三寸的地方，正对着它讲就行了。另外，通电话时，周围有种种异样的声音，会使对方觉得自己未受尊重而变得恼怒，这时应向对方解释，以保证双方心情舒畅地传递信息。

◆ 使用礼貌用语

在电话交际中应使用礼貌用语，现以实例列表说明(引自李兴国主编的《现代商务礼仪》)，见表 8 - 1 和表 8 - 2。

表 8 - 1　打一般商务交际电话的礼貌用语及应对要点

打电话者(对方)	接电话者(自己)	应对的重点
▲您好,这里是国际公司门市部。	●我是中华公司业务部的张××。请问李某先生在吗?	◇首先把要和对方谈的事情用备忘录整理好,并将会用到的资料事先准备妥当。
▲请稍等一下。		
▲我是李××。	●您好,我是中华公司业务部的张××。前天您订的货已经来了,我打算早一点送过去,您觉得如何?	◇要找的人一接电话,就恭敬地打一次招呼。 ◇不要只顾及自己的情况也要问问对方是否方便。
▲哦,是这样啊! 明天送过来怎么样?	●好,我知道了,那么明天几点,要送到哪里比较方便呢?	
▲三点到总务科,交给赵××。 ▲能不能向您请教一下商品的使用方法?	●好,明天三点送到总务科,给赵××先生。 ●好的,我明天会过去为您详细解说,我手上有说明书,马上用传真机传过去。若看不清楚给我来电话。	◇为避免错误把对方的话重复一遍。 ◇打电话前必要的资料要先拿在手上。 ◇用传真机输送,输送以前,都须电话确认。
▲好,我明白了。 传真收到了,很清楚。谢谢!	●明天再拜访了,谢谢您,再见! 好,我知道了。再见!	◇别忘了结束时的道别。

2. 接电话

◆ 迅速接听

　　接电话首先应做到迅速接,力争在铃响三次之前就拿起话筒,这是避免让打电话的人产生不良印象的一种礼貌。电话铃响过三遍后才做出反应,会使对方焦急不安或不愉快。正如日本著名社会心理学家铃木健二所说:"打电话本身就是一种业务。这种业务的最大特点是无时无刻不在体现每个人的特性。""在现代化大生产的公司里,职员的使命之一,是一听到电话铃声就立即去接。"接电话时,也应首先自报单位、姓名,然后确认对方,如:"您好! 这是××公司营销部。"如果对方没有马上进入正题,可以主动请教:"请问您找哪位通话?"

表 8 – 2　接一般商务交际电话的礼貌用语及应对要点

接电话者(对方)	打电话者(自己)	应对的重点
	●(电话铃响)这里是中华公司业务部	◇电话铃响两声,就拿起话筒。如果中午前,别忘了道一声早安。
▲麻烦您找张××先生听电话。	●对不起,请问您是哪一位?	
▲我是国际公司的李××。	●张先生他在,请稍等。 ●抱歉,让您久等了,他大概三点会回来,请问您有何事,能否让我转达?	◇反复确认对方 ◇倘若叫人要花点时间,要问对方是否方便等。 ◇如果要找的人不在,不要只告知"他不在",其后的应对不要忘记。
▲不可以,这事除了张先生之外,别人不明白。那么能不能麻烦您请他四点钟左右打电话给我? ▲好的,1234567。	●是。但为防万一,能不能留下您的电话号码? ●我确定一下,是不是1234567,敝人姓杨,等张先生回来我一定转告他四点左右给您打电话。	◇如果对方愿告知什么事用备忘录记好。 ◇对方交代的事情一定要重复确认。 ◇在留言备忘录中,要记上对方打来的电话,及对方的姓名。
▲拜托您了!	●不客气。那么再见。	◇确定对方已挂断电话后,再轻轻放下听筒。

◆ **积极反馈**

作为受话人,通话过程中,要仔细聆听对方的讲话,并及时作答,给对方以积极的反馈。通话总听不清楚或意思不明白时,要马上告诉对方。在电话中接到对方邀请或会议通知时,应热情致谢。

◆ **热情代转**

如果对方请你代转电话,应弄明白对方是谁,要找什么人,以便与接电话人联系。此时,请告知对方"稍等片刻",并迅速找人。如果不放下话筒喊距离较远的人,可用手轻捂话筒或按保留按钮,然后再呼喊接话人。如果你因别的原因决定将电话转到别的部门,应客气地告之对方,你将把电话转到处理此事的部门或适当的职员。如:"真对不起,这件事是由财务部处理,如果您愿意,我帮您转过去好吗?"

◆ **做好记录**

如果要接电话的人不在,应为其做好电话记录,记录完毕,最好向对方复述一遍,以免遗漏或记错。可利用电话记录卡片做好电话记录(见图 8 – 1)。

给 ________________

日期 ________________　时间 ________________

你不在办公室时

________________ 公司的 ________________ 先生 / 女士 / 小姐

电话 ________________

○ 电话　○ 请打电话回去

○ 要求来访　○ 还会打电话来

○ 是否紧急　○ 回你的电话

留言 ________________

____

图 8－1　电话记录卡片

3. **打电话**

◆ **时间适宜**

打电话的时间应尽量避开上午七时前、晚上十时以后的时间，还应避开晚饭时间。有午休习惯的人，也请不要用电话打扰他。电话交谈所持续的时间也不宜过长，事情说清楚了就可以了，一般以 3～5 分钟为宜。因为，在办公室打电话，要照顾到其他电话的进、出，不可过久占线，更不可将办公室的电话或公用电话做聊天的工具，这是惹人讨厌的行为。

◆ **有所准备**

通话之前应该核对对方公司或单位的电话号码、公司或单位的名称及接话人姓名，写出通话要点及询问要点，准备好在应答中使用的备忘纸和笔，以及必要的资料和文件。估计一下对方情况，决定通话时间。

◆ **注意礼节**

接通电话后，应主动友好，自报一下家门和证实一下对方的身份。应先说明自己是谁，除非通话的对方与你很熟悉，否则就该同时报出你的公司及部门名称，然后再提一下对方的名称。打电话要坚持用“您好”开头，“请”字在中，“谢谢”收尾，态度温文尔雅。若你找的人不在，可以请接电话的人转告，如：“对不起，麻烦您转告 ×××……”然后将你所要转告的话告诉对方。最后，别忘了向对方道一声谢，并且问清对方的姓名，切不可“咔嚓”一声就把电话挂了，这样做是不礼貌的，即使你不要求对方转告，你也应该说一声：“谢谢，打扰了。”打电话结束时，要道谢和说声再见，这是通话结束的信号，也是对对方的尊重。注意，声音要愉快，听筒要轻放。一般来说，让打电话的人先搁下电话，接电话的人再放下电话。但是，假如是与上级、长辈、客户等通话，无论你是通话人还是发话人，都最好让对方先挂断。

二、手机礼仪

1．遵守秩序

使用手机时不允许有意、无意之间破坏了公共秩序，具体来说，此项要求主要是指：

不允许在公共场合，尤其是楼梯、电梯、路口、人行道等人来人往之处，旁若无人地使用手机。

不允许在要求"保持寂静"的公共场所，诸如医院、音乐厅、美术馆、影剧院、歌剧院等大张旗鼓地使用手机，在体育比赛场馆，观看射击等比赛项目，运动员需要安静环境，这时也应注意使手机关机或处于静音状态。

不允许在聚会期间，例如开会、会见、上课之时，使用移动通讯工具，从而分散他人注意力。

2．注意安全

使用手机时必须牢记"安全至上"，否则不但害人，还会害己。

要注意以下几点：

→ 不要在驾驶汽车时，使用手机电话，或是查看寻呼机内容，以防发生车祸。

→ 不要在病房、油库等地方使用手机，免得它们所发出的信号有碍治疗，或引发火灾、爆炸。

→ 不要在飞机飞行期间起用手机，否则极可能使飞机"迷失方向"，造成严重后果。

3．置放到位

手机要放在合乎礼仪的位置，不要在未使用时将其拿在手中，或挂在上衣口袋之外，那样有招摇之嫌，一般应将手机放在随身携带的公文包内。

三、收发传真礼仪

传真机是远程通讯方面的重要工具，因其方便快捷，在现代商务活动中使用越来越多，可部分取代邮递业务。传真件也是一种普遍认可的文书形式，起草传真时应做到简明扼要，文明有礼。由于传真机使用非常普及，因而有其独特的使用规则。

1．规范操作

如有可能，在发传真之前，应先打电话通知对方，因为很多单位是大家共用一台传真机，如果不通知对方，信件就可能会落到别人的手里或因别人不知道是谁的信件而被丢入垃圾桶。

传真机有自动和手动两种方式。手动方式需接听传真电话的人给传真开始的信号，传送者在听到"嘀嘀"的长音后再开始传真文档。自动方式不需对方人工操作，在拨通传真电话后，在几声正常电话回音后，就会自动出现"嘀嘀"的长音，此后就可以开始传真文档。

不应用传真机传送太长的文件，由于传真机所用的纸张质量一般不高，印出的字迹可能不太清楚，要长久保存请将传真件复印。如果接收人需要原件备案，诸如一些需要主管人员亲笔签字的合同等资料，则应在传真后将原件用商业信函的方式寄出。

2．明确信息

为了明确传真的有关信息，正式的传真必须有封面，封面页一般较为正式，有的企业使用"填空式"或封面专用纸。发急件时应在封面正面页注明，因为有的大企业定时分批发送公函和信笺，如不标明急件，就容易被耽误。其上注明传送者与接受者双方的公司名称、人员姓名、日期、总页数等，如此接收者可以一目了然。如果不是非常正式的，也必须认真标明传真页码，如果其中某一张传真不清楚或是未收到，则可以请对方再将此页传一次。可以使用本企业名称的公文纸，并注明时间与日期。一般应在第一页写明接收人姓名、电话号码以及所在部门名称；如果需要，可写明发送人的姓名、传真号、电话号码及所在部门名称等。

3．注意保密

未经事先许可，不应传送保密性强的文件或材料，因为公共传真机保密性不高，任何刚好经过传真机旁边的人，都可以轻易窥得传真纸上的内容，所以传真件不能完全保密。因此，若是任何较私密的事，最好不用传真机传达，除非你想让事件变成"公开的秘密"。

4．行文礼貌

书写传真件时，在语气和行文风格上，应做到清楚、简洁，且有礼貌。传真信件时必须用写信的礼仪，如称呼、敬语等均不可缺少，尤其是信尾签字不可忽略，这不仅是礼貌问题，而且只有签字才代表这封信函是发信者同意的。

小贴士

传真礼仪要点

1. 在公司里不发私人传真稿件
2. 发送传真时应先向对方通报
3. 传真须有必要的问候和致谢
4. 收到传真后应当在第一时间内告知对方

四、收发电子邮件礼仪

电子邮件，即通常说的 E－mail，它是一种重要的通讯方式，因其方便快捷，费用低廉，深受人们喜爱，使用者越来越多，尤其是国际间通讯交流和大量信息交流更是优势明显。对待电子邮件，应像对待其他通讯工具一样讲究礼仪。

1．书写规范

虽然是电子邮件，但是写信的内容与格式应与平常书信一样，称呼、敬语不可少，签名则仅以打字代替即可。写电子邮件语言要简略，不要重复，不要闲聊，写完后要检查一下有无错误。因为，发出去的邮件很可能被对方打印出来研读，或是贴在公告牌上。写完后还要核定所用字体和字号大小，太小的字号不仅收件人读起来费力，也显得粗心和不够礼貌。写邮件时最好在主题栏写明主题，以便让收件人一看就知道来信的主旨。

2．发送讲究

电子邮件的发送有如下讲究：最好不要将正文栏空白只发送附件，除非是因为各种原因出错后重发的邮件，否则不仅不礼貌，还容易被收件人当作垃圾邮件处理掉；重要的电子邮件可以发送两次，以确保能发送成功；发送完毕后，可通过电话等询问是否收到邮件，通知收件人及时阅读；收到电子邮件后应尽快回复，如果暂时没有时间，就先简短回复，告诉对方自己已经收到其邮件，有时间会详细说明。

3．注意安全

电子邮件是计算机病毒重要的传染源和感染病毒的主要渠道，收发电子邮件都要注意远离计算机病毒。发送电子邮件时要注意尽可能不使邮件携带计算机病毒。因此，如果没有反病毒软件适时监控，发送邮件前务必要用杀毒程序杀毒，以免不小心把有毒信寄给对方，要是没有把握不妨用贴文的方式代替附加文档。

接收电子邮件时的安全问题更为重要，来历不明的信件必须谨慎处理，若不确定则最好删除。目前，一般计算机都安装有监控邮件病毒的反病毒软件，如金山毒霸的金山网镖、KV－3000 的病毒王等进行适时监控。由于监控软件考虑安全性较多，因此，许多正常邮件也会给出可能有病毒的提醒，需要及时判断处理，有时宁可损失信息也要果断删除一些可能含有病毒的不明邮件，以免计算机感染病毒。

此外，要注意定期及时清理邮件收件箱、发件箱、回收箱，空出有限的邮箱容量空间。及时将一些有用的电子邮件地址记下来，并存入通讯簿也是很必要的。

第四节　信函礼仪

　　信函通常指信件，它一般包括社交信函、商务信函、公务信函等。信函的格式和要求，各个国家有不同的标准。懂得信函的基本礼仪规则能体现我们的素养，助我们成功。

一、信函的一般礼仪要求

　　信函的格式和要求，各个国家有不同的标准，这里先介绍一下中国的信函及其礼貌用语，国外的信函礼仪在第九章涉外礼仪中有涉及。

　　信：是一种按照习惯的格式把要说的话用文字等符号写下来，给指定对象阅读的一种文书。信又称书信、信件等，是人们在社交活动中经常采用的一种交际工具。

　　书信可分为社交书信和公务书信两种。社交书信一般指私人间来往的信件；公务书信指用在公务活动中的各种信件，如介绍信、证明信、保证书、申请书等。函，原义是指信的封套，后转义将别人来的信件尊称为"函"。函，目前是我国行政机关确定的公文的一种，用于平行机关或不相连隶属机关之间商洽工作、询问和答复问题时使用的一种公文。

　　上级机关对下级机关有所询问或答复询问时也可以用函。函可分为公函、便函两种。公函，是指按照正规公文手续处理较重要问题时所使用的函件，它有完备的公文格式。便函，则是指处理一般性事务时所使用的函件，它行文较自由，格式要求不太严格。

　　信函的格式通常包括称呼、正文、署名、日期以及信封等几部分。

1. 称呼

　　称呼表明发信函者与收信函者之间的关系，要求在第一行顶格写，称谓要使用礼貌用语，并加上冒号，表示下面有话要说。

2. 正文

　　正文是信函的主要内容，正文通常包括问候语、起始语、正文主体、结束语和祝颂语五部分。

◆ 问候语

正文通常以问候语开头，问候对方是书信中的一种礼节礼貌，它体现出发信函者对收信函者的一种关切。书面问候与口头问候语有所不同，书面问候语一般比较简洁文雅，常用的书面问候语是"您好"、"近好"、"新年好"等，问候语一般在称呼之下另起一行空两格书写，并自成一段。

◆ 启始语

启始语是在正文开始之前的引子，通常是表达双方之间互通信息情况、情感、思念、钦佩、关切、问安、祝贺、致谢、致哀等。试举几例如下：

→ 表情感：惠书敬悉，甚以为慰；久不通函，甚是为念；数封手书，热情诚挚之情溢于言表。

→ 表思念：见信如面，分手多日，别来无恙；鸿雁传书，千里咫尺，海天在望，不尽依依。

→ 表钦佩：奉读大示，向往尤深；新作拜读，敬佩之至。

→ 表时令问候：春光明媚，想必合家安康；气候多变，起居何似？

→ 表问安：闻君贵体欠安，甚念。

→ 表自述：贱体初安，可请勿念。

→ 表贺喜：喜闻足下新婚燕尔，特申祝贺。

→ 表致谢：承赐忠喜，心感至极。

→ 表致歉：久未通信，甚以为歉。

→ 表致哀：惊悉×老不幸逝世，不胜哀悼。

◆ 正文的主体

这是发信函者要书写的中心内容，无论中心内容是什么，在书写时都要注意语言的表述，一要真诚，这是书写信函的关键；二要得体，即合双方的关系及实际；三要简洁，即语言精练、简洁，字迹工整、清楚，切不可字迹潦草；四是表述要准确。信函的内容一旦跃然纸上，发给对方，便是"君子一言，驷马难追"，故对表述内容要仔细考虑，三思而后写，切不可草率下笔。

◆ 结束语

结束语通常是总结全篇，表达书写者的情感和意图等。俗话说："编筐编篓，全在收口"，有礼貌的结束语会令人回味。结束语的内容常用于请托、承诺、婉辞、请教、商讨、馈赠礼物、邀约、催办、附言、代言以及其他客套用语等。试举几例如下：

→ 表请托：拜托之处，乞费神代办，不胜感激。

→ 表承诺：托付之事，不敢忘怀，敬请放心。

→ 表婉辞：所托之事，能力所限，无法奉命，尚希见谅。

→ 表请教：拙作幼稚，恳请大加斧正。

→ 表商讨：相见以诚，请恕不谦。

→ 表赠物：千里鹅毛，聊表寸心。

→ 表邀约：祈望一会，共叙友情。

→ 表催办：如蒙速复，不胜感激。

→ 表情感：言不尽思，再祈珍重。

◆ 祝颂语

祝颂语是对对方的一种祝福、祈愿。祝颂语可分为两部分，第一部分是一般祝颂语，常紧接正文之后写或另起一行空两格书写；第二部分是特殊祝颂语（专门祝颂语），一般要根据具体情况来选择使用，常另起一行顶格书写。

表 8 - 3　常见祝颂语

一般祝颂语	专门祝颂语	针对对象、环境等
此致、此祝 此询、此贺 此问 祝好 敬祝、敬贺 敬询、敬候 恭祝、恭请 恭问、恭贺 恭候 顺祝、顺贺 顺询、顺问 顺颂 肃颂、肃清 谨祝、谨贺 谨问、谨请 即颂、即请	敬礼、礼、日安、近安、近祺、刻安、日绥、近绥、时绥、顺意、万事如意、万事皆佳	一般性问候
	大安、金安、崇安、荣寿	长辈、尊者
	春安、夏安（暑安）、秋安、冬安 春祺、夏祺、秋祺、冬祺	四季
	新喜、春喜、新年好	新年、新春
	撰安、撰祺、著安、著福 文安、文祺、教安、教祺 编安、编祺	作家、学者 教师、编辑 等知识分子
	学安、学祺、进步	学生
	勋祺、勋祉、戎绥、戎安	军人
	痊安、愈安、健康、早愈	病人
	旅安、客安、行安、游安	出门远行者
	俪安、俪祉	夫妇
	阖家欢乐、阖府康福、合家安好	全家人

祝颂语是一种礼貌用语，常用的祝颂语参见表 8 - 3。

3. 署名与日期

署名和日期一般都写在祝颂语下一行末端处。署名占一行，日期另起一行，在末端处紧接上一行署名下书写。

署名也有谦称，敬称等。如果是给朋友、同学的信函，可直接署上自己的名字或用习惯的自称，如：王刚、小王、刚等。如果是写给父母长辈的信函，通常在署名前加上相应的自称，如：小儿(小女)、儿子(女儿)等。如果是长辈给晚辈的信函，一般只署自称，如：爸爸、妈妈或者说父字、母字等。如果是夫妻间的书信，则可随意，或署名，或自称，或爱称皆可。如果是普通的私交信函，则应郑重起见，以示尊重。如是学生给老师的信函，则可署：您的学生×××，后面还要写上敬上、谨上等，以示尊敬。如是公务信函，则可在署名前加上单位或内部科室名称，然后再署全名，有的也可在名称前署上自己的职务、职称等。

日期一项则书写当日时间或确切时刻，也可在日期一栏加上写作地点，如：1998 年 1 月 30 日于半壁斋。

4. 信封

中国的信封有国家的统一标准、统一格式，信封上的内容包括收信人的邮政编码、收信人的详细地址、收信人姓名、寄信人详细地址、寄信人姓名及寄信人邮政编码。中国的标准信封长 22 厘米，宽 11 厘米，封面左上角为邮政编码和收信人详细地址，右上角为贴邮票处，中间为收信人的姓名和收信人详细地址，下面为寄信人详细地址、寄信人姓名、右下角为寄信人邮政编码。

信封上的邮政编码和地址、人名一定要写准确，地址须写省、市、单位或区(县)街道的全称，不能写简称，字迹要工整、清楚，不能潦草，以便于邮政人员辨识以及微机检索。

二、商务信函的礼仪规则

在现代商务活动中，商务信函依然是商务通讯的基础和重要内容之一，传真件、E – mail 等通讯文件的书写依然要遵循和借鉴书信礼仪规范，书面商务信函仍然是普遍承认的具有法律效力的经济交往工具，因此，商务书信礼仪的地位仍然很重要。商务信函的礼仪规则如下：

1. 格式正确

商业信函应使用印有公司名称的专用纸，质量应尽可能优良。这种纸张一般只用于公司业务，不书写私人信件，以免收信人在阅读全文之前分不清来函的性质。所有信函的结构，大体都分三部分，即：开头、正文与结尾。开头是收信者和主题；正文用于说明和讨论问题的细节；结尾则说明发信人将采取何种行动或希望对方采取何种行动以及落款和日期。信函格式应美观大方，不可密密麻麻一大片，令人看而生厌，要留足页边。段落要有长有短，句型要参差有致。重点地方不妨加框，采用列表形式，或使用黑体字、斜体字，给人以美感。

2. 称谓得体

称谓也叫称呼语，信函的称呼语要准确，符合寄信人与收信人的特定关系，要正确表现收信人的身份、性别等。称呼语使用不当，可能会得罪人，也可能使收件人没兴趣往下看信件的具体内容。

要正确使用对方的姓名与头衔，这是一个重要的礼节问题，一般平时对对方称呼什么就写什么。在格式上，称呼语在信的第一行起首的位置单独成行，以示尊重。如果是自己尊敬的领导和长辈要写成"尊敬的某某"，写给非亲属的长辈、业务伙伴，一般在姓氏、名字或姓名后加职务、学衔或职称，如：张经理、卫国书记、赵志坚博士、王工程师等。中国人习惯称职务，欧美人一般愿意被称呼学衔，如果不知道对方的姓名和头衔，在发函前最好先打电话询问收信人的姓名与头衔。

一般称女性为"小姐"是可接受的称呼，公函上常用。如果对方喜欢被称作"夫人"，那就称呼"夫人"，如果弄不清称呼"夫人"还是"小姐"时，不妨统称"女士"，不到万不得已不写"亲爱的先生/小姐"和"致有关人士"的称呼，这等于告诉对方，你连他是谁，是男是女都尚不清楚。如打听不到收信人的姓名，可以用职务等中性名称代替，比如称对方为经理、代表之类，并在前面加上其公司或部门的名称。如果从姓名上判断不出对方的性别，可称其全名，在前面加上"尊敬的"而略去"先生"、"小姐"等字样。

3．内容得当

正文是商务书信的主体，即写信人要说的话，要交代的事情。正文一般从信的第二行前面空两格开始。书信尽管内容写法各不相同，但是都要表情达意，以具体准确为原则，要字迹工整、言之有物、语句通顺，还要措辞得体，根据收信人的特点和写信人与收信人的关系来进行措辞。应避免写错字或打字错误，这不仅不礼貌，还会给人粗心的印象。恰当驾驭语言文字能产生影响力，即使是书面联系也能对他人的感受和行动产生久远的影响，并能通过语言文字的魅力给对方留下好感。有时，即使对方不同意你的意见或建议，也会对你流利的书法、通畅的文字和彬彬有礼的态度留下深刻的印象。内容要丰富，但应尽量简练，避免重复，重复表述相同的意思容易引起混乱。用词也应尽可能简练。

4．语言规范

含有性别歧视或易产生歧义的词语不宜使用，要从收信人的角度突出说明："他为什么要关心此事？"，"这事与他有什么关系？"以及"这对他有什么好处？"让读信人一开始就进入角色。要开门见山，把最重要的内容写在最前面，对收信人可能提出的问题应尽量先做回答。这样，即使收信人看了一半时中断阅读，也会了解书信的基本内容。书信中使用反面或否定的语言显得粗鲁，极易使人产生受责备的感觉，因此，要尽量使用正面、肯定的词语。用正面而有礼的表达方式可以增加亲切感，使人更容易接受。如：有利、得益、慷慨、成功、务请、为您骄傲等都是正面词语，而失误、遗憾、软弱、疏忽、马虎、无能、错误，等等都是反面词语。比如，要求对方及时送来报告，写成"请按时将报表寄来"，比"这份报表不可延误"来得婉转。还要正确使用过渡词语，如："因此"、"所以"、"此外"、"例如"、"仍然"、"然而"、"其结果是"、"更有甚者"等，可使文字显得流畅，但不宜滥用，以免啰嗦。注意使用正确的语法、拼写和标点，在这些方面出差错会给人以不好的印象，虽然这些都是小节，不能据此对一个人作出判断，但让人找出错误说明写稿人工作马虎，也显得对对方不够尊重。

此外，商务信函的语气要亲切、直接、自然，像面对面说话一样。

5. 结尾讲究

商务信函的结尾部分一般要有结束语、致敬语、署名或签名，以及日期。结束语如："特此函告"、"专此说明"等，致敬语如："此致敬礼"、"顺致发财"等。署名、签名可并用，也可签名单独用，函件一般还需要加盖公章。人们很重视亲笔签名，有人接到信后还要仔细辨认亲笔签名还是签章。

6. 仔细审校

使用电脑写信时最好打印出一份草稿以便审校，因为有些错误从荧屏上看不出来。如能有人代为审校，那就效果会更好。另外，审校时最好能大声念读，要是听起来不顺耳，则接信人阅读时肯定也不会满意。为避免出错，商务信函写好后最好先核查一遍再寄出。信件在寄出之前，在可能的情况下，最好"凉"上一两个钟头，或等到第二天上班或午饭以后再投递，以便能在冷静下来时再看一遍，看看还有没有不妥之处。比如：用词是否得体，表达是否清楚，要设身处地地替接信人考虑。

三、特种信函礼仪

1. 柬帖的礼仪

柬帖是一种礼貌性的书面通知，在我国古代，人们每遇到重大事件，均以文字请友邀亲，用来表示敬意和隆重，这就是所谓的请柬或柬帖。如今，人们举行宴会、酒会、茶话会、招待会、舞会、婚礼，以及各种专题性的活动，如：博览会、订货会、展销会、联欢会、新闻发布会等，都用柬帖邀请各界宾朋。当然，邀请宾朋的方式很多，如打电话、写信等，但是，柬帖这种方式比较正式、礼貌，显示了对所邀宾朋的重视和尊重，是一种比较流行且很受欢迎的社交方式。

请柬的形状、大小可根据各自喜好自行确定，没有统一标准。请柬最好自己设计、制作，极具纪念意义。其基本格式包括以下几个部分：①封面。颜色、图案可自行设计，封面上写明"请柬"二字。②称谓。与信函称谓基本相同。③正文内容。主要包括活动性质、规格、活动时间、地点及其它有关事项。④祝颂语。与信函的祝颂语基本相同，但较之于信函要简单些，最常用的祝颂语是"敬请光临"。⑤署名和日期。与信函相同。

请柬是一种比较正规、隆重的文书，是一种具有特殊意义的书信，常为应邀者当作纪念品收藏，因此，发请柬者一定要注意请柬的设计、制作，因为它代表着你对所邀者的真诚、重视，也体现着你自身的形象。请柬上的文字最好由发柬者自己书写。请柬一般应提前四至十天寄出或亲自送达，以便受邀请者及早做出应邀与否的决定或准备。

2. 贺卡的礼仪

贺卡已经发展成为一个专门的通信门类，它被广泛运用于现代社交礼仪中，使用方便而且外观精美。近年来，加上其使用风行南北，尤其是新年、圣诞节前，寄发贺卡成为人们文化生活中交流感情的重要内容。

◆ 贺卡的形式和名称

贺卡多是双面折叠式的，印制精美，多为 32 开的，也有较小的贺卡，但较大幅的贺卡也越来越常见。贺卡越做越大，其实是受了"礼大情深"的观念影响，贺卡大了，不仅显得更精美、华贵、气派，也显得送卡人情真意切。

贺卡有横式和竖式之分，但常见的贺卡多是竖式的，且文字大都横排，除非是设计的需要才竖排。封面是贺卡的门面，设计精美，且文字多用烫金等手段修饰。但贺卡不像请柬，一般不印"贺卡"、"圣诞卡"、"情人卡"等名称，而是写上"新年快乐"、"圣诞快乐"等字样来表示种类，以之来喻示贺卡的名称。相对封面来说，里面比较素雅，一般很少有大红大紫。里面一般也有文字，通常是因不同种类而选择的祝贺文字、情言心语，并留有一定的空白，供寄卡人写上自己的亲笔祝词。封底常有两种形式，一种是与封面相连，一种是素色。

◆ 贺卡使用礼仪

绝大部分贺卡都和时间有着密切关系，当我们采用贺卡时，记住准确的日期很有必要，新年、圣诞如此，生日、周年纪念日等更要十分在意。我们可以在台历、年历手册中把重要的日期和人名都填写好，并经常翻看，及时把贺卡寄出。

生日贺卡是祝福生日用的贺卡。每当亲朋好友过生日，寄上一张生日贺卡，往往可以维系亲情，增进友谊。音乐贺卡中，以生日贺卡居多，这种生日音乐卡在打开时放出优美的生日祝福音乐，有的还有与整个图案相协调的彩灯，可谓是形色辉映、声情并茂。

周年纪念贺卡也能表现出多方面的礼仪。这里说的周年，有订婚、结婚的周年，毕业、获得学位的周年以及其他值得纪念的日子。其中最突出的是结婚纪念日，这对于夫妻及其家庭都是个重要的日子，尤其是逢整数的日子。

新年贺卡和圣诞贺卡是最多见的贺卡。新年贺卡几乎是全世界都使用的贺卡，每逢新年来到，一张贺卡寄上我们对新的一年的祝福，会使人感到特别温馨，新年贺卡中镌印的文字不尽相同，这些文字往往是为适应不同的人而设置的。除新年之外，我们民族的传统节日——春节，也是寄贺卡表达情意的一个好时机。对于那些新年忘记或来不及寄贺卡的，春节时补上一张，既不失礼，也显得自然。圣诞卡原本也是新年贺卡的一种，在西方很流行，这些年在我国也时兴起来，它虽然与新年卡基本相同，但是祝福内容不同。

西方情人节有情人卡，这些年也逐渐在我国都市流行了起来，比起其他的卡来说，这种卡无论封面封底，都显得温情脉脉，由于这种卡的对象特殊，所以追求华丽、贵重。

◆ 贺卡的选定礼仪

我们使用贺卡时，除了记住寄卡日期适时寄出外，还要精心挑选贺卡亲自题词。贺卡虽小，却满含情意，要依据不同的对象选择不同的贺卡。比如，给朋友的贺年卡，要温馨一些，给长辈或老师的要古朴一些。从贺卡的外观到印在上面的文字，都要精心挑选，否则会适得其反。另外，无论印制的多么精美、华贵的贺卡也不能完全表达情意。这时，我们应该在贺卡适当的地方写上几句祝福或心语，哪怕只是几个字，都会顿时提高其情感的含量。

3. 便条的礼仪

便条是日常交际的轻便通讯工具，包括便笺和留言条。与一般书信相仿，便条的使用范围很广泛，几乎不受限制。

◆ 便笺

即便函，俗称便条，其书写要求和格式与一般书信大致相同。特点是：文字简短，内容单一。便笺的内容，如果是告知对方某一日常生活事宜的，虽三言两语却情味隽永；若是就某一问题发表意见的，应有真知灼见，写得言简意深；如果拜托对方帮办某一具体事情的，宜礼貌周全、简洁明确。

◆ 留言条礼仪

留言条，是一种临时性的书面留言，通常在访问未遇或在日常交往中未见对方而有事要告知对方时所书写的一种便条。

应该说，留言条上的内容，一般都比较简单，写起来也是开门见山，可以把要说的事情写在纸条上，也可以只把再联系的时间、地点、方法提出要求或建议，而不写具体事项。

如果是给从未见过面的人留条，应该比较郑重，可按一般书信的要求和格式书写。如果比较熟悉的好友，那么，留言条的写法就有较大的自由性，可以活泼，可以简单，可以语言幽默些，惟以对方能够完全理解为原则。尤其关系密切的双方，往往有某种默契，更无须对留言条的写法以及遣词用语做严格的规范要求。

四、涉外书信礼仪

在涉外交往过程中，信函的使用频率较高。涉外信函一般可分为三种类型：公函、商务信函、社交信函。

在国际交往中，尤其是"官方外交"中，公函通常称为礼仪文书。常见的有贺函、贺电、感谢信、感谢电、感谢公告、邀请函、邀请电、复函、慰问函、慰问电、唁函、唁电、国书、照会、备忘录、全权证书、授权证书、委任书等。

商务信函通常是工商企业与贸易合作伙伴间往来文书。常见的有意向书、询问信函、订购信函、信用调查信函、索赔信函、理赔信函、申诉信函、催款信函、推销信函、货物保险信函等。

社交信函是在社会交往中的私人信件、感谢信、求职信、贺信、贺电、唁电、唁函等。

1. 国际标准化信函的规定

国外的信函与国内的信函有所不同。我国政府规定从 1989 年 7 月 1 日起实行国际标准化信函（见图 8 - 4）。

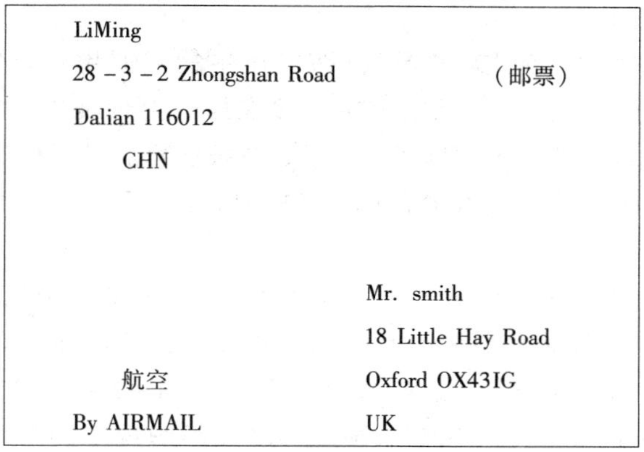

```
LiMing
28 – 3 – 2 Zhongshan Road          （邮票）
Dalian 116012
     CHN


                          Mr. smith
                          18 Little Hay Road
     航空                   Oxford OX43IG
     By AIRMAIL           UK
```

图中左上角为寄信人名址，左下角为特种邮寄说明，右上角为贴邮票处，右下角为收信人名址。

图 8 - 4

其具体规定如下：

→ 信封规格尺寸。信封的最小尺寸：长 140 mm，宽 90 mm，最大尺寸：长 235 mm，宽 120 mm，信函的最大厚度：5 mm。一封信函的最高重量是 20 克。

→ 收信人姓名、地址，应写在信封正面（与信封长度平行的长方形位置内），至少距信封左边 40 mm，距右边距 15 mm，距底边 15 mm。收信人名址书写顺序为：收信人姓名、门牌号码和路名、邮政编码、城市（地区）名、国名。名址均应用英文、法文或寄达国通晓文字书写，国名用大写字母。

→ 寄信人姓名、地址，应写在信封的左上角，或写在信封背面的上半部。其书写顺序与收信人名址相同。名址除国外必须用英文、法文或寄达国通晓文字书写外，其它可用中文书写，也可用外文书写。

→ 收信人和寄信人的名址，必须用蓝色或黑色书写，不得用红色书写。

→ "透明窗信封"。即在信封的寄件人名址位置（信封右下方位置，至少距信封上边 40 mm，右侧边、下边各 15 mm 位置），开一开窗，上面贴有薄纸，透过天窗可以看到信封内的收信人姓名和地址。

2. 中英信函上的差异

国外的信函在格式、用语、文字等方面标准不一。不过各个国家都在逐步地与国际准确化信函的要求接轨。

英文的信函格式具有一定的代表性。通常，英文的信函由信头、日期、受信人姓名和地址、称谓及客套语、正文、信尾结束礼语、署名等组成。下面我们仅介绍英美国家在信函格式、礼仪上与我国较为明显的几点不同之处。

◆ **信头**

信头是国外一些国家（如英、美等国家）在书信中的习惯用法。信头包括发信人单位姓名、地址、电话、电报挂号。商务信函的信头一般在第一页信笺右上方位置。信头的格式是先写发信人的单位名称或姓名，再写地址、电话、电报挂号。地址先写住所名称、门牌号码、街道名称，然后写住所所在地区或城镇名称、邮政编码，接着写州、郡或省名、国家名称。

◆ **日期**

商务信函的日期通常放在信头下面。社交信函、官方外交公函的日期通常放在信函的末尾处（发信人签名下面）。日期通常采用世界通行的公历表示。日期写法有英式、美式、国际标准化规定三种。英式日期按日、月、年顺序书写，如 1（st）March，2005.；美式日期按月、日、年顺序书写，如 March 1（st），2005.；国际标准化组织规定的简写方法为年、月、日，一位数的月、日前加"0"如，2005.03.01.

◆ **信内地址**

它包括收信人的姓名和地址，写在信笺的左上角。其书写格式通常为第一行为姓名，第二行为职位、头衔，第三行为收信人的单位名称，第四行以下为门牌、街道、地名、州（省）名、邮政编码及国名。门牌、街道之间不用标点符号，地名与国名间用"逗号"。如无特定收信人，则在以人名为公司名称的前面，冠以 Messre 一词，例如 Messre · Smith&Co.。非人名公司及有限公司则不可冠用 Messre。而要加冠词"The"，如 The National Transport Company。

◆ **称谓**

指是的写信人对收信人的称呼。一般写在信内地址下面空 2 行至 4 行并另起一行与收信人姓名齐头处。英文书信的称谓要视对方的身份、性别、人数及亲疏程度等来确定，其正式程度层次排列（见表 8 - 5）。

表 8 - 5　收信人的称谓

程度 ＼ 性别	男 性	女 性
最正式	Sir；	Madam；
正式	Dear Sir； Gentlemen；	Dear Madam； Dear Mrs. Rich
亲密	Dear Mr. Jones； Dear Johnson； Dear Dan；	Dear Alice；

◆ **签名**

签名一般位于结束礼语的下方。签名在社交信函中通常只是一种礼仪形式，但在正式公函和商务信函中，它还具有法律效力。签名一般用钢笔签，注意保持稳定签名风格，以免他人以假乱真。若亲笔签名字迹太潦草，不易识别，通常还需在下面打字注明拼法。

第五节　会谈礼仪

会谈的形式多种多样，常见的有领导人之间单独会谈，有少数领导人及其助手与来访者进行的不公开发表内容的秘密会谈，有的是就有关重要而又复杂的问题，有关官员进行预备性问题等而举行的正式会谈，也可称为谈判。

一、确定会谈的时间、地点、人员

会谈的时间、地点由双方协商确定。会谈的人员应慎重选择，会谈的专业性较强，一方面要求有专业特长，另一方面还要考虑专业互补和群体智慧。会谈人员既要懂得政策法律，又要能言善辩，善于交际，应变能力强，并确定主谈人和首席代表。

二、会谈的座位安排

涉外双边会谈通常采用长方形或椭圆形会谈桌。多边会谈或小型会谈也可采用圆形或正方形会谈桌。

不管什么形式，均以面对正门为上座，宾主相对而座，主人背向门落座，而让客人面向大门。其中主要会谈人员居中，其他人按着礼宾次序左右排列。

这里需要说明的是，许多国家把译员和记录员安排在主要会谈人员的后面就座。我国习惯上把译员安排在主要谈判人座位的右侧就座，这主要取决与主人的安排，常见的会谈座位（图 8－6 到图 8－7）

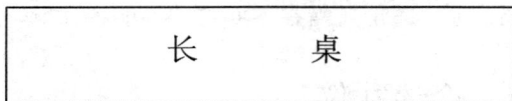

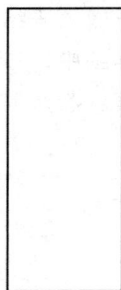

图 8－6   图 8－7

如果是多边会谈，可将座位摆成圆形或正方形。

此外，小范围的会谈，也可只设沙发，不摆长桌，按礼宾顺序安排（见图 8－8）。

图 8－8

三、国旗悬挂

伴随着我国加入 WTO，双边、多边的经贸往来必将日趋频繁，在会谈、签字仪式上需要悬挂代表国的国旗。

国旗是国家的一种标志，是国家的象征。悬挂国旗是一种外交礼遇与外交特权。人们往往通过悬挂国旗，表示对本国的热爱或对他国的尊重。

1．悬挂国旗的要求

悬挂双方国旗，按照国际惯例，以右为上，左为下。应记住以挂旗人为准，"面对墙壁左为上，右为下。"挂旗时，挂旗人必然面对墙壁，这时左为上，悬挂客方国旗，右为下，挂主方国旗。所谓主客标准，不以在哪国举行活动为依据，而以举办活动的主方为依据。如外国代表团来访，东道国举办欢迎宴会，东道国是主人；外国代表团答谢宴会，来访国是主人。

由于国旗是一个国家的标志与象征，代表一个国家的尊严，所以挂国旗时，一定不能将国旗挂倒。

2. 常见的挂旗方法

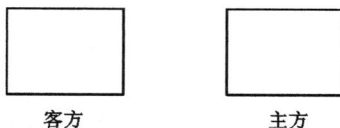

图 8 – 9　两国国旗并挂

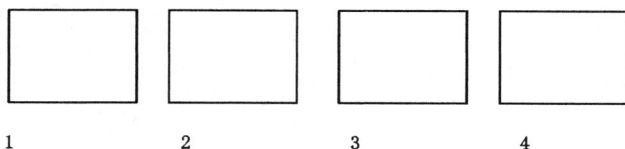

图 8 – 10　三面以上国旗并挂

注：多面并列，主方在最后。如系国际会议，无主客之分，则按会议规定之主宾顺序排列。

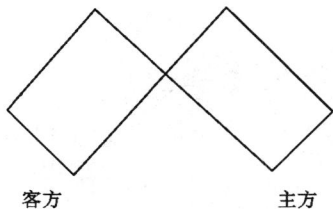

图 8 – 11　交叉挂

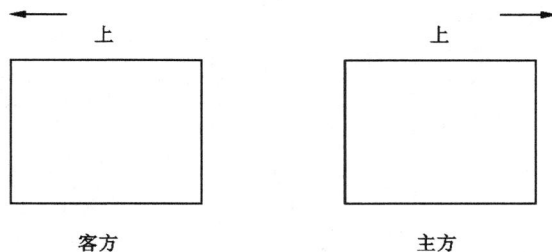

图 8 – 12　竖排（客方为反面，主方为正面）

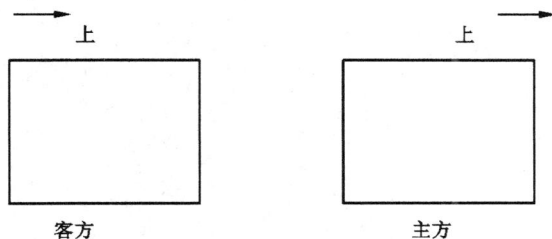

图 8 – 13　竖挂（双方均为正面）

第 9 章
公共场所礼仪

　　在社会生活中，每个人都有一定的社会性，除了个人生活、家庭生活外，人们必须走出家门，参与社会活动。当你置身于公共场所时，应当遵守社会公共道德，遵守公共场所的礼仪规范，这是人们在现代社会交往中应具备的基本素质。

　　公共场所是人们进行各种社会活动的公共活动空间，具有公用性和社会性两大特点，为全体社会成员服务。在公共场所，与他人相处，应当彼此礼让、包容、互助。

　　作为一名社会人，在享受公共场所便利的同时，必须遵守公共场所的有关行为规范，做到既利人又利己，从而树立自己良好的公共形象。

不和谐的手机声

　　2000年奥运会是中国金牌最多的一次，中国运动健儿的出色表现征服了各国观众，但某些中国人的不文明习惯却给他国运动员、记者留下了不好的印象。有媒体报道，中国记者团几乎每个人都配备了移动电话，铃声是非常特别的音乐，在很嘈杂的场所也可以清楚分辨是不是自己的电话。但在射击馆里，当运动员紧张比赛的时候，这种声音就显得特别刺耳。组委会为了保证运动员发挥出最佳水平，在射击馆门前专门竖有明显标志：请勿吸烟，请关闭手机。也不知是中国的一些记者没看见还是根本不在乎，竟没有关机。其实，把手机铃声调到"振动"并不费事。王义夫比赛时，有中国记者的手机响了，招来周围人的众多的唏嘘声和不满的目光。有外国人轻轻说："这是中国人的手机！"在陶璐娜决赛射第七发子弹的关键时刻，中国记者的手机又一次响了……

（参见张岩松：《现代交际礼仪》，经济管理出版社，2006年版）

第一节 观看礼仪

> 无论是到展览馆、戏院、剧院还是在体育场观看演出，都是一项高层次的雅致的休闲活动，做一名懂礼有德的观众，是对作者、演员、运动员的尊重，只有这样才能真正享受到艺术的美感和高超的技艺，并体现出观众的良好素质。

在各类公共场所，必须注重礼仪规范，维护公共场所的气氛，遵守公共场所的秩序。

一、参观博物馆和美术馆礼仪

博物馆和美术馆是高雅的场所，人们前去参观可以增长知识和提高艺术修养，因而，在这类场所更要讲礼仪。

进博物馆和美术馆要将大衣、帽子及旅游携带的杂物存放在衣帽间，不要戴着帽子或食品杂物进入展览厅，一边参观一边吃零食是不文明的举止。要吸烟、喝饮料、吃东西可到休息室去。

展览厅内要保持安静的环境和良好的学术气氛，对讲解员的解说要专心倾听，遇到不懂的地方或问题，可向他（她）请教，当然也不要问个没完没了，惹人生厌。参观时不要对展品妄加评论，如果你很欣赏某件作品，在不妨碍他人的情况下可以多观赏一会儿；如果别人停住欣赏某件展品，而你不得不从他前面越过时，一定要说声"对不起"。

参观时要爱护展品，不要用手抚摸，以免损坏展品；还要注意不要让孩子不小心碰坏展品或展厅内的设施。博物馆和美术馆为了保护展品及维护自身的权益，一般都禁止参观者摄影，即使允许照像，也禁止使用闪光灯，因此，参观时要注意遵守有关规定。

1. 剧院的礼仪

歌剧、芭蕾舞剧院的礼仪与戏院礼仪略有差异。首先，开演后迟到者要等到幕间休息时才能进场，这期间只能在场外的闭路电视中看演出。其次，鼓掌应等歌声结束时，精彩唱段结束或舞蹈结束时鼓掌。在一些国家，还伴有喝采声，有时激动得站起来，但这要看当时情况，如大家都不站起来，也不要一个人站起来。演出片断后的鼓掌，也应视情况而定，应尽快止息，以免打断或影响后面的演出。几年前，意大利著名歌唱家帕瓦罗蒂来京演出，歌迷为之倾倒。在演出大厅里，掌声和欢呼声甚至压倒了艺术家雄厚的噪音。演出从始至终，观众无不站立，挥动手中节目单，这虽表示了观众的热情，但这种观赏方式也显得有些过火。在观赏传统的歌剧、芭蕾节目时，应考虑到这些传统艺术需要典雅环境，这与看现代爵士乐、摇滚乐队的表演时，观众可以吹口哨、发怪声的情形，（演员激动的情绪与疯狂观众配合的环境）是截然不同的。

2. 音乐会礼仪

西方人士把出席音乐会视为一件高雅而庄重的事，因而出席音乐会的服饰很讲究。男士西装革履、打领带，女士则要穿上礼服并化妆，衣冠不整进入音乐厅，必定会令人侧目。

听众均应于音乐会开始前入座。一旦演奏开始，听众就将被禁止入内，而只能在门外静听，等候中场休息时方可入内。音乐会上不允许中途退场。

音乐会上要保持肃静。观众来到音乐厅入口处则应停止说话，脚步放轻，任何惊动场内观众的言行都是失礼的。因而，在音乐会上不许交谈、打呵欠，甚至是咳嗽和翻动节目说明书。

每支乐曲演奏完毕，听众应以掌声向演奏者致谢。但一曲未了或乐章之间不应鼓掌，否则就如同中途打断别人的讲话一样，只会显示出自己的无知。如果某人或某组器乐演奏特别精彩，观众经久不息的掌声要求他再来一曲是可以的，但不宜连续多次。

演出结束后可向演奏者献花，但在音乐会演出中途登台献花是不适宜的。演出结束后，听众应在座位上停留片刻，不要急于退场，待演奏者谢幕时，全场应起立鼓掌，以示尊敬，然后方可有秩序地退场。

3. 电影院的礼仪

在电影院看电影较在剧院、音乐会上的礼仪要求相对松一些，但仍要求言行举止文明。具体做到：一是在售票处购票时要排队；二是进入电影院时，主动出示票，并对号入座；三是影院中不穿背心、短裤、拖鞋；四是不要随地扔瓜皮果核，不要吸烟；五是情侣们不要过分亲热，既不雅又挡他人视线；六是在看电影的过程中不要喧哗，交谈和叫好；七是应等影片结束影院亮灯时才起身离开。

4. 歌舞厅的礼仪

改革开放后，中国的歌舞厅出现在大街小巷。如今，商业界晚上开展业务性应酬活动的地点多选择轻松自在的歌舞厅。在歌舞厅应注意的礼仪：一是服饰上可更艳丽，化妆可采用浓妆；二是男士应尽可能多邀请同去的女士跳舞；三是对于客人的邀请，不管是否会跳，应表现出乐于陪同，礼貌迎合；四是执行客人点歌曲目，应征求客人的喜好；五是对演员和服务员要用语文明、举止得体；六是在客人尽兴时，提出结束玩乐。

5. 体育场的礼仪

观看体育比赛要注意以下礼仪：

◆ 衣着

体育场所中的衣着一般是非正式的，以穿着适时、舒适为主，尤其是秋冬季的室外赛场，优先考虑的应是保暖。在室内体育馆里，坐在包厢里的观众通常比坐在看台上的观众要穿得正式，如果着运动装，也要求整洁大方。场内观众着装更随意。

◆ 入座

应准时到场，以免入座时打扰别人。观看比赛时，不能因情绪激动而用脚踩着座位看。

◆ 遵守秩序

观看体育比赛时要注意讲文明。你可以在比赛中为你所喜爱、支持的运动员和运动队欢呼呐喊，但不要辱骂对抗的一队，以免和另一队的支持观众发生争执，或被警察"保护"出场，更不要因不满赛况而向比赛场中投掷杂物，攻击裁判等。

◆ 照顾他人

和在其他公共场所一样，体育比赛中若想吸烟，要注意场内是否允许并要取得周围人同意。比赛期间不要频繁进进出出地买饮料、入厕等，以影响其他观众。啦啦队、球迷队的欢呼助威也要顾及他人的观看。

◆ 退场

如果赛后有要事，可在终场前几分钟悄悄离去。若等到赛完才离去，就要按顺序退场，不要互相拥挤，以免人多发生意外。

第二节 出行礼仪

人们出行大多处于公共场所，而公共场所是社会成员进行活动的处所，具有公用性和共享性的特点。人们在这些公共场所走路、乘车、乘船、乘机、旅行、住宿，都应该遵守相应的礼仪。做到既利人又利己，从而树立良好的公共形象。

一、步行的礼仪

无论外出到什么地方，借助何种交通工具，都离不开步行。在公共场所步行，更能体现一个人的礼貌修养程度。

1．行路文明

遵守交通规则是步行安全的重要保障。城市的交通法规对行人和各种车辆的行驶均有严格的规定，人人都应自觉遵守。穿越马路时，一定要从人行横道走过去，并注意红灯停、绿灯行，不可随意穿越，不可低头猛跑，更不可翻越栏杆，要注意避让来往车辆，确保安全。在有信号指示或交通警察指挥的地方，一定要遵守信号和听从指挥。

在行走之时，走路的姿势要端庄，不要弓腰、低头，不要东张西望，不要摇头晃脑，也不要哼着小调或吹着口哨。两人走路时不要勾肩搭背，多人走路时不要倚仗人多而无所顾忌，高声说笑或横占半个马路而影响他人行走，应自觉排成单队或双队。男女同行时，通常男子应走在女子的左侧，需要调换位置时，男子应从女士背后绕过，不要胳膊相挽而行，不要亲热得拥在一起行走。

在陪同客人时，随行人员，应走在客人和主陪人员的后边。负责引导时，应走在客人左前方一两步远的地方和客人的步伐一致，遇到路口或转弯处，应用手示意方向并加以提示。为人带路上下楼梯时，应走在前面。

需要问路时，首先，应选择合适的对象，最好不要去问正在急于行走的人或正在与人交谈的人以及正忙碌的人。如果民警正在指挥车辆，也应尽量不去打扰。可以另找那些不很忙，或比较悠闲的人进行打听；其次，问路时要礼貌地称呼对方，可根据对方年龄、性别和当地的习惯来称呼，绝不能用"喂"、"哎"等一些不礼貌的语气呼叫对方；最后当别人给予回答后，要诚恳地表示感谢，若对方一时答不上你的提问，也应礼貌地说声"再见"。

2．乘电梯礼仪

在现代社会中，电梯是人们用来缩短距离与提高工作效率的工具。乘电梯的礼仪包括：

等电梯时，要主动面带微笑额首问安；进电梯时不争先恐后；要尽量能够避免近靠他人和背对他人。在电梯内正确的站法是，先进电梯要靠墙而站，不要以自己的背对着别人，可站成"n"字形，看到双手抱满东西的人，可代为按钮。

与长辈、上司、女士同行，应礼让他们先进，代他们按下欲往的楼层。值得一提的是，如果你与女士同行，他人礼让，并不表示有礼让你，要避免大大咧咧地率先而行。出电梯也应后出来，以示对长者、客人、女士的尊敬。

有人按着电梯开门钮对他人交代事情，偶尔为之可以理解，但一定要简单明了，事后记得向电梯内其他人道歉，如果一时不清楚，不如搭下一班电梯，以免耽误他人时间。

二、乘车礼仪

以步代车讲究效率，是现代社会的一个显著特点。由于乘坐车辆类型不同，其注意事项也有差异。

1．乘坐公共汽车礼仪

公共汽车是城乡主要交通工具，同时又是公共场所之一。大多数市民，尤其是朝九晚五的上班族及学生，几乎天天都需要搭乘公共汽车等大众运输工具，别小看这小小的车厢，方寸之间应对进退的礼貌却大有学问，有的人可能因为一早搭公共汽车就惹了一肚子的气，使得一整天的情绪低落，实在没有必要。其实，只要掌握礼让、无我的原则，做一个快乐的乘车族是不难的。

◆ 按顺序上下车

车到站时，要先下后上，自觉排队，不要拥挤。一般情况下，"男女有别，长幼有序"应是一种公众准则。遇有残疾及行动不便者，应主动给予帮助。绝不可凭借自己身强力壮，车尚未停稳便推开众人往上挤，这样不仅显得十分野蛮，而且极不道德。

◆ 注意文明细节

上车后应主动买票、打卡、投币或出示月票。上车后应尽量往里走，不要堵在车门口。一般情况下，一上公共汽车，如果车上仍有很多座位，应该避免坐老弱妇孺专座，如果大家都就坐，只剩下老弱妇孺专座，那么暂且坐下无妨，但在下一站若有老弱妇孺上车，第一个必须起立让座的是这个座位上的乘客，这是毋庸置疑的。因为搭乘公共汽车几乎是大部分市民生活的一部分，所以，即使是小小的礼貌细节，都可能会影响他人，引起不悦。诸如，在车上大声聊天、谈论别人的隐私；放任幼儿在车上啼哭、嬉戏，会妨碍同车者的情绪，甚至影响司机开车的注意力；在车厢内吸烟、随地吐痰、乱扔废弃物等。人人应该争做净化乘车环境的使者。

◆ 提前做好下车准备

车到站以前，应提前做好下车准备。如果自己不靠近车门，应先礼貌地询问前面的乘客是否下车，如前面的乘客不下车，要设法与其调换一下位置。

2．乘坐轿车礼仪

◆ 座次有别

驾驶轿车的司机，一般可分为两种情况：一是主人驾车，二是专职司机。国内目前所见的轿车多为双排座与三排座，下面分述根据驾驶者不同时，车上座次尊卑的差异（见图 9 - 1）。但有一点要注意，最尊贵的客人上车后不管坐在哪里，都不算错，不要请他挪动位置。

＊ 主人驾车

由主人亲自驾驶轿车时，一般前排座为上，后排座为下；以右为尊，以左为卑。

```
┌─────────────────┐   ┌─────────────────┐
│ ●        ①      │   │ ●        ①      │
│ 主人            │   │ 主人     ⑥   ⑤  │
│   ③  ④  ②      │   │   ③  ④  ②      │
└─────────────────┘   └─────────────────┘

┌─────────────────┐   ┌─────────────────┐
│ ●        ④      │   │ ●        ⑥      │
│ 司机            │   │ 司机     ⑤   ④  │
│   ②  ③  ①      │   │   ❷  ❸  ❶      │
└─────────────────┘   └─────────────────┘
```

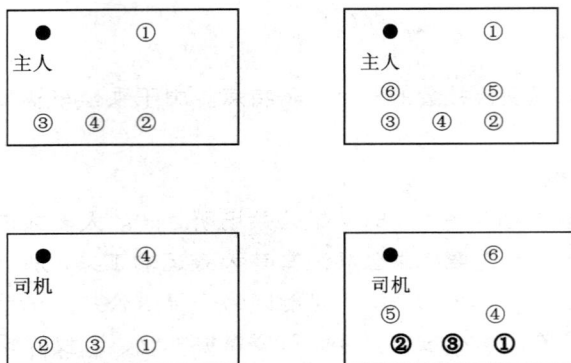

图 9–1　轿车座次安排

在双排五人座轿车上，座次由尊而卑应当依次是：副驾驶座，后排右座，后排左座，后排中座。

在三排七人座轿车上，座位由尊而卑应当依次是：副驾驶座，后排右座，后排左座，后排中座，中排右座，中排左座。

　＊ 专职司机驾车

由专职司机驾驶轿车时，通常仍讲究右尊左卑，但座次同时变化为后排为上，前排为下。

在双排五人座轿车上，座次由尊而卑应当依次为：后排右座，后排左座，后排中座，副驾驶座。

在三排七人座轿车上，座位由尊而卑应当依次为：后排右座，后排左座，后排中座，中排右座，中排左座，副驾驶座。

◆ 讲究上下车顺序

同女士、长者、上司或嘉宾乘双排座轿车时，应先主动打开车后排的右侧车门，请女士、长者、上司或嘉宾在右座上就座，然后把车门关上，自己再从车后绕到左侧打开车门，在左座坐下。到达目的地后，若无专人负责开启车门，则自己应先从左侧门下车后绕到右侧门，把车门打开，请女士、长者、上司或嘉宾下车。

◆ 注意车上谈吐举止

在轿车行驶过程中，乘车人之间可以适当交谈，但不宜过多与司机交谈，以免司机分神。话题一般不要谈及车祸、劫车、凶杀、死亡等使人晦气的事情，也不要谈论隐私性内容以及一些敏感且有争议的话题，可以讲一些沿途景观、风土人情或畅叙友情等能够使大家高兴的事，使大家的旅行轻松愉快。举止要文明，不要在车内吸烟，因为车内相对封闭容易使空气浑浊。不要在车内脱鞋赤脚，女士不要在车内化妆。不要在车内乱吃东西、喝饮料，不要在车内吐痰或向车外吐痰，更不要通过车窗向车外扔东西，这是有损形象和社会公德的。

◆ **亲自驾车的礼仪**

如果亲自驾车,应自觉遵守交通规则,文明开车,表现出良好的驾车风度。要注意礼让、考虑别人,要了解各路段的时速限制,注意路上的交通标志,集中精力、谨慎驾驶。要遵守交通信号,不抢行,不乱按喇叭。下雨天开车,要尽量慢行,尽量避开水坑,以免使污水溅到行人身上。道路拥挤或车辆堵塞时,应自觉循序而进或耐心等待,不可随意超车堵道。在快、慢车道分明的公路上行车,应根据自己的情况合理选择,既不要在快车道上开"蜗牛车",也不要在慢车道上开"飞车",不要来回频繁变换车道,影响后面车辆行驶。夜晚开车时要适时变换远近灯光,绝不可一直用远光直射对方。需要停车时,应到允许停放的地方停放,停车不挡车道及出入口。车内的废弃物等,不能往车外扔,要放在一起,到达目的地时集中处理。

三、乘坐火车礼仪

火车是重要的交通工具之一,良好的乘车环境需要大家共同维护。因此,在乘车过程中,要讲文明、懂礼貌,多一分宽容,多一分礼让,这样,不仅能减少许多不必要的麻烦,还能保持良好的心情,减轻旅途疲劳。

1．讲究候车规则

乘客在候车时,要爱护候车室的公共设施,不大声喧哗,携带的物品要放在座位下方或前部,不抢占座位或多占座位,更不要躺在座位上使别人无法休息。要保持候车室的卫生,瓜果、皮核等废弃物要主动扔到果皮箱里,不要随手乱扔,不随地吐痰。检票时自觉排队,不乱拥乱挤,有秩序上下车。

2．维护车厢秩序

要有秩序进入车厢并按要求放好行李,行李应放在行李架上,不应放在过道上或小桌子上。放、取行李时应先脱掉鞋子后站到座位上,以免踩脏别人的座位。自己的行李要摆放整齐,尽量不压在别人的行李上,如果实在不行,也应征得别人的同意。不在车厢内吸烟,不随地吐痰,乱扔废物。不在车厢内大声说话。到达目的的后,拿好自己的物品有礼貌地与邻座旅客道别,有序下车,不要抢道拥挤。

3．注意礼貌交谈

长途旅行,与邻座的旅客有较长的时间相处,有兴趣时可以共同探讨一些彼此都乐于交谈的话题。但应注意交谈礼貌:交谈前应看清对象,与不喜欢交谈的人谈话是不明智的,和正在思考问题的人谈话也是失礼的。即使与旅伴谈得很投机,也不要没完没了,看到对方有倦意就应立刻停止谈话。注意:谈话中不要问对方的姓名、住址及家庭情况,这些不是火车上的好的交谈话题。

四、乘飞机礼仪

飞机是目前世界上最快捷的交通工具,具有速度快、时间短、乘坐舒适等特点,很适合人们的旅行。由于空中旅行与地面旅行有很多差异，必须注意以下礼仪：

1. 登机前的礼仪

乘坐飞机要求提前一段时间去机场，国内航班要求提前半小时到达，而国际航班需要提前一小时到达，以便留出托运行李，检查机票、身份证和其他旅行证件的时间。

乘飞机很需要尽可能轻便。手提行李一般不超过 5 公斤，其它能托运的行李要随机托运。在国际航班上，对行李重量有严格限制。经济舱的旅客可携带 44 磅左右，头等舱的旅客可携带 66 磅。如果多带行李，则超重的部分每磅按一定的比重收钱。

乘坐飞机前要取到登机卡。有的航班在你买机票时就为你预留了座位，同时发给你登机卡。大多数航班都是在登记行李时由工作人员为你选择座位卡。登机卡应在候机室和登机时出示。如果你没有提前买机票或未订到座位，需在大厅的机票柜台买票登记，等候空余座位时必须耐心等待，直到持票旅客全部登记后，再按到达柜台的先后得到照顾。

领取登机卡后，乘客要通过安全检查门。乘客应先将有效证件(如身份证、军官证、警官证、护照、台胞回乡证等)、机票、登记卡交安检人员查验，放行后通过安检门时需将电话、传呼机、钥匙和小刀等金属物品放入指定位置，手提行李放入传送带。乘客通过安检门后，注意将有效证件、机票收好，以免遗失，只持登机卡进入候机室等待。

上下飞机时，均有空中小姐站立在机舱门口迎送乘客。她们会向每一位通过舱门的乘客热情地问候。此时，作为乘客应有礼貌地点头致意或问好。

2. 登机后的礼仪

登机后，乘客要根据飞机上座位的标号按秩序对号入座。找到自己的座位后，要将随身携带的物品放在座位头顶的行李箱内，较贵重的东西放在座位下面，自己管好，注意不要在过道上停留太久以影响其他人。

飞机起飞前，乘务员通常给旅客示范表演如何使用降落伞和氧气面具等，以防意外。当飞机起飞和降落时要系好安全带。在飞机上要遵守"请勿吸烟"的信号，同时，禁止使用移动电话、AM/FM 收音机、便携式电脑、游戏机等。

飞机起飞后，乘客可看书报或与同座交谈。如你愿意交谈，可以"今天飞行的天气真好"等开场白来试探同座是否愿意交谈，在谈话中不必互通姓名，只是一般谈谈而已。如你不愿交谈，对开话头的人只需"嗯哼"表示，或解释"我很疲倦"。飞机上的座椅可调整，但应考虑前后座位的人，不要突然放下座椅靠背，或突然推回原位，或跷起二郎腿摇摆颤动，都会引起他人的反感。

在飞机上使用盥洗室和卫生间的规则与其他交通工具上的相同，要注意按次序等候，注意保持其清洁。同时，不要在供应饮食时到厕所去，因为有餐车放在通道中，其他人无法穿过。如果晕机，可想办法分散注意力，如若呕吐，要吐在清洁袋内，如有问题，可打开头顶上放的呼唤信号，求得乘务员的帮助。

3．停机后的礼仪

停机后，乘客要带好随身携带的物品，按次序下飞机，不要抢先出门。

国际航班上下飞机要办理入境手续，通过海关便可凭行李卡认领托运行李。许多国际机场都有传送带设备，也有手推车以方便搬运行李。还有机场行李搬运员可协助乘客。在机场，除了机场行李搬运员要给小费外，其他人不给小费。

下飞机后，如一时找不到自己的行李，可通过机场行李管理人员查寻，并可填写申报单交航空公司。如果行李确实丢失，航空公司会照章赔偿的。

五、乘客轮的礼仪

人们出差、旅行经过江河湖海需乘坐客轮，有时观光游览还可乘坐专门的游览船或游艇。乘坐客轮较飞机、火车活动空间大，因而更舒适、自由。然而乘客轮时人人都讲礼仪，才能使旅行更舒畅。

客轮的舱位是分等级的。我国的客轮舱位一般分特等舱、一等舱、二等舱、三等舱、四等舱、五等舱等几种。客轮实行提前售票，每人一个铺位，游船也实行对号入座。因船上的扶梯较陡，所以上下船大家应互相谦让，并照顾老年者、小孩和女士。

乘客轮时要注意安全，风浪大时要防止摔倒；到甲板上要小心；带孩子的乘客要看住自己的孩子；吸烟的乘客要避免火灾；不要在船头挥动丝巾或晚上拿手电乱晃，以免被其他船误认打旗语或灯光信号。

船上的服务设施齐全，有餐厅、阅览室、娱乐室、歌舞厅和录像厅等可供就餐或消闲，也可以去甲板散步，享受浪漫的诗情画意。如邀请其他乘客一起娱乐，一定要两厢情愿，不可强求。若房中其他乘客出门，也不要好奇去翻动同房乘客的物品。

乘船时要注意小节。如不要在船上四处追逐，忘乎所以；不要在甲板上将收录机放到很大声；不要在客房大吵大嚷；晕船呕吐去卫生间；遇上景点拍照不要挤抢等。另外要注意船上的忌讳，如不要谈及翻船、撞船之类的话题，不要在吃鱼时说："翻过来"或说："翻了"、"沉了"之类的语言。

六、旅行礼仪

随着人们生活水平的提高，平时和假日的旅行增多了，改革开放以来，特别是加入世界贸易组织以后，因公因私在国内或海外旅行的机会也增多了，所以掌握旅行的相关礼仪知识，不断培养自觉遵守旅行礼仪的习惯是十分重要的。

下面是一些旅行行家的建议，告诉我们如何精心装备自己，使旅行愉快。

1．旅行准备

通常旅行可分为两种，结合工作目的的旅行和纯粹的度假旅游。旅行目的不同，装备也不一样。

工作性质的旅行，你要多带正式感强的衣服。你如果有很多应酬场合，就必须带足应付各种场合的服装，同时又不杂乱和累赘，比如两件职业女装对于商务谈判和业务沟通很必要。你可以给这次旅行定一个主色调，如蓝色系列，再稍带点粉红和黑色的服饰，这样就可以搭配出统一风格的形象来。

如果你每天要见的是不同的人，就可以放心大胆地穿同一套您最得意的衣服，而不必要每天都换装，这样就相当轻松和简单了。

正式的酒会服装必须带一套，因为现在相当多的生意或公事是在酒会、晚宴等场合敲定的，所以，晚礼服及相应的首饰、内衣、鞋、包应备齐。

专为度假休息的旅行装相对比较随意。一般应根据地形、气候、时间长短、行程特点来挑选服饰。度假是为了解除平时的疲劳而舒展身心的，行李越轻越好。要选那些可叠得很小的轻软的衣物，如 T 恤、休闲裤、丝衬衣等。

春秋两季出游可带些天然质料的内衣、短风衣、毛衣、茄克和 T 恤衫及运动装的外衣；夏季旅行，丝麻衬衫、方便搭配的 T 恤、裙子、长短裤等宽爽适合衣物，可帮你度过一个湿热多汗的旅程；冬天旅行可带组合配套的羽绒装或皮衣裤，保暖又方便。

2．游览观光

凡旅游观光者应爱护旅游观光地区的公共财物。对公共建筑、设施和文物古迹，甚至花草树木，都不能随意破坏；不能在柱、墙、碑等建筑物上乱写、乱画、乱刻；不要随地吐痰、随地大小便、污染环境；不要乱扔果皮、纸屑、杂物。

3．宾馆住宿

旅客在任何宾馆居住都不要在房间里大声喧哗或举行聚会，以免影响其他客人。对服务员要以礼相待，对他们所提供的服务表示感谢。宾馆客房内备有供旅客生活使用的各种物品，如桌、椅、灯具、电视、空调以及洗刷和卫生洁具、浴具等设施，使用时应予以爱护。

4．饭店进餐

尊重服务员的劳动，对服务员应谦和有礼，当服务员忙不过来时，应耐心等待，不可敲击桌碗或喊叫。对于服务员工作上的失误，要善意提出，不可冷言冷语，加以讽刺。

第三节　人际空间

> 人与人之间有着看不见但实际存在的界限，人们之间因关系不同而保持不同的距离，这就是人际空间，也称界域。一般情况下，每个人都不想侵犯他人空间，但也不愿意他人侵犯自己的空间。双方关系越亲密，人际距离就越短。在公共场合，人际交往中，应根据交往的对象、双方之间的关系以及交往的目的，来选择和控制人际空间距离。

　　从生物学的角度看，每一个生命都有自己的领空，人们叫它"生物圈"。一旦异物侵入这个范围，就会使其感到不安并处于防备状态。美国心理学家罗伯特·索默经过观察与实验认为，人人都具有一个把自己圈住的心理上的个际空间，它像生物的"安全圈"一样，是属于个人的空间。一般情况下，每个人都不想侵犯他人空间，但也不愿意他人侵犯自己的空间。双方关系越亲密，人际距离就越短。

一、人际空间的划分

　　美国人类学家和心理学家霍尔将人类的交往空间划分为四种区域：

　　1. 亲密距离（0～45cm）

　　又称亲密空间。其语义为亲切、热烈，只有关系亲密的人才可能进入这一空间。如：夫妻、父母、子女、恋人、亲友等。亲密距离又可分为两个区间，其中 0 cm～15 cm 亲密状态距离，常用于爱情关系、亲友、父母、子女之间的关系；16 cm～45 cm 为亲密疏远状态，身体虽不相接触，但可以用手相互触摸。

　　2. 个人距离（46～120 cm）

　　其语义为"亲切、友好"，其语言特点是语气和语调亲切、温和，谈话内容常为无拘束的、坦诚的。比如个人私事，在社交场合往往适合于简要会晤、促膝谈心或握手，这是个人在远距离接触所保持的距离，不能直接进行身体接触。个人距离的接近状态为 46～75 cm，可与亲友亲切握手，友好交谈；个人距离的疏远状态为 76～120 cm，在交际场所任何朋友、熟人都可自由进入这一区间。

3. 社交空间（120～360 cm）

其语义为"严肃、庄重"，这个距离已超出了亲友和熟人的范畴，是一种理解性的社交关系距离。社交距离的接近状态为 120 cm～210 cm，其语言特点为声音高低一般、措辞温和，它适合于社交活动和办公环境中处理业务等；社交距离的疏远状态为 210 cm～360 cm，其语言特点为声音较高、措辞客气，它使用于比较正式、庄重、严肃的社交活动，如谈判、会见客人等。

4. 公共距离（360 cm 以上）

这是人们在较大的公共场所保持的距离，其语义为"自由、开放"。它实用于大型报告会、演讲会、迎接旅客等场合，其语言特点为声音洪亮，措辞规范，讲究风格。

二、不同国家的差异

界域行为是有文化差异的，这里我们要引入一个近体度的概念，近体度指交往双方保持空间位置的接近程度，它表示双方对个人和社会空间理解。西方国家比中国要大，教室里的座椅摆放就是证明。我们的座椅是两个一排，所以有一首流行歌曲叫做《同桌的你》。而西方却没有同桌，都是一个一个独立摆放的，他们不喜欢两个人离得很近。还有像儿童一出生就有自己的卧室、自己的床等等客观因素，都形成了他们近体度比较大的习惯。在东方国家，日本的近体度比较大，其次是中国，再次是韩国。

南美人、地中海人、东欧人的近体度也比较小。他们可能只相距 45 cm 站着，静静地谈话，美国人正常的交往距离是 1.5 米，在南美等地看来，是冷冰冰的疏远的距离。

德国人的界域观念比较强。德国人很在乎门的作用。他们的门又厚又严实，而且总是关着的。他们认为，让门开着是粗心、乱糟糟的，而关上门就保持了房间的完整，提供了人与人之间的保护界限。

英国人的界域观念也比较强。他们习惯于保留一个很大的身体缓冲带，即使是同很亲密的人谈话，也想站得远于 90 cm。

总之，近体度比较大的有德、英、美、奥、日等地区，近体度比较小的是阿拉伯、南美、非洲、东欧、中欧等地区。当我们同外国朋友交谈时，我们要有近体度意识，不能用我们习惯的距离同对方交谈。如果无从了解对方的习惯，我们可能观察试探：如果对方向前靠，说明距离应该再近一些；向后退表示需要远些；不动时说明合适。

三、选择空间形式

空间是物质存在的形式，也是人类存在的形式。每一个人都需要占据一定的空间。在人际交往中，人们彼此间的位置也会构成各种不同的形式。交际的目的不同，场合不同，所采用的形式也就不同，据观察研究，我们把这种形式大致分为四种即：封闭式、开放式、相向式、平行式。

1. 封闭式

这是个体或群体独处时所采取的形式，表示不愿受到他人的干扰。一个学生在校园里看书，他会背对着有人走动的地方，面朝湖水、花草、树林等。两人密谈则都向内侧身。三人密谈，两人则两端向里侧伸，把中间的人围在圈里，形成关闭。三人以上一般是面朝里围成一个圆圈，如球场暂停时，教练员面授机宜。

2. 开放式

这是指交际双方大约形成九十度的位置。开放的意思有两个，一个是与封闭相对，允许别人加入；另一个是指交谈者的心理开放即双方的自我开放区域较大，这种形式比较适用于感情的交流或长时间交谈，会客、门诊多采用这种形式，开放式使双方不易产生沟通障碍，交流效果较好。有些家庭的客厅里习惯把沙发摆在一条线上，主客做在一条线上交谈，最容易疲劳，脖子一会儿就扭酸了，思想感情上的交流自然也会受到一些影响。因此，在条件允许的情况下，客厅的沙发应摆成开放式的。

3. 相向式

这是指面对面的形式，表示竞争的意思，谈判时多选择相向式，同对方隔桌相望就坐，桌子自然成为防护屏障，造成竞争气氛，使双方更加坚定自己的立场观点，这种形式一般用于处理公事，如法庭等。如果领导要同下级谈事时，他就不会坐在办公桌后面，而要变化一下形式。所以，领导的办公室除了写字台以外，还要安放沙发、茶几，就是用来供领导选择的，如果领导要用非正式的方法来对待来访者，他就会离开办公桌，同客人一道坐在茶几旁的沙发上交谈。如果谈话是极为正式的，他就会仍旧坐在办公桌后面。

4. 平行式

这是指肩并肩的形式，表示合作关系。一般是地位相等，目的相同的人使用，如夫妻、好友逛马路，同台演出朗诵、小合唱。电视节目中的两位主持人，或四五位被邀请来的嘉宾也多采用这种形式。

四、界域礼貌

讲究界域礼貌对赢得公众，广结善缘有重要意义。具体要从以下几方面做起：

1. 保持距离

距离产生美感，在与人交谈的时候，要注重远近适当，太远了使人感到傲慢，架子大；太近了，又显得不够重视。

在行进中不但要保持距离，而且要适当的变换，比如不要以 2 m 左右的距离尾随在陌生人的后面，以免引起误会，骑自行车或开车时，不要离前面的车靠得太近，不要强行超车。

看到别人围成一个圆圈形成封闭式的交谈，就要绕开行走，不要从中穿越。公园的长椅上，如果已经有人坐上，就不要再去挤座位。

2. 变换体位

体位是指身体所处的位置，根据交际的目的和场合，我们还要经常改变自己身体所处的位置。如，从前往后，从左到右，由坐而站，等等。

◆ 移动位置

移位可以表示尊重，也可表示妥协或服从。比如当你开汽车或骑自行车违章被交通警察拦住时，就应马上下车，赶快主动撤到指定地点，然后在警察接近车子之前走近警察，因为警察离他的岗位越远，不信任和敌意就会越强烈。总之，主动迅速的向警察靠近，表示出对他的服从态度，可以避免相应的处罚。

◆ 改变高度

这是变换体位的另一种方式，比如降低身高，表示对对方的尊重，能获得好感。朱利叶斯·法斯特介绍说，我认识一个青年，他足有六英尺高，在做买卖时，他极其走运，原因是他有感化合伙人的本事。观察了一些他的成功的买卖动作后，我发现，他随时随地只要可能就偏向弯腰。或者半坐下来，以便让合伙人得到统治权，感到优越。

降低身高要看场合，有的时候降低了，反而不尊敬了。比如晚辈在一起聊天，长辈到场，晚辈需站起来，如果仍旧保持低位，或坐、或躺，那么就说明他对来者的蔑视。

总之，无论是横向的移动，还是纵向的升降，我们都应根据不同的交际目的，以及当时的情景，随时变换我们的界域行为。一个坐下后，就不知起来的人，会给人留下傲慢至少是懒惰的印象，进而影响交际的顺利进行。

3. 尊重他人的领域权

◆ 不乱动他人物品

主人不在场时，不要私自动用其领域内的物品。未经许可，一般不要翻动亲友，甚至是子女的抽屉、书包、信件等，因为这种揭人隐私的行为会伤害对方的自尊。

◆ 不随意进入他人领域

在进入他人领域之前，一定要征得同意，经过允许，比如到朋友家做客，进门先按铃或敲门，经主人允许后方可进入。不经主人邀请，或没有获得主人同意，不得要求参观主人卧室。即使是较熟悉的朋友，也不要去触动他的个人物品和室内陈设，对家庭成员也应尊重。在公众场合，要尽量避免侵犯他人的空间。有一些人往往不注重自己的界域行为，在无意之中，伤害了他人，也损害了自己的形象。比如，在公共汽车上，横着站，两手抓两边的把手，使别人无法通过；坐着时跷起二郎腿，让路过的人给他擦皮鞋；在剧场里，或扒在前面的背椅上，或把腿登在前排的座椅上。

◆ **不污染他人的界域**

空气污染，比如当众抽烟，冲着人打喷嚏，张着嘴出气，在餐桌上端起碗来用嘴吹等。国家之间比如核电站泄漏事件，都属于污染别人的界域，因为别人的身体虽然没有侵入，但是空气被污染了。

噪音污染，比如，在北京国际音乐节上，手机、呼机此起彼伏，把指挥大师都气坏了，停下来，以示抗议。如在楼道里大声喧哗，影响邻居们休息，记得侯宝林大师有这样一个段子：

有一小伙，下了夜班，上楼的脚步特别重，吵得楼下的老先生神经衰弱，每天夜里都要等小伙子噔噔噔噔上楼，开门，脱下皮鞋噔——噔两声一摔之后，才能心跳渐趋正常，再慢慢入睡。有一天，老先生给小伙子提了个建议，小伙子满口答应，下班后，他已经忘记了这事，又噔噔噔噔上楼。进门之后，脱了一只鞋往地上一摔之后，突然想起来，于是第二只鞋就轻轻的放在了地上，第二天，

他问老人："昨天睡得好点吗？"

老人说："我昨天一夜都没有睡！"

"怎么了？"，

"我等你那第二只鞋呢！心一直悬着！"

可见，讲究界域礼貌，不污染他人的界域是非常重要的。

此外，在空间距离的处理上还应注意交往对象生熟、性别、性格等方面的差异。俗话说，"疏则远，亲则近"，空间距离与交际对象是陌生还是熟悉是有一定区别的。交往的双方，互相认识，又是亲朋好友，可以近些，以至拍肩碰肘、抚摸、拥抱、依偎等都没有什么不好，有时反而能促进关系的密切。相反，交往双方是初次见面，要做上述举动，会引起对方的不快和反感。

交往对象的性别不同，交往时空间距离也是有明显区别的。心理学家做实验发现：男子挤在一间小屋子里，容易引起相互的怀疑，甚至发生斗争；女子在这种环境中，更友善，更亲密，更容易找到共鸣。正由于男女间的这种心理差别，男子与男子交谈的距离不易太近，近则会有不和谐之感，女子与女子交谈的距离不易太远，远则会有不投机之嫌。

在交往中对不同性格的人，在空间距离上应有不同的区别。与内向型的人交往，空间距离可稍远些，因为距离太近，性格内向的人会感到不自在；与性格外向的人交往，距离可近些。若与性格外向的人相聚，可老远打招呼，以表示热情；与内向型的人相遇，倘老远打招呼，不一定会得到回应，往往是用微笑或点头来代替回答。

第10章

中外习俗

　　民俗礼仪是指人们在社会生活中靠口头传播和行为方式传承的风俗习惯、爱好等富有特色的文化礼仪的总和。民俗礼仪是一种复杂的由历史传承下来的文化现象。生活在全球各个角落的二千多个民族，五十多亿人民，用自己勤劳的双手和聪明才智，在创造了物质财富的同时，也形成了各自独特的生活方式，绚丽多彩的民族文化礼仪。

　　随着社会的发展，政治、经济、文化、科技、宗教等各方面交流的逐步增多，各民族的文化礼仪便在相互冲突中交融。尊重各国家、各民族的风俗习惯，已成为国际交往的基本原则。

十里不同风　百里不同俗

有一次，一个名叫王勇的中国人到沙特去出差，麦加其是他在沙特认识的第一个好朋友。一天，麦加其热情地邀请王勇和翻译去他家做客。这天上午，他们来到位于沙特首都市郊公路边上的麦加其家。在他家的客厅里，王勇被墙上一幅精美的人物画吸引住了。真是太美了，画中的老人栩栩如生，像孔圣人那样威严、安详。他目不转睛地观赏着，禁不住连连夸道："这副画真的不错，这是我见过的最好的人物画。"话音刚落，他的腰立即被翻译狠狠碰了一下，他陡然一惊，马上想起了在当地做客的一个大忌：不能随便夸赞人家的摆设或死死盯住物品，否则主人会以为你想要，就会把这件东西送给你，而且，主人送的东西客人必须收下，不收等于瞧不起他。

想到这儿，王勇马上闭上嘴巴，然而已经迟了，麦加其看他赞叹不已，微微一笑，就把这副画拿下来，用纸包好，塞在他手中。麦加其告诉王勇，画中的人物是他先父。他父亲已经去世10年了，他至今还无时无刻不在思念他。王勇听了，一时愣在那里：这是他先父的遗像啊，我怎么能收？可又怎么退回去呢？还是翻译机灵，他马上说道："他在国内是个装裱师，专门装裱画。刚才看见你这副画有点旧了，想拿去修理一下。"麦加其喜出望外，忙说："我的朋友，太好了，我正想拿去修一下，现在好了，拜托你了。"王勇只好硬着头皮应承下来，其实，他哪会裱画啊！

（http://bbs.mov6.com/thread－58398－1－1.html）

第一节　我国主要习俗

> 我国有着五千年光辉灿烂的历史，积淀了丰厚的文化底蕴。21 世纪的今天，中西方文化的融合赋予了我国传统习俗新的内涵。本节将介绍我国主要的传统习俗和新的现代习俗。

一、我国主要节日

1. 春节

我国传统习俗中最隆重的节日，此节乃一岁之首。古人又称元日、元旦、元正、新春，新正等，而今人称春节，是在采用公历纪元后。古代"春节"与"春季"为同义词。春节习俗一方面是庆贺过去的一年，一方面又祈祝新年快乐、五谷丰登、人畜兴旺，多与农事有关。迎龙、舞龙为取悦龙神保佑，风调雨顺；舞狮源于镇慑糟蹋庄稼、残害人畜之怪兽的传说。随着社会的发展，接神、敬天等活动已逐渐淘汰，燃鞭炮、贴春联、挂年画、耍龙灯、舞狮子、拜年贺喜等习俗至今仍广为流行。

2. 元宵

我国民间传统节日，又称正月半、上元节、灯节。元宵习俗有赏花灯、包饺子、闹年鼓、迎厕神、猜灯谜等。宋代始有吃元宵的习俗，元宵即圆子，用糯米粉做成实心的或带馅的圆子，可带汤吃，也可炒吃、蒸吃。

3. 清明

我国民间传统节日。按农历算在三月上半月，按阳历算则在每年四月五日或六日。此时天气转暖，风和日丽，"万物至此皆洁齐而清明"，清明节由此得名。其习俗有扫墓、踏青、荡秋千、放风筝、插柳戴花等，历代文人都有以清明为题材入诗的。

4. 端午

我国民间传统节日，又称端阳、重午、重五。端午原是月初午日的仪式，因"五"与"午"

同音，农历五月初五遂成端午节。一般认为，该节与纪念屈原有关，屈原忠而被黜，投水自尽，于是人们以吃粽子、赛龙舟等来悼念他。端午习俗有喝雄黄酒、挂香袋、吃粽子、插花和菖蒲、斗百草、驱"五毒"等。

5. 七夕

我国民间传统节日，又称少女节或乞巧。相传，天河东岸的织女嫁给河西的牛郎后，云锦织作稍慢，天帝大怒，将织女逐回，只许两人每年农历七月初七夜晚在鹊鸟搭成的桥上相会。又有说：天上的织女嫁给了地上的牛郎，王母娘娘将织女抓回天庭，只许两人一年一度鹊桥相会。每年七月初七晚上，妇女们趁织女与牛郎团圆之际，摆设香案，穿针引线，向她乞求织布绣花的技巧。在葡萄架下，静听牛郎织女的谈话，也是七月七的一大趣事。

6. 中秋

我国民间传统节日，又称团圆节。农历八月在秋季之中，八月十五又在八月之中，故称中秋。秋高气爽，明月当空，故有赏月与祭月之俗。圆月带来的团圆的联想，使中秋节更加深入人心。唐代将嫦娥奔月与中秋赏月联系起来后，更富浪漫色彩。历代诗人以中秋为题材作诗的很多。中秋节的主要习俗有赏月、祭月、观潮、吃月饼等。

7. 重阳

我国民间传统节日，《易经》将"九"定为阳数，两九相重，故农历九月初九为"重阳"。重阳时节，秋高气爽，风清月洁，故有登高望远、赏菊赋诗、喝菊花酒、插茱萸等习俗，唐人有"遍插茱萸少一人"的诗句。

8. 除夕

我国民间传统节日。农历十二月三十日晚，家家在打扫一清的屋里，摆上丰盛的菜肴，全家团聚吃"年饭"。此夜，大家通宵不眠，或喝酒聊天，或猜谜下棋，嬉戏游乐，谓之"守岁"。零点时，众人争相奔出，在庭前拢火燃烧（古称"庭燎"，取其兴旺之意），并在这"岁之元，月之元，时之元"的"三元"之时抢先放出三个"冲天炮"，以求首先发达，大吉大利。此时，爆竹声、欢叫声响成一片，一派"爆竹声中除旧岁"的景象。

二、婚寿庆丧礼仪

1. 结婚礼仪

◆ 传统结婚礼仪

婚礼前夕：延承古礼的传统婚礼，为各种婚嫁礼仪中最复杂，也是别具意义的一种。但由于现代新人多数缺乏这方面知识，或时间上不许可，所以选择以传统婚礼做为结婚方式的新人已有逐年减少的趋势。

婚礼前的准备工作即十分繁复，但是简言则包括

→ 祭拜：男方家在婚礼前一天要祭拜天地、祖先，告知有婚事将举行。

→ 安庆礼：依八字、房屋坐向拜父母。

婚礼当天更是千头万绪——

→ 祭祖：男方在出门迎娶新娘之前，应该先祭拜祖先。

→ 迎亲：迎亲车队以双数为佳，尤以六的倍数最好。

→ 燃炮：迎亲礼车行列在途中，应一路燃放鞭炮以示庆贺。

→ 食姊妹桌：新娘在结婚出发前，要与父母兄弟姊妹一起吃饭，表示离别，大家都要说吉祥话。

→ 请新郎：礼车至女方家时，会有一男侍童持茶盘（上有瓜子、糖果）恭候新郎、新娘下车后，新郎应给予男孩红包答礼，再进入女方家。

→ 讨喜：新郎与女方家人见面问候之后，应持捧花给房中待嫁之新娘，此时，新娘之姊妹或女性好友要拦住新郎故意阻挠，不准其见到新娘，在经过新郎苦苦哀求后，女方可提出条件要新郎答应，通常在经过一番讨价还价后都以 999 元红包礼成交，意喻"长长久久"。

→ 盖头纱：新郎给予捧花之后，应将头纱放下，将新娘挽出大厅。

→ 拜别：新郎与新娘上香祭祖，新娘应叩拜父母道别，而新郎仅鞠躬行礼即可。

→ 出门：新娘应由一位福份高的女性长辈持竹筛或黑伞护其走至礼车，因为新娘子当天的地位比谁都大，所以头不能顶天见阳光；另一方面也希望能像这一位女性长辈一样过着幸福快乐的日子。

→ 礼车：礼车上方悬绑一棵由根至叶的竹子，根上挂着萝卜，以示"有头有尾"。礼车后方则有朱墨画的八卦竹筛，用以驱逐路上之不祥。

→ 敬扇：新娘上礼车前，由一名生肖吉祥之小男孩持扇给新娘（置于茶盘上），新娘则回赠红包答礼。

→ 不说再见：当所有人要离开女方家门时，绝对不可向女方的家人说再见。

→ 泼水：在新娘上礼车后，女方家长应将一碗清水、稻谷及白米泼向新娘，代表女儿已是泼出去的水，并祝女儿事事有成，有吃有穿。

→ 掷扇：礼车起动后，新娘应将扇子丢到窗外，意谓不将坏性子带到婆家去，掷扇后必须哭几声，且在礼车之后，可盖竹筛以象征繁荣。

→ 燃炮：由女方家至男方家的途中一路燃放礼炮，车抵男方家门时，家人则燃"炮城"庆贺告喜。

→ 摸橘子：礼车抵达后，由一位带着两个橘子的小孩来迎接新人，新娘要轻摸一下橘子，然后赠红包答礼。这两个橘子要留到晚上让新娘亲自来剥，意谓可招来长寿。

→ 牵新娘：新娘由礼车走出时，应由男方一位有福气之长辈持竹筛顶在新娘头上，并扶持新娘进入大厅。

→ 忌踩门槛：门槛代表门面，所以新人绝不可踩门槛，而应横跨过去。

→ 过火盆、踩瓦片：新娘进入大厅后，要跨过火盆，并踩碎瓦片。过火盆意谓去邪，踩碎瓦片则比喻过去时光如瓦之碎。

→ 敬茶：男方家中之长辈将新娘介绍给家中认识，此仪式即是承认她成为家中的一员。

→ 拜天地：新人一拜天地、二拜高堂、夫妻交拜，送入洞房。

→ 进洞房：以竹筛覆床上，桌上置铜镜以压惊，新人一起坐在预先垫有新郎长裤的长椅上，谓两人从此一心，并求日后生男。然后新郎揭开新娘头纱，两人合饮交杯酒，并共吃由黑枣、花生、桂圆、莲子等物做成的甜汤，象征早生贵子。

→ 忌坐新床：婚礼当天，任何人皆不可坐新床，而新娘更是不能躺下，以免一年到头都病倒在床上。

→ 观礼、喜宴：目前，一般人均采取中西合璧式的婚礼，大都在晚上宴请客人的同时举行观礼仪式，在喜宴上，新娘可褪去新娘礼服换上晚宴服，至各桌敬酒。

→ 送客：喜宴完毕后，新人立于餐厅门口送客，须端着盛香烟、喜糖之茶盘。

→ 吃茶：一般宴客离去后，由男方家已婚亲友喝新娘的甜茶、说吉祥话并赠红包。

→ 闹洞房：双方亲人可借故戏闹新人增添新婚喜气。

◆ **现代婚礼**

现代婚礼的七大特征

* **崇尚简单**

婚礼的原本形式和状态就是庄重、简单的，无论是西式婚礼还是传统的中式婚礼，证婚仪式和三拜仪式都不过短短的十几分钟而已。

现代生活压力骤增，生活节奏加快，使新人无力、无暇顾及人生中最重要的仪式婚礼，以及婚礼的琐碎细节。

* **追随时尚**

时尚是时代所崇尚的，紧扣时代脉搏的，跟随时代的节拍而动这样才不会落伍。婚礼同样如此，要办符合时代精神的婚礼。历史往前翻二十年，当时就是司仪对着大红纸照本宣科的唱礼。十年前，是文艺化的婚礼，靠司仪的一张嘴来调动新人和现场气氛。而如今，婚礼是全方位立体化的。需要时尚、个性的婚礼策划，完美的舞台声、光、电的配合，新人的全情展示，而司仪仅仅是婚礼中的一个角色和环境。找到一位好的司仪，并不等于就能办好婚礼。

* **展示个性**

当下是一个崇尚表现的时代，而我们这一代是个性张扬、个性展现的一代。我们的思想和行为总希望与众不同、标新立异，个性婚礼恰恰迎合了我们的胃口和需求。

个性婚礼就是通过婚礼这个重要的人生舞台来充分地表达自我、展示自我、展示美好的爱情，并且非常注重个人与爱情专属的表达，这就是为什么策划师要和新人有充分的了解和沟通。

　　＊　**注重情感**

　　任何创作和文艺形式只有注入了情感才会给它赋予灵魂，才会充满生命力。婚礼同样如此。

　　婚礼是情感的载体，是亲朋好友情感传递的平台。婚礼所表达的三种情感分别是：爱情、亲情、友情，只有把这三情表达好了表达到位了才是最能引起共鸣的好婚礼，婚礼才能有血有肉。

　　＊　**必备浪漫**

　　浪漫是爱情的专属情调，是罗曼蒂克的，是现代婚礼所必不可少的氛围。

　　＊　**赋予文化**

　　婚礼文化、文化婚礼，婚礼文化包括：婚礼的发展、婚礼的礼仪文化、婚礼的民俗文化、婚礼的服饰文化等。

　　文化婚礼就是为婚礼赋予一种内在深刻的意义和思想、以此来体现婚礼的正宗和品味，有令人思索和回味的内在气质，提升了婚礼的品质和品味。

　　＊　**讲究品味**

　　不同层次、不同范畴的人群和个体都有不同的欣赏和审美品味，（城市、农村、西式、中式）选择属于自己和自身爱情归属的婚礼形式和风格，才能彰显各自精彩的品位。

　　现代流行婚庆形式：

　　→　花车娶亲。

　　→　酒店典礼。

　　→　大宴宾朋。

　　→　新人敬酒。

　　→　喜闹洞房等。

　　◆　**出席婚礼**

　　应邀参加婚礼这样一项高雅的活动，言谈举止不能失去应有的风度。

　　参加婚礼，服装除整洁漂亮之外，不能喧宾夺主。言谈要吉言相贺，忌讳之词绝对避免，举止要得体，不过分、不失礼。

　　向新婚夫妇赠送礼物，如果你与新婚夫妇关系很好，可以直言相商，送他们需要的东西，这不算失礼，因为送礼的不是你一个人，若送重复或主人不感兴趣的东西，便不能物尽其用。赠送礼物的最佳时机应是得到夫妻邀请后正式婚礼前，如果把礼物带到正式婚礼上，会给主人带来许多不便。

◆ **婚礼发展趋势**

婚礼的新趋势

1. **集体结婚**
2. **旅行结婚**
3. **植树婚礼**
4. **晚会婚礼**
5. **职业婚礼**

小贴士

* **集体婚礼**

集体婚礼一般是由地方政府民政机关，或企事业单位，或相应的社会群体组织筹办的，由数对以上新人共同参加的婚礼。这种婚礼一般选在节日或特殊纪念日，借公共场所，或大礼堂、剧院剧场，或有特殊纪念意义的地点举办，这种婚礼热烈而隆重。

* **旅行婚礼**

旅行婚礼是由新婚后旅游度蜜月的风俗演变而来的，是国内外许多青年人采取的一种结婚形式。新婚夫妇以旅行代替婚礼仪式，到国内、外大城市游览胜地、革命圣地，或环境优美清净的小山村旅游，开始两个人的新生活，度过蜜月这段美好的时光。

* **植树婚礼**

植树婚礼是新婚夫妇来到政府指定的植树地点，共同挥铲挖土，栽种幼树，此树成为两人婚礼的永久纪念，也有深刻而又实际的社会意义。

* **晚会婚礼**

有的地方(主要是农村)新婚夫妇为了庆祝新婚，特包租一场戏曲、文艺晚会或租一场电影，招待全村或全乡老少。这样既省去了许多无意义的烦琐礼节，又丰富了农村的文化生活，也不失一定的排场。

* **职业婚礼**

有的新婚夫妇共同从事某项特殊职业，为了庆祝两人因此相识、相知到喜结良缘，在结婚当日以其职业表演代替婚礼仪式，并录像以纪念。如跳伞运动员的空中婚礼，潜水运动员的海底婚礼等。

2. 寿礼

寿庆是对老年人的生日而言的，年轻人只能称为"过生日"。年轻人过生日，主要是召集朋友、同学聚集在一起，想方设法寻求点快乐，仪式倒是其次。但为老人祝寿则完全不同，礼节仪式不仅比较讲究，而且是其主要内容。

◆ **民间寿庆**

为老人祝寿，各地的风俗不尽相同。一般从 50 岁开始，60 岁以上的老者的生日要隆重一些，岁数逢十的生日，称寿诞，是大寿。

民间一般寿庆。旧时民间做寿，一般在家中厅堂里设寿堂，张灯结彩，宴请客人。来贺寿的人要送寿礼，多以寿桃、寿幛、寿联为多。老寿星这一天是主角，穿上新衣服，接受亲友和晚辈的祝贺。行完拜礼后，大开寿宴，饮寿酒、吃寿面。

做寿时间。实际上，做寿多在逢九的那年举行，以"九"为"久"的谐音，寓意延年益寿。

◆ **现代寿礼**

现代移风易俗，传统的祝寿方式已很少有人采用了，代之而起的是一种具有外域风情和现代气息的形式。

＊ **小型寿庆**

在家中举行，设宴招待亲朋好友。在宴后，一般在晚上摆上生日蛋糕，点蜡烛，唱生日歌，吃蛋糕，然后一起看电视或聊天。

＊ **隆重做寿**

一般在餐馆或酒店举行。寿星家属在酒楼门口迎客，客人一般送上红包作为贺礼。仪式聘请专业或业余人员主持，伴生日音乐，完后大家享受美味，来客一一敬酒贺寿。

◆ **生日聚会**

在家中举办生日晚会，应事先搞好卫生，对房间进行适当装饰。晚会开始前，生日主人应站立在门口迎接客人，并对每位客人说："感谢光临。"

应邀前往的客人应准时到达，赠送礼物，可根据生日主人的爱好或需要进行挑选。送鲜花是普遍受欢迎的。客人到齐后，生日晚会即可宣布开始。

生日蛋糕与生日蜡烛是必备的。生日蛋糕上所插的生日蜡烛的枝数要同生日主人的年龄相对应。20 岁以下可用 1 枝蜡烛代表 1 岁，有几岁插几枝，20 岁就插 20 枝；20 岁以上者，可用 1 枝大蜡烛代表 10 岁，1 枝小蜡烛代表 1 岁来表示。

蜡烛要提前固定在蜡烛托上，然后把蜡烛托插在蛋糕上面。直接把生日蜡烛插在生日蛋糕上的作法是不足取的。

生日晚会的程序：

首先，点燃生日蜡烛，来宾向生日主人致祝词，并向他敬酒，生日主人应向来宾致答谢词。

其次，众人齐声唱《祝你生日快乐》，生日主人应在歌声中一口气把点燃的生日蜡烛全部吹灭，来宾以掌声来烘托喜庆气氛。接着，由主人把生日蛋糕切成数份，给在场的人。

再次，大家共同要求生日主人第一个表演节目，然后共同表演些活泼轻快的节目，或举行舞会助兴，客人一般不要中途退场。

生日晚会结束后，生日主人应将来宾送至门外，并再次向大家表示感谢。要是寄生日贺卡的话，应在生日晚会之前寄达。

3. 丧礼

参加丧礼要庄重。

参加吊丧活动的宾客要特别注重礼节。朋友去世，应立即前往哀悼。若身在异地无法前往，可发唁函或唁电，一般不采用打电话的方式。吊丧人的穿着要庄重，一般宜穿深色衣服，也可穿比较素雅的服装，衣服上可佩戴白花、黄花或黑纱。女士的饰物宜朴素大方，千万不可衣着艳丽花哨，因为这是一种严重的失礼行为。

在追悼会上，参加者态度要沉痛，走路要轻手轻脚，说话要低声。追悼会开始后，要按规定的位置站立端正，奏哀乐时不要东张西望，默哀时要低头静默。安慰死者家属时，言行间勿勾起死者家属的悲伤，应尽量安慰、劝解。要尊重死者家属的安排，遵守会场秩序，千万不可见了熟人就三五成群地谈笑，也不能中途退场。

三、我国少数民族的禁忌

1. 蒙古族

蒙古族厌恶黑色，认为黑色是不祥的颜色。在饮食上，蒙古族忌食虾、蟹、鱼、海味等。

蒙古人忌讳别人（包括客人）骑着马在蒙古包门口下马和骑马闯进羊群，忌讳手持马鞭进入毡房。客人不经允许不可擅自进入包内，在蒙古包内不能随便就坐，不能蹲、不能将腿伸向西北方或炉灶。不能从主人的衣帽、被褥、枕头上跨过，不能在包房内吐痰，出包房不能踩门槛。蒙古族人还忌讳别人用烟袋、刀剪、筷子等指头部。

2. 藏族

藏族人忌食鱼、虾、骡、马、驴、狗肉。他们不吃鸡、鸭、鹅等家禽，因为按藏族传统，食用的是偶蹄动物，视其它动物为恶物，而鸡鸭鹅是五爪，是奇数，因而不食用。

藏族人视佛像、佛供、寺庙中的经书、钟鼓、一般人佩戴的佛珠为圣物，不可触摸。他们还忌讳在寺庙附近砍伐树木，高声唱歌，钓鱼、捕鱼。在牧区，进室后男的坐左边，女的坐右边，忌讳混杂而坐。家门口生火、贴红布条、插树枝或门口木杆倒立，表示家里有人生病或妇女生育，忌讳他人进内。

在西藏民间，天葬是较为常见的一种丧葬形式。对于天葬，民间有许多禁忌，包括禁忌生人观看。天葬令旅游者充满肃穆、神秘之感，好奇心和探秘感驱使，想见识一番为人之常情，但旅游者应充分认识到尊重少数民族风俗习惯的重要性，不要到天葬场观看天葬。

3. 苗族

苗族人民忌讳其他民族称他们为"苗子",而喜欢他们的自称"蒙"。黔东南等一带的苗族在立春第一次春雷响后三天之内不能出工。

湘西苗族在阴历每月初一、十五忌讳挑粪。

苗族人不喜欢吃羊肉,忌讳吃狗肉,禁止杀狗、打狗。在苗族吃糍粑,不能拍了灰再吃。和苗族人嬉闹时,不能用绳子或布带捆他们。苗族人在门口悬挂草帽或插青树叶,或者在举行婚丧祭祀等仪式时,客人不要进屋。路上遇到新婚夫妇,不能从他们中间穿过。

4. 黎族

海南船形屋,是黎族的一种传统居住房屋。您如果想去屋内参观或想体验当地民俗而住进船形屋,记住一定要尊重黎族风俗。

在船形屋内有禁忌:不得戴草笠进屋,不得在屋内吹口哨,不得在屋内扛锄头……若是人多生病,家畜不旺,据说是屋场"多阴"、"鬼神占地",便要搬家,等等。

5. 傣族

西双版纳是中国小乘佛教集中之地,因此,傣族的风俗禁忌大多与佛教有关,到西双版纳旅游应该注意的有以下几点:遇上傣族群众在祭祀寨神时,千万别进寨子;不能摸小和尚的头;进寺庙参观一定要脱鞋;进了傣族群众家,千万不能窥看主人的卧室,也不能从或堂的三角架上跨过。

6. 壮族

壮族家有产妇时,门上悬挂草帽,外人不得入内。无论家人、客人都不能坐在门槛中间;不能扛着锄头或戴着斗笠走进家中。二月初二祭龙山帝王,不能砍伐山中树木,不能在山中大小便。壮族人给人递茶时,应双手捧杯,忌讳单手递送,夹菜时忌讳来回挑捡着吃。

7. 朝鲜族

朝鲜族不喜欢吃鸭肉、羊肉、肥猪肉,朝鲜族的老人地位很高,平时老人的饮食是单独制作和用餐的,如果父子同席,儿子不能当着父亲的面吸烟或饮酒。朝鲜族忌讳敲门,来访者应呼叫主人。

8. 维吾尔族

维吾尔族是一个很讲究礼节的民族,对长者很尊敬,走路、说话、就座、就餐都要先礼让长者。维吾尔族人见面彬彬有礼,多用右手扶胸,躬身后退一步说:"亚克西姆塞斯。"维吾尔族人送人礼物时,接受者须用双手,忌用单手,更忌用左手。在室内交谈,忌讳吐痰、打呵欠等。他们很讲究卫生,洗手、洗脸均用凉水壶冲洗,喝茶习惯专用茶杯,未经许可,不得动用他们的东西。

维吾尔族信奉伊斯兰教,禁忌很多,如忌猪肉、驴肉、骡肉、狗肉、骆驼肉,南疆地区还禁食马肉、鸽肉。

9. 满族

满族忌讳吃狗肉,不戴狗皮帽子。在满族家中做客,不能随便坐西炕,因为西炕是供奉祖先的地方。

10. 高山族

高山族人出门遇见百步蛇和山猫，会认为不吉利；忌讳接触死者的家属与遗物；不吃动物的头和尾巴；与高山族人谈话时打喷嚏，被认为是不祥之兆。

11. 土家族

土家族的姑娘和产妇不能坐在堂屋门槛上；不能扛着锄头和蓑衣、担着空水桶进屋；不许脚踏火坑和三脚架；遇戒日不动土，吉日不能说不吉利的话；客人不能与少妇坐在一起，但可以和姑娘坐在一条长凳上；祭神忌闻猫声，死者停灵的地方不能让猫出现。

12. 回族

回族的禁忌习俗，主要有三大类：在饮食方面，禁食猪、狗、驴、骡、马、猫及一切凶猛禽兽，自死的牲畜、动物以及非伊斯兰教徒宰的牲畜，尤其是回族人不吃猪肉，也不愿听到有关猪的言论，在他们眼里，猪是不干净的化身，禁止抽烟、喝酒等；在信仰方面，禁止崇拜偶像等；在社会行为等方面，禁止放高利贷、玩赌等。

第二节　世界主要国家礼俗

> 礼俗风情是某一国家、民族长期形成的，具有相对稳定性的礼节、人情、风尚、行为习惯、心理倾向等的总和，是一个民族区别于另一个民族的重要特征。

礼俗风情是一个历史范畴，随着社会的变迁、经济和文化的发展，还会出现新的内容与形式。各国、各民族和各地区由于不同的文化背景、礼仪传统和行为习惯，形成的礼俗风情存在很大的差异，因此，我们在交往，尤其是涉外交往中必须了解和掌握，以此作为入乡随俗的依据，从而成功地与交际对象建立良好的关系。

一、韩国

韩国也称大韩民国，古称高丽，具有璀璨的文化遗产和美丽的风光。这里夏季多雨，气候湿润，经济发达。韩国的主要宗教是佛教，除此之外，一些韩国人也信奉儒教、天主教或天道教。

1．交际习俗

男子见面时习惯微微鞠躬后握手，并彼此问候。当晚辈、下属与长辈、上级握手时，后者伸出手来后，前者须以右手握手，随后再将自己的左手轻置于后者的右手之上。韩国人的这种做法，是为了表示自己对对方的特殊尊重。

韩国妇女一般情况下不与男子握手，女士之间习惯鞠躬问候，社交时则握手。韩国人与外国人交往时，可能会问及一些私人的问题，对此不必介意。韩国人有敬老的习惯，任何场合都应先向长者问候。

一般情况下，韩国人在称呼他人时爱用尊称和敬语，很少会直接叫出对方的名字。要是交往对象拥有能够反映其社会地位的头衔，那么韩国人在称呼时一定会屡用不止。

在社交场合，韩国人，特别是年轻一代的韩国人，大部分都会讲英语，并且将此视为有教养、受过良好教育的标志之一。由于迄今为止仍对日本昔日的侵略占领耿耿于怀，韩国人对讲日语的人普遍没有好感。

2．主要禁忌

韩国人大都珍爱白色，对熊和虎十分崇拜。

在韩国，人们以木槿花为国花，以松树为国树，以喜鹊为国鸟，以老虎为国兽，对此，不要妄加评论。

由于发音与"死"相同的缘故，韩国人对数目"4"十分反感，受西方习俗的影响，不少韩国人也不喜欢"13"；韩国人忌将"李"姓解释为"十八子李"；在对其国家进行称呼时，不要将其称为"南朝鲜"、"南韩"或"朝鲜人"，而宜称"韩国"、"韩国人"。

韩国人的民族自尊心很强，反对崇洋媚外，提倡使用国货，在韩国一身外国名牌的人，往往会被人看不起。

在韩国，忌谈的话题有：政治腐败、经济危机、意识形态、南北分裂、韩美关系、韩日关系及日本之长等。

3．饮食特点

韩国人的饮食，一般情况下以辣和酸为主要特点。韩国人以大米为主食，主要是米饭和冷面。他们喜欢中国的川菜，爱吃牛肉、瘦猪肉、海味、狗肉和卷心菜等，"韩国烧烤"很有特色。

韩国人的饮料很多。韩国男子通常酒量都不错，对烧酒、清酒、啤酒往往来者不拒，韩国妇女多不饮酒。韩国人喜欢喝茶和咖啡，但是韩国人不喜欢喝稀粥和清汤，他们认为那是穷人才会如此。

在用餐时韩国人用筷子。近年来，出于环保的考虑，韩国的餐馆里往往只向用餐者提供铁筷子。与长辈同桌就餐时不许先动筷子，不可用筷子对别人指指点点，在用餐完毕后要将筷子整齐地放在餐桌的桌面上。

在宴会上，韩国人一般不把菜夹到客人盘里，而由女服务员替客人夹菜，各道菜陆续端上，每道菜都须尝一尝才会使主人高兴。

二、日 本

日本古称大和，后来正式定名为日本国，具有"日出之国"的意思。日本人酷爱樱花，以其象征民族精神，因为樱花看起来平凡，可是汇集起来却很有气势。每年三月末、四月初，当春风从赤道纬线北上，樱花便由南向北顺势铺开，成林成片，如火如荼，日本人像过节一样，聚集在樱花树下，饮酒赏花，摄影留念，日本在世界上享有"樱花之国"的美称。日本人多信仰神道和佛教。

1. 交际习俗

日本是以注重礼节而文明的国家，讲究言谈举止的礼貌。日本人见面时，要互相问候致意，鞠躬礼是日本最普遍的施礼致意方式，一般初次见面时的鞠躬礼是三十度，告别时是四十五度，而遇到长辈和重要交际对象时是九十度，以示尊敬。妻子送丈夫，晚辈送长辈外出时，弯腰行礼至看不见其背影后才直起身。在较正式的场合，递物和接物都用双手。在国际交往时，一般行握手礼。

日本人在谈话时，常使用自谦语，贬己抬人，与人交谈时总是面带微笑，尤其是妇女。

日本人与他人初次见面时，通常会互换名片，否则即被理解为是不愿与对方交往。在一般情况下，日本人外出时身上往往会带上自己的好几种印有不同头衔的名片，以便在交换名片时可以因人而异。

称呼日本人时，可称之为"先生"、"小姐"、"夫人"，也可在其姓氏之后加上一个"君"字，将其尊称为"某某君"。

日本人见面时除了行问候礼之外，还要问好、致意，见面时多用"您早"、"您好"、"请多关照"，分手时则以"再见"、"请休息"、"晚安"、"对不起"等话语结束。

日本经济发达与日本人努力勤奋的工作精神分不开，日本的工作节奏非常快，而且讲究礼节。他们工作时严格按日程执行计划，麻利地处理一切事物；对公众对象"惟命是从"，开展微笑服务；公私分明，对待上司与同事十分谦虚，并善于克制忍耐；下班后对公司的事不乱加评论。

2. 主要禁忌

日本人的忌讳礼俗很多，日本人忌紫色和绿色，认为是悲伤和不祥之色。

日本人忌讳"4"和"9"，因为他们分别与"死"和"苦"发音相似。日本人喜欢奇数，不喜欢偶数，对"3"、"5"、"7"数字特别喜欢。

日本人有三人不合影的习俗，因为他们认为，在中间被左右两人夹着是不幸的预兆，很不吉利。

他们对狐狸和獾的图案很反感，认为这两种动物图案是晦气、狡猾、贪婪的象征。菊花和菊花图案是皇族的象征，送人的礼品上不能使用这一图案。

日本人喜欢仙鹤和乌龟，认为它们是长寿的象征。使用筷子有许多禁忌，如忌将筷子直插饭中，不能用一双筷子依次给每个人夹、拨菜肴。

3．衣食特点

在商务、政务活动中，日本人穿西式服装；在民间交往中，有时也会穿自己的国服——和服。与日本人交往时穿着不宜过分随便，因为他们认为衣着不整是没有教养的表现。

"日本料理"的特点是以鱼、虾、贝等海鲜为烹调原料，可热吃、冷吃、生吃或熟吃，主食为大米，逢年节和生日喜欢吃红豆饭，喜欢吃酱和喝大酱汤。餐前、餐后一杯清茶。方便食品有"便当"（盒饭）和"寿司"等。

在日本，人们普遍喜欢喝茶，久而久之，形成了"和、敬、清、寂"四规的茶道，茶道具有参禅的意味，重在陶冶人们的情趣。它不仅要求幽雅自然的环境，而且还有一整套的点心、泡茶、献茶、饮茶的具体方法。

三、泰国

泰国正式名称是泰王国，自称孟泰，泰语中"孟"是国家的意思，"泰"是自由的意思，"泰国"即自由之国。

1．宗教信仰

佛教是泰国的国教，全国人口的 **90%** 以上信奉佛教。在社会各方面，佛教都对泰国人发挥着重要作用和影响。泰国的历法采用的是佛历。泰国男子年满二十岁后，都要出家一次，当三个月的僧侣，即使国王也不例外，否则会被人看不起。几乎所有泰国人的脖子上，都佩有佛饰，用来趋吉避邪。

2．交际习俗

由于信奉佛教，泰国人在一般交际应酬时不喜欢握手，而是带有佛门色彩行合十礼。行合十礼时，需站好立正，低眉欠身，双手十指相互并拢，并且同时问候对方"您好！"，合十的双手举得越高越表示对对方的尊重。行合十礼时，晚辈要先向长辈行礼，身份、地位低的先向身份、地位高的行礼，对方随后还之以合十礼，否则是失礼的。

泰国人很有涵养，总喜欢面带微笑，所以泰国也有"微笑之国"的美称。在交谈时，泰国人总是细声低语，在其看来，跟旁人打交道面无表情、愁眉苦脸，或是高声喧哗，大喊大叫，是不礼貌的。与泰国人交往不要信口开河，非议佛教，或是对佛门弟子有失敬意，特别是不要对佛祖释迦牟尼表示不恭。

3．主要禁忌

泰国人认为头是智慧所在，神圣不可侵犯的，不能用手去触摸佛像的头部，这将被视为极大的侮辱，若打了小孩的头部，认为触犯了藏在小孩头中的精灵，孩子会生病的。别人坐着的时候，切勿让物品超越其头顶。见面时，若有长者在座，晚辈应坐下或蹲跪以免高于长者的头部，否则就是对长者的不恭。所以，在泰国，当人们走过或坐、或站着的人面前时，都得躬身而行，表示不得已而为之。

人们认为，用左手拿东西给别人是鄙视对方的行为，所以给人递东西都用右手，切忌用左手。

在泰国民间，狗的图案是被禁止的。泰国人的家里大都不种茉莉花，因为在泰语里，它与"伤心"发音相似。

在泰国，睡莲是国花，桂树是国树，白象是国兽，对于这些东西，千万不要表示轻蔑，或是予以非议。

泰国宪法规定，国王是神圣不可侵犯的，对泰国国王和王室成员，绝不允许任意评说。

4．饮食特点

泰国人不爱吃过甜或过咸的食物，也不吃红烧的菜肴。喜食辛辣、新鲜之食物，最爱吃的是体现其民族特色的"咖喱饭"。

泰国人是不喝热茶的，他们的做法是，在茶里加上冰块，令其成为冻茶。他们绝不喝开水，而习惯直接饮用冷水，在喝果汁时要加少许盐末。

四、美 国

美国全称为美利坚合众国，地处北美洲中部，美国人主要信奉基督教、天主教。美国的绰号是"山姆大叔"，也有"世界霸主"、"超级大国"、"国际警察"、"金元帝国"、"车轮上的国家"等代称。

1．交际习俗

美国人是"自来熟"，他们为人诚挚，乐观大方，天性浪漫，性格开朗，善于攀谈，喜欢社交，似乎与任何人都能交上朋友，与人交往时讲究礼仪，但没有过多的客套。朋友见面，说声"Hello"就算打招呼。每个人热情开朗，不拘小节，讲究效率，不搞形式主义。

社交场合一般行握手礼，熟人则施亲吻礼。较熟的朋友常直呼其名，以示亲热，不喜欢称官衔，对于能反映对方成就与地位的学衔、职称，如"博士"、"教授"、"律师"、"法官"、"医生"等，却乐于称呼。经常说"请原谅"等礼貌用语。

交谈时，经常以手势助兴，与对方保持半米左右距离；不愿被问及年龄、收入、所购物品的价钱，不喜欢被恭维其"胖"；对妇女不能赠送香水、衣物和化妆品；交往时必须遵循"女士优先"的原则。

2．主要禁忌

美国人忌"13"和"星期五"。他们不喜欢黑色，偏爱白色和黄色，喜欢蓝色和红色。崇尚白头鹰，将其敬为国鸟。在动物中，美国人最爱狗，认为狗是人类的忠实朋友。对于那些自称爱吃狗肉的人，美国人是非常厌恶的。在美国人眼里，驴代表坚强，象代表稳重，他们分别是共和党和民主党的标志。

在美国，成年同性共居于一室之中，在公共场合携手而行或是勾肩搭背，在舞厅里相邀共舞，都有同性恋之嫌。

美国人认为个人空间不可侵犯，所以与美国人相处要保持适当的距离，碰了别人要及时道歉，坐在他人身边应征得对方认可，谈话时不要距离对方过近。

美国人大都喜欢用体态语表达情感，但忌讳盯视别人，冲别人伸舌头，用食指指点交往对象等体态语。

3．饮食特点

美国人喜欢咸中带甜的菜肴，口味清淡。他们重视营养，爱吃海味和蔬菜。美国人早、午餐比较简单，晚餐较丰富，偏爱火鸡。饭后喜欢喝咖啡或茶。

五、加拿大

加拿大作为国名，出自当地土著居民的语言，本意是"棚屋"，也有人讲它来自葡萄牙语，意思是"荒凉"。它位于北美洲北部，除极少数印第安人和因纽特人外，国民多是英、法移民的后裔，多数信奉天主教。加拿大境内多枫树，素有"枫叶之国"的美誉。长期以来加拿大人民对枫叶有深厚的感情，加拿大国旗正中绘有三片红色枫叶，国歌也是《枫叶，万岁》。加拿大有"移民之国"、"粮仓"、"万湖之国"等美称。

1．交际习俗

加拿大人讲究礼貌，但又喜欢无拘无束，不爱搞繁文缛节。加拿大人性格开朗热情，对人朴实友好，容易接近。人们相遇时，都会主动打招呼、问好，握手是其见面礼，拥抱、接吻等见面礼只适用于亲友、熟人、恋人和夫妻之间。

加拿大人在人际交往中的自由与随和，是举世知名的。他们对于交往对象的头衔、学位、职务，只在官方活动中才使用；在中国社交活动里普遍必备的名片，普通加拿大人不大常用，只有公司高层商务活动中才使用名片。

2．主要禁忌

枫叶是加拿大的象征，是加拿大国旗、国徽上的主题图案。因此，枫叶被加拿大人视为国花，枫树定为加拿大的国树，对此要充分尊重。在加拿大，白色的百合花主要用来悼念死者，因其与死亡有关，所以绝对不可以将之作为礼物送给加拿大人。白雪在加拿大人心目中有着崇高的地位，并被视为吉祥的象征与辟邪之物。在不少地方，人们甚至忌讳铲除积雪。

加拿大人很喜欢红色与白色，因为那是加拿大国旗的颜色。

与加拿大人交谈时，不要插嘴，打断对方的话，或是与对方强词夺理，议论宗教，评说英裔加拿大人与法裔加拿大人的矛盾，处处将加拿大与美国联系起来进行比较，将加拿大视为美国的"小兄弟"，或是大讲美国的种种优点和长处，都是应当避免的。

3．衣食特点

在日常生活里，加拿大人的着装以欧式为主。在参加社交应酬时，加拿大人每次都要认真进行自我修饰，或是为此专门上一次美容店。在加拿大，参加社交活动时，男子必须提前理发修面，妇女们则无一例外地进行适当的化妆，并佩戴首饰。不这样做会被视为对交往对象的不尊重。

加拿大的饮食习惯与英美比较接近，口味比较清淡，爱吃酸、甜之物和烤制食品。忌吃肥肉、动物内脏、腐乳、虾酱以及带腥味、怪味的食物。在一日三餐中，加拿大人最重视晚餐，他们喜欢邀请朋友到家中共进晚餐。

六、英国

英国的正式名称是大不列颠及北爱尔兰联合王国，有时它也被人们称为"联合王国"、"不列颠帝国"、"英伦三岛"等。"英国"是中国人对其的称呼，出自"英格兰"一词，其本意是"盎格鲁人的土地"，而"盎格鲁"的含义则为"角落"。英国的主要宗教是基督教，英国的国教是英国国教会，也称圣公会。

1．交际习俗

不喜欢被统称为"英国人"，而喜欢被称为"不列颠人"。习惯握手礼，女子一般施屈膝礼。男子如戴礼帽，遇见朋友时微微揭起以示礼貌。英国人注重实际，不喜空谈，他们社交场合衣着整洁，彬彬有礼，体现"绅士风度"。妇女穿着较正式的服装时，通常要配一顶帽子。

在社交场合，英国人极其强调所谓的绅士风度，坚持"女士第一"的原则，对女士尊重和照顾。他们十分重视个人教养，认为教养体现出细节，礼节展现出教养。他们待人十分客气，"请"、"谢谢"、"对不起"、"你好"、"再见"一类礼貌用语，天天不离口。即使是家人、夫妻、至交之间，英国人也常常会使用这些礼貌用语。

在交际活动中，握手礼是英国人使用最多的见面礼节。在一般情况下，与他人见面时，英国人既不会像美国人那样随随便便地"嗨"上一声作罢，也不会像法国人那样非要跟对方热烈地拥抱、亲吻不可，英国人认为那样做都有失风度。

2．主要禁忌

英国人忌四人交叉握手，忌"13"和"星期五"，不喜欢大象及其图案，讨厌墨绿色，忌黑猫和百合花，忌碰洒食盐和打碎玻璃。认为星期三是黄道吉日。喜欢养狗，认为白马象征好运，马蹄铁会带来好运。

在英国人看来，夸夸其谈、自吹自擂，说话时指手画脚都是缺乏教养的表现，所以与英国人刚刚认识就与他们滔滔不绝地交谈会被认为很失态。和英国人交谈要小心选择话题，不要以政治或宗教倾向作为话题。另外，不要去打听英国人不愿讲的事情，千万不要说某个英国人缺乏幽默感，这很伤他们的自尊心，他(她)会感到受侮辱。因为，英国人历来以谈吐幽默、高雅脱俗为荣。

3. 饮食特点

通常一日四餐，即早餐、午餐、午茶点和晚餐，晚餐为正餐。不喜欢上餐馆，喜欢亲自烹调，平时以英法菜为主，"烤牛肉加约克郡布丁"被誉为国菜。进餐前习惯先喝啤酒或威士忌。讲究喝早茶与下午茶。

七、法 国

法国的正式名称是法兰西共和国，"法兰西"源于古代法兰克王国的国名。在日耳曼语里，"法兰克"一词的本义是"自由"或是"自由人"。"艺术之邦"、"时装王国"、"葡萄之国"、"名酒之国"、"美食之国"等都是世人给予法国的美称。法国首都巴黎更是鼎鼎大名的"艺术宫殿"、"浪漫之都"、"时装之都"和"花都"，法国的主要宗教是天主教，近80%的人是天主教教徒，其余的人信奉基督教、犹太教或伊斯兰教。

1. 交际习俗

法国人非常善于交际，即使是萍水相逢，他们也会主动与之交往，而且表现得亲切友善，一见如故。

法国人天性浪漫，在人际交往中，他们爽朗热情，善于雄辩，高谈阔论，爱开玩笑，幽默风趣，讨厌不爱讲话的人，对愁眉苦脸者难以接受。

他们崇尚自由，纪律性较差，不大喜欢集体行动，约会也可能姗姗来迟。法国人有极强的民族自尊心和民族自豪感，在他们看来，世间的一切都是法国最棒。例如，法国人懂英语的不少，但通常不会直接用英语与外国人交谈。因为他们认定，法语是世间最美的语言，与法国人交谈时若能讲几句法语，一定会使对方热情有加。懂法语而又不同法国人讲法语，则会令其大为恼火。

法国人注重服饰的华丽和式样的更新。妇女视化妆和美容为生活之必需。在社会交往中奉行"女士第一"的原则。法国人习惯行握手礼，有一定社会身份的人施吻手礼。少女常施屈膝礼。男女之间，女子之间及男子之间，还有亲吻面颊的习惯。社交中，法国人不愿他人过问个人私事。

2. 主要禁忌

法国人忌"13"和"星期五"，他们大都喜爱蓝色、白色与红色，忌黄色和墨绿色。法国人视仙鹤为淫妇的化身，孔雀被看作祸鸟，大象象征笨汉，它们都是法国人反感的动物，视白菊花、杜鹃花与核桃等为不祥之物。

向法国人赠送礼品时，宜选具有艺术品位和纪念意义的物品，不宜送刀、剑、剪、餐具，或是带有明显的广告标志的物品作为礼品。男士向一般关系的女士赠送香水，也被法国人看作不合适的。

与别人交谈时，法国人往往喜欢选择一些足以显示其身份、品位的话题，如历史、艺术等，对于恭维英国、德国，贬低法国的国际地位和历史贡献，议论其国内经济滑坡、种族纠纷等问题他们不愿意予以呼应。

3. 饮食特点

法国人会吃，也讲究吃。法国菜风靡世界，被称为"法国大餐"。法国人喜欢吃蜗牛和青蛙腿，最名贵的菜是鹅肝。法国人喜欢喝酒，几乎餐餐必饮，白兰地、香槟和红、白葡萄酒都是他们喜欢喝的。法国菜的特点是鲜嫩，法国人也非常喜欢中国菜。

八、德国

德国的正式名称是德意志联邦共和国，"德意志"在古代高德语里，其含义为"人民的国家"或"人民的土地"。在世界上德国有"经济巨人"、"欧洲的心脏"、"出口大国"、"啤酒之国"、"香肠之国"等美称。德国的主要宗教是基督教和天主教。目前，在德国全国总人口中，信奉基督教的约占47%，信奉天主教的约占36%。

1. 交际礼仪

德国人之间初次见面，如果需要第三者的介绍，作为介绍人要注意：不能不论男女长幼、地位高低而随便把一人介绍给另一人，一般的习惯是从老者和女士开始，向老年人引见年轻人，向女士引见男士，向地位高的人引见地位低的人。

双方握手时，要友好地注视对方，以表示尊重对方，如果这时把眼光移向别处，东张西望，是很不礼貌的行为。初次相识的双方在自报姓名时，要注意听清和记住对方的姓名，以免发生忘记和叫错名字的尴尬局面。在许多人相互介绍时，要做到尽量简洁，避免拖泥带水。

由于德语语言自身的特点，在与德国人交往中还会遇到一个是用尊称还是用友称的问题。一般与陌生人、长者以及关系一般的人交往，通常用尊称"您"；而对私交较深、关系密切者，如同窗好友、共事多年关系不错的同事，往往用友称"你"来称呼对方。交换称谓的主动权通常在女士和长者手中。称谓的变换，标志着两者之间关系的远近亲疏，对此，必须熟练掌握和运用，这样才能得心应手地与德国人交往。

德国人十分遵约守时。德语中有一句话"准时就是对帝王的礼貌"，德国人邀请客人，往往提前一周发邀请信或打电话通知被邀请者。如果是打电话，被邀请者可以马上口头作出答复；如果是书面邀请，也可通过电话口头答复。但不管接受与否，回复应尽可能早一点儿，以便主人作准备，迟迟不回复会使主人不知所措。如果不能赴约，应客气地说明理由，既不赴约，又不说明理由是很不礼貌的。在德国，官方或半官方的邀请信，往往还注明衣着要求。接受邀请之后如中途有变不能如约前往，应早日通知主人，以便主人另作安排。如因临时的原因，迟到 10 分钟以上，也应提前打电话通知一声，因为在德国私人宴请的场合，等候迟到客人的时间一般不超过 15 分钟。客人迟到，要向主人和其他客人表示歉意。

赴约赴宴，如遇交通高峰期，一定要提早出门，以免迟到。迟到固不礼貌，但早到也欠考虑。德国人如遇正式邀请，往往提前出门，如果到达时间早，便在附近等一等，到时再进主人家。

德国人不习惯送重礼，所送礼物多为价钱不贵、但有纪念意义的物品，以此来表示慰问、致贺或感谢之情，去友人家赴宴，客人带上点儿小礼物，俗话说"礼轻情意重"，一束鲜花、一盒巧克力糖果或一瓶酒足已。当然，去德国朋友家做客的中国人如能送给女主人一件富有民族风格的小纪念品，那定会受到主人由衷的赞赏。如果只是顺便看望，那就不必带什么礼物了，最多给小孩子带点儿小玩意儿。如果是业务的聚会，双方往来都是公事，只要按时应邀出席，不必另有表示。

在德国，如遇朋友乔迁或新婚，你可以事先同受礼者开诚布公地谈谈送些什么礼物好。有的德国新婚夫妇会把自己所需的日常用品列一份清单，送礼的朋友可在此单上划上自己送的东西，这样既可使新婚夫妇得到实惠，又令馈赠者高兴。

2. 主要禁忌

德国人对黑色、灰色比较喜欢，对于红色以及掺有红色或红黑相间之色，则不感兴趣。

对于"13"与"星期五"，德国人十分讨厌，他们对于四个人交叉握手，或是在交际场合进行交叉谈话，也比较反感，因为他们认为这是不礼貌的。

德国人对纳粹党徽的图案十分忌讳。另外，在德国跟别人打招呼时，切勿身体立正，右手向上方伸直，掌心向外，这一姿势过去是纳粹行礼的方式，因此也应避免。

与德国人交谈时，不宜涉及纳粹、宗教与党派之争。在公共场合窃窃私语或是大声讲话，德国人认为都是十分无礼的。

3. 衣食特点

德国人在穿着打扮上的总体风格，是庄重、朴素、整洁，他们不大容易接受过分前卫的服装，不喜欢穿着过分鲜艳花哨的服装，并且对衣冠不整、服装不洁者表示难于忍受。德国人在正式场合露面时，必须穿戴整齐，衣着一般多为深色。在商务交往中，讲究男士穿三件套西装，女士穿裙式服装。德国人对于发型较为重视，在德国男士不宜剃光头，免得被人当做"新纳粹"分子。德国少女的发式多为短发或披肩发，烫发的妇女多为已婚者。

德国人讲究饮食，最爱吃猪肉，其次才是牛肉。以猪肉做成的各种香肠，令德国人百吃不厌。德国人一般胃口较大，喜食油腻之物，在口味方面，德国人爱吃冷菜和偏甜、偏酸的菜肴，对于辣或过咸的菜肴则不太欣赏。德国人最喜欢饮啤酒，人人都是海量，当然，他们对于咖啡、红茶、矿泉水，也很喜欢。

第三节 国外主要节日习俗

节日，是指某一国家或地区为庆贺、纪念、缅怀某一事件或某一人物而约定俗成的时日。各国、各民族都有自己传统的节日庆典，有些节日还逐渐变成世界性的传统节日。

一、圣诞节

圣诞节本是基督教用以纪念耶稣基督诞辰的一个宗教节日，但是随着基督教势力的扩展和西方文化传播的影响，它已经成为一个世界的民间节日。它的时间延续很长，通常为12月24日至次年1月6日。在许多国家和地区，包括港澳地区，圣诞节都是例行假日。

西方人以红、绿、白为圣诞色，每逢圣诞节来临，家家户户都要用圣诞色来装饰。红色的有圣诞花和圣诞蜡烛。圣诞花即一品红，它被西方人用来象征圣诞节令。圣诞蜡烛不同于普通蜡烛，它五色俱全，精致小巧。过圣诞节时，家家都要点燃它。绿色的是圣诞树。它是圣诞节的主要装饰品，用砍伐来的杉、柏一类呈塔形的常青树装饰而成。上面悬挂着五颜六色的彩灯、礼物和纸花，还点燃着圣诞蜡烛。圣诞花是由圣诞树演变而成的室内装饰物，它用松、杉、柏一类常青树的枝条扎成圆形，放上几颗松果，再配上红缎带就做成了。

红色与白色是圣诞老人的颜色，他是圣诞节活动中最受欢迎的人物。圣诞老人名叫圣克劳斯，传说他白须红袍，每到圣诞夜，便从北方驾鹿橇而来。他身背大红包袱，脚蹬大皮靴，通过每家的烟囱进入室内发送礼物。因此，西方儿童在圣诞夜临睡之前，要在壁炉前或枕头旁边放上一只袜子，等候圣诞老人在他们入睡后把礼物放在袜子内。在西方，扮演圣诞老人也是一种习俗。

圣诞节前后，大多数西方国家正值严冬，洁白美丽的雪花使圣诞节富有诗意。然而，地处南半球的澳大利亚和新西兰此刻恰恰是烈日当空。由于天热，他们的节日活动极少狂欢，而是走亲访友，融洽感情。他们的圣诞食品品味以清凉为主，各种冷盘、沙拉和水果最受欢迎。

传说耶稣是夜时诞生的，因此 12 月 24 日之夜被称作圣诞夜。圣诞节庆祝活动自此夜开始，而以半夜为高潮。这一夜，天主教教堂里灯火通明，举行纪念耶稣出生的半夜弥撒。在圣诞夜里，人们会唱起圣诞歌，圣诞歌很多，以《平安夜》最为著名。

西方人在圣诞夜全家要聚餐一次，餐桌上将出现火鸡、羊羔肉、葡萄干布丁和水果饼，其中火鸡被叫做圣诞鸡，是圣诞大餐中必不可少的。英美人讲究圣诞之夜吃火鸡，德国人则习惯吃烤鹅。

西方人在圣诞节相见时，要互道"圣诞快乐！"，英国人在这天一大早，就要通过窗户向邻人或朋友们高呼这一句话。

二、复活节

复活节是基督教用以纪念耶稣复活的一个宗教节日，但已经被世俗化了。复活节的日期是每年春分（3 月 21 日或 22 日）月圆后的第一个星期日。

传说耶稣受难后的第三天清早，他的信徒们发现耶稣坟墓的墓门大开，耶稣的尸体不见了，只剩下裹尸布堆在那里。信徒们以为有人把耶稣的尸体挪走了，便哭了起来。这时天使显灵说：耶稣已经复活了。当晚，门徒们聚集在一间屋子里，因为害怕犹太人的迫害，所以把门关得紧紧的。忽然，耶稣出现在他们面前，门徒们一见耶稣真的复活了，立即转忧为喜。耶稣对他们说："我从前告诉过你们的话应验了，基督必受害，第三日从死里复活，并且人要奉他的名，传悔改赦罪的道，你们就是这事的见证。天上地下所有的权柄都赐给我了。你们要去使万民作我的门徒，奉父、子、圣灵的名给他们施洗。凡我所吩咐你们的，都教导他们遵守，我就常与你们同在，直到世界的末日。"

后来，基督教教会就把这一天定为复活节，又称主日。至此，基督教信徒们不再像犹教信徒们那样守安息日，而改守主日，这就是现在的礼拜日。公元 325 年，尼西亚大公会议元宝每年春分月圆后的第一个主日为复活节。

复活节是仅次于圣诞节的基督教第二大节日。每逢复活节来临，教会都要举行隆重的纪念礼拜。信徒们相见，第一句话就是"主复活了！"。复活节期间，人们经常相互赠送复活节彩蛋，它由鸡蛋涂上各种颜色而成。在古代，鸡蛋象征着生命，并被视为复活的坟墓。西方还有复活节小兔一说。兔子是繁殖力最强的动物，所以被人们选作生命的象征。时至今日，孩子们过复活节依然少不了吃兔子糖和讲述各种有关兔子的故事。

现在，西方各国在复活节时，大都举行游行活动。美国的游行队伍是化了装的，其中最受人们喜爱的是卡通人物米老鼠和唐老鸭。其他国家的游行队伍也都各具民族特色。复活节晚上，各家都要举行复活晚宴。晚宴上的传统主菜是羊肉和熏火腿，用羊祭祀是基督教信徒千百年来的传统，而猪则一直象征着幸运。

三、狂欢节

狂欢节起源于古罗马的农神节，发展于中世纪，盛行于当代，是欧美各国的传统节日。狂欢节主要是以辞旧迎新、憧憬未来为基本主题。在欧美诸国中保存最为完整的是德国科隆城，每年慕名从国内外赶来欢度狂欢节的人不计其数。节日里，科隆城里到处是热闹的人群，各大小酒家、舞厅及娱乐场所被挤得水泄不通，人们相互致以节日祝贺，穿上节日的盛装，尽情地打扮自己。街上有大规模的化装游行，有彩车队、乐曲队、舞蹈队等，彩车上不时有礼物抛向人群，男女老少互相争抢，热闹非凡。

巴西的狂欢节是堪称世界之最的群众性集会庆祝活动。狂欢节前，巴西人都要耗资购买节日服装、面具及食品、饮料等，即使借钱负债也在所不惜。首都里约热内卢是狂欢节的中心，狂欢节期间商店关门、工厂停工，人们不分肤色、种族、年龄、贫富、贵贱，都是狂欢节的参与者，而巴西的圆舞、桑巴舞表演是狂欢节最精彩的节目。

在现代，狂欢节已成为许多国家人们抒发渴望幸福之情的节日。由于各国的习俗不同，狂欢节的日期不统一，甚至在同一国中也有因地制宜的情况。多数国家定在气候适宜的二、三月份举行。世界著名的狂欢节还有法国的春季狂欢节、加拿大的冰上狂欢节、德国狂欢节，欧洲狂欢节等。

四、愚人节

愚人节是每年4月1日，在欧美的一些国家及地区都以开玩笑使人上当度过这一有趣节日。

此节的起因，一说是古罗马谷物神色列斯的女儿普丽芬丝在天堂玩耍时，被冥王普路托掠走，还欺骗其父色列斯到天堂去寻找，使其白跑一趟，由此沿袭成"愚人节"，成为提醒人们谨防上当的节日活动。

另一说起源于法国，1564年，法国采用阴历1月1日为一年之始的新纪元法，却遭到国内保守派的反对，他们依然按照旧历4月1日为新年，互赠礼品。为了蒙蔽保守派，改革新历法的团体继续在这天请保守派参加招待会，赠送给他们礼品。后来人们把这些上当受骗的保守分子称为"4月傻瓜"或"上钩的鱼"。从此，人们在4月1日便互相愚弄，成为法国流行的习俗，后来传到其他国家和地区。

但是不论哪一种传说，愚人节的内容与日期都是相同的。在这一天，人们可以尽情地相互开玩笑，甚至连报纸、电台、电视台也会故意制造出一些有趣的"新闻"来戏弄人们。当然，开玩笑也要掌握适当的分寸，不能损害国家的整体利益，更不能触犯国家的法律、政策，否则，不仅会受到道德舆论的谴责，而且会受到法律的惩处。

五、情人节

情人节又称瓦伦丁节，每年的 2 月 14 日，许多欧美国家都把这一天作为表白爱情的甜蜜日子，是青年男女喜爱的节日。

节日这天，情侣们相互交换"情侣卡"，表示自己忠贞不渝的爱情，在欢乐愉快的情人舞会中，还向情人送上自己的玫瑰花以表示自己的爱心，也有的赠送巧克力或带有"心"形的装饰物、附有祝词的小卡片等。

不过，情人节并非情侣们的"专利"。在这一天，任何年龄的人也可以向自己的父母、尊重的长者及相熟的朋友表达自己的一份情意。

六、感恩节

11 月的第四个星期四是感恩节，感恩节是美国人民独创的一个古老节日，也是美国人合家欢聚的节日，因此，美国人提起感恩节总是倍感亲切。

感恩节的由来要一直追溯到美国历史的发端。1620 年，著名的"五月花"号船满载不堪忍受英国国内宗教迫害的清教徒 102 人到达美洲。1620 年和 1621 年之交的冬天，他们遇到了难以想象的困难，处在饥寒交迫之中，冬天过去时，活下来的移民只有 50 来人。这时，心地善良的印第安人给移民送来了生活必需品，还特地派人教他们怎样狩猎、捕鱼和种植玉米、南瓜。在印第安人的帮助下，移民们终于获得了丰收，在欢庆丰收的日子，按照宗教传统习俗，移民规定了感谢上帝的日子，并决定为感谢印第安人的真诚帮助，邀请他们一同庆祝节日。

1777 年，美国大陆会议第一次宣布感恩节为全国性节日。1789 年 10 月 3 日，美国总统乔治·华盛顿号召美国人民把当年的 11 月 26 日（星期四）看作"一个感恩、祈祷的公开纪念日"。1941 年，一项国会联合决议把感恩节定为全国性节日，时间定在每年 11 月的第四个星期四。从此，每年这一天，美国总统和各州州长都要发表献词，人们举行花车游行，并到教堂对上帝的慷慨恩赐表示感谢。然后一家老少团聚，围坐在火炉旁，品尝着包括火鸡和南瓜馅饼在内的丰盛晚餐，做着各种有趣的游戏，尽情欢畅。

附　录：领带的结法

第一种系法　温莎式

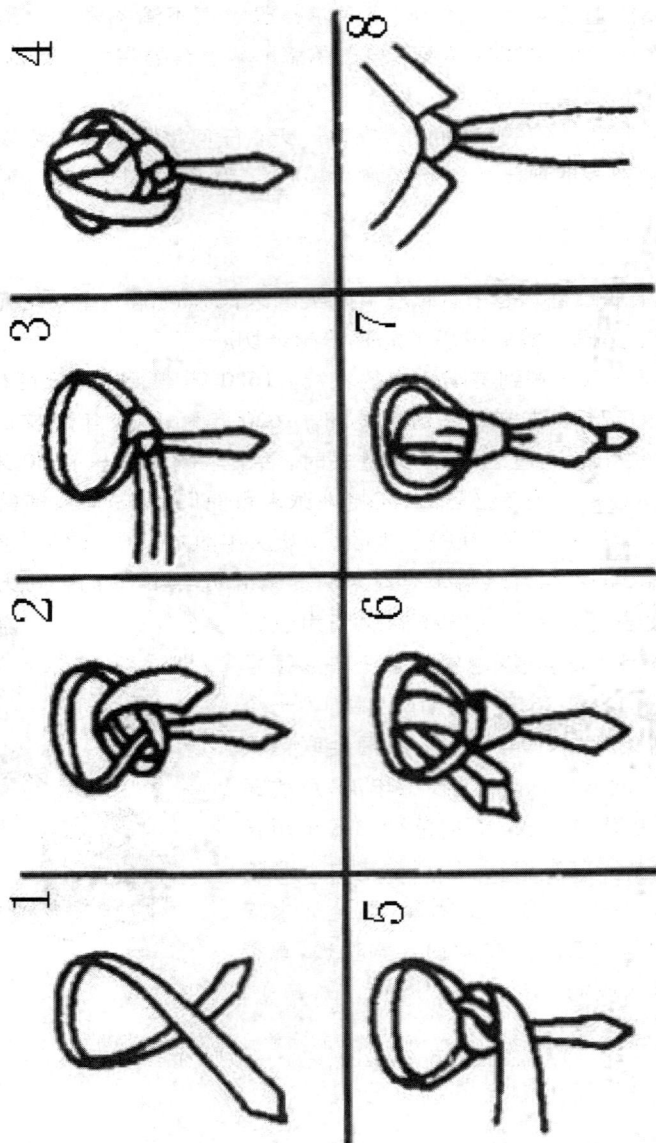

第二种系法　浪漫式

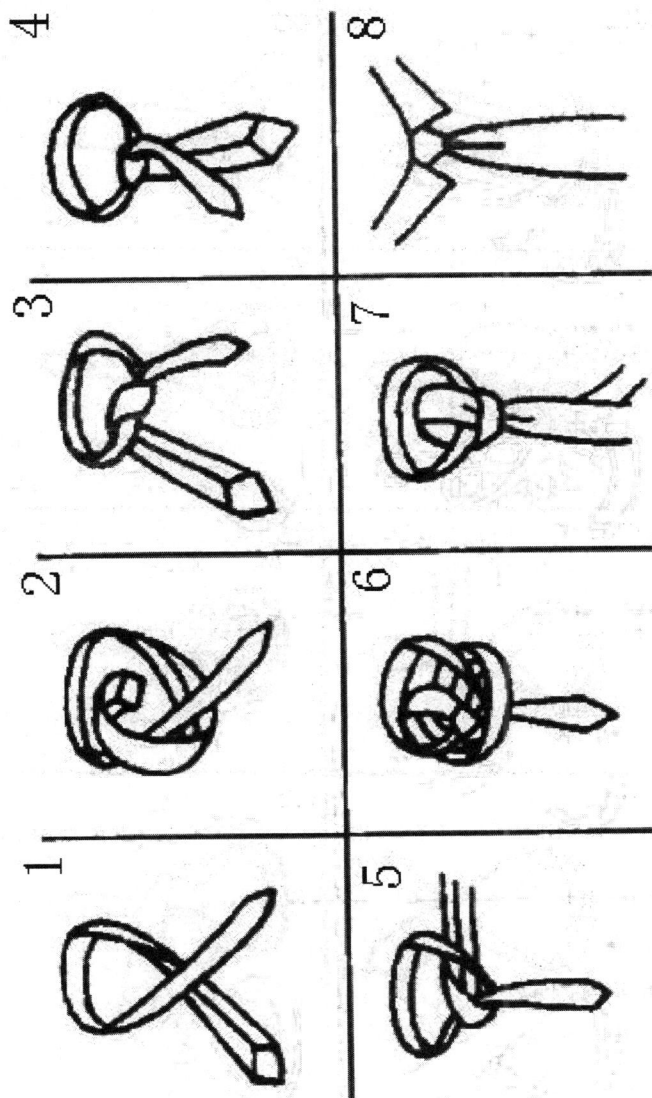

第三种系法　简法式

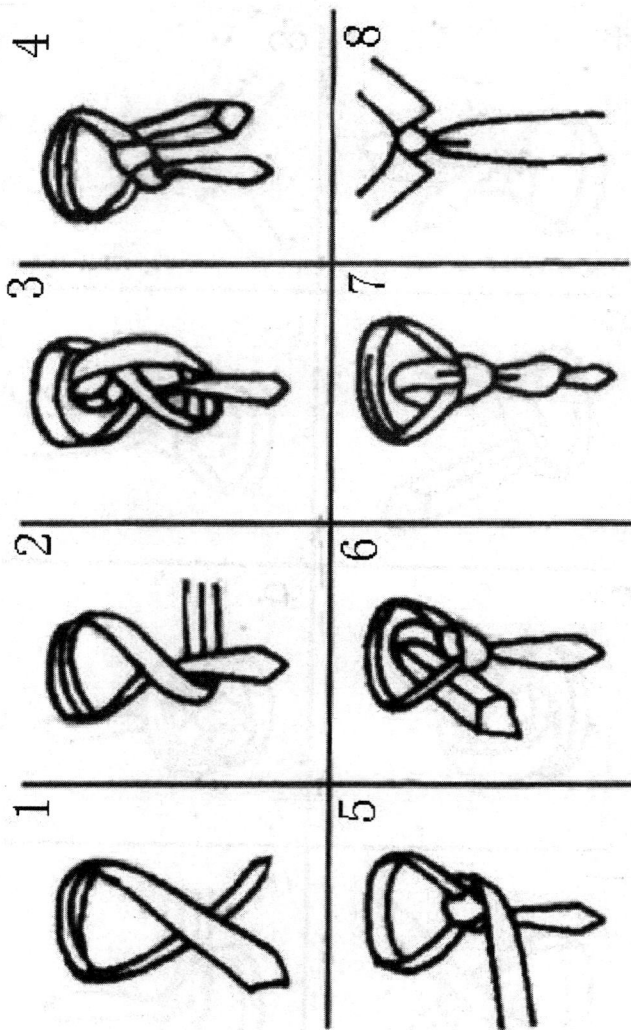

附　图：礼仪姿势

1 肃立

2 直立

3 直立

4 丁字步

5　正坐式

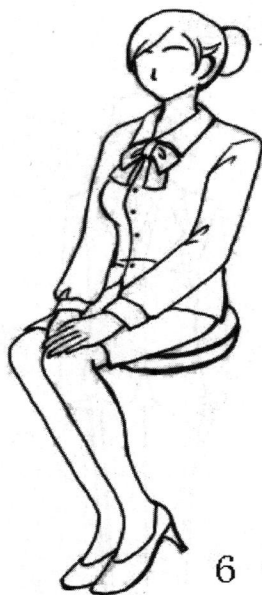

6　侧坐式

7　前交叉式

8　曲直式

9　正身重叠式

10　侧身重叠式

11　正坐式

12　正坐合手式

13 交叉式

14 交叉后点式

15 转体式

16 重叠式

17　横摆式

18　直臂式

19　曲臂式

20　斜臂式

参考文献

[1] [加]英格丽·张. 你的形象价值百万. 北京：中国青年出版社，2007

[2] 赵景卓. 现代礼仪. 北京：中国物资出版社出版，2004

[3] 金正昆. 社交礼仪. 北京：北京大学出版社，2006

[4] 魏伟峰. 现代社交礼仪大全. 海口：南海出版社，2007

[5] 张岩松. 现代交际礼仪. 北京：经济管理出版社，2006

[6] 李荣建. 社交礼仪. 武汉：武汉大学出版社，2005

[7] 周裕新. 求职上岗礼仪. 北京：北京师范大学出版社，2006

[8] 金正昆. 现代礼仪. 北京：北京师范大学出版社，2006

[9] 金正昆. 国际礼仪. 北京：北京大学出版社，2005

[10] 东方晓雪. 社交礼仪. 郑州：中原农民出版社，2005

[11] 胡锦建. 实用商务礼仪. 北京：中国社会出版社，2007